城市水资源与水环境国家重点实验室优秀成果

基于数字技术的吉林西部水土环境综合研究

汤 洁 卞建民 李昭阳 著

科学出版社

北 京

内 容 简 介

本书是作者对吉林西部生态环境系统研究的总结。本书以吉林西部水土资源环境为主要研究对象，利用 3S 技术和环境模拟技术，阐述了地表水和地下水系统的特点及水资源开发利用状况，估算了生态环境需水量；系统研究了高砷、高氟区元素迁移转化规律和水环境成因；在 GIS-PMMOD-FLOW 耦合技术支持下进行了潜水位预报和水环境预警；开展了土地利用变化及生态景观格局优化研究、区域土地盐碱化成因及演变趋势、盐碱化土地危险度评价和土壤地球化学研究；构建了区域生态环境质量评价指标体系，应用 ARCGIS 软件和综合指数方法评价 1989～2004 年的生态环境质量，分析了变化趋势。

本书可供从事环境、水利、水资源、农业、地理、生态、医学等专业的科研、教育、管理决策人员和大专院校师生参考。

图书在版编目(CIP)数据

基于数字技术的吉林西部水土环境综合研究/汤洁,卞建民,李昭阳著.
—北京:科学出版社,2011.3
(城市水资源与水环境国家重点实验室优秀成果)
ISBN 978-7-03-028741-0

Ⅰ.①基… Ⅱ.①汤…②卞…③李… Ⅲ.①水环境-研究-吉林省②土壤环境-研究-吉林省 Ⅳ.①X14

中国版本图书馆 CIP 数据核字(2011)第 163371 号

责任编辑:吴凡洁 / 责任校对:张 林
责任印制:赵 博 / 封面设计:王 浩

斜 学 虫 版 社 出版
北京东黄城根北街 16 号
邮政编码:100717
http://www.sciencep.com

中国科学院印刷厂印刷
科学出版社发行 各地新华书店经销

*

2011 年 3 月第 一 版 开本:B5(720×1000)
2011 年 3 月第一次印刷 印张:12 1/2 插页:6
印数:1—1 500 字数:234 000

定价:**50.00 元**
(如有印装质量问题,我社负责调换)

《城市水资源与水环境国家重点实验室优秀成果》序

随着我国城市化进程的加快,尤其是当前我国的社会经济进入快速发展轨道,我国面临着资源需求增加,能耗水平高,水资源缺乏,以及水生态环境改善缓慢等问题,严重制约着城市化进程及和谐社会的建设,城市水系统相关理论和保障技术也越来越受到高度重视,是我国经济社会可持续发展的重要方面和保障之一。

哈尔滨工业大学环境科学与工程学科和市政学科的发展最早可以追溯到20世纪50年代建立的卫生工程专业,在半个多世纪的发展过程中,该方向一直处于学科发展的前沿,为我国该领域的发展做出了重要贡献,并为国家培养了大批优秀人才。进入新世纪,我国环境与生态问题面临着前所未有的挑战,经济发展和生态环境保护之间的矛盾与冲突也越来越大,全球环境问题以及由此带来的一些经济摩擦也对我国环境生态保护及经济发展提出了新的要求,传统的污染治理模式也急待改革与突破,以适应循环经济、低碳、可持续发展等国际化发展主题。在周定、张自杰、李圭白、王宝贞、张杰等老一代专家的指导下,在新一代青年学者共同努力下,近10年哈尔滨工业大学相关学科发展迅速,科学研究也取得了重要进展。于2007年批准建设、2010年1月验收通过的城市水资源与水环境国家重点实验室(以下简称"实验室"),正是在这一背景下发展起来的一个重要的国家级研究平台。

实验室紧密结合国家战略需求和社会需要,围绕城市水系统中的关键科学与技术问题,以"格物穷理,知行合一,海纳百川"的实验室文化为基础,在应用基础理论研究方面取得了一批重要研究成果,为我国污染控制与节能减排做出了重要贡献。为总结实验室在过去近10年取得的研究成果,实验室整理出版了这套《城市水资源与水环境国家重点实验室优秀成果》,丛书汇集了实验室在城市水生态安全、城市水质量保障、城市水健康循环以及多元生物质能源化、城市水环境系统节能及优化理论与技术等方面的研究成果。该丛书既包含了实验室在环境化学、环境生物学、水与废水处理与保障理论方面的一些重要研究进展和发现,也包含了实验室在新兴污染物检测与去除、环境风险评价与预警等方面的研究进展与实用技术。

这套优秀成果共有16本专著,内容涉及城市水源水体、城市给水及废水处理系统、城市水社会循环与自然循环互作规律等,所涉及的污染物既有传统的常规监控污染物,也涉及一些城市水系统的新污染物(内分泌干扰物、激素、持久性有毒物质等),从多尺度阐述了可持续发展的城市水资源与水环境理论与技术。

丛书在策划过程中,得到了实验室许多前辈的指导和帮助以及实验室成员、开放课题承担人员的大力支持，也得到了科学出版社等出版机构的大力支持，在此一并表示感谢。

　　"半世纪风雨兼程，六十载春华秋实"。该丛书的出版，既是对以往实验室成果的总结，也是对未来实验室发展的鞭策。实验室将秉承"以人为本，自主创新，重点跨越，引领未来"的方针，继续为我国城市水系统可持续发展做出应有的贡献。

中国工程院院士

2010 年 10 月

前　言

　　吉林西部位于松嫩平原的西南部,幅员辽阔,面积为 47011km²,拥有大量的湖泊、沼泽和湿地。在半个世纪以前,该区还是一个水草丰盛的大草原。近 50 年来,由于水、土、生物资源被过量开发和利用,脆弱的生态环境遭到严重破坏,水域面积减少,湖泊干涸,草地退化、面积萎缩,土地盐碱化程度加重、面积扩大。除此之外,当地居民由于长期饮用高氟地下水而导致地氟病广泛流行。自 2000 年以来,在洮南市和通榆县又陆续发现饮用高砷地下水的砷中毒患者,高砷与高氟水区叠加的复杂水环境问题是造成居民饮水不安全和健康水平低下的主要原因。严重的生态环境问题已影响该区对水土资源的永续利用和农牧业的持续发展。

　　多年来,该区在环境保护、水文与水资源、土壤与土地利用、油气开发等领域开展了大量的调查与研究工作,取得了丰硕的成果,但是,上述研究多限于单一专题的研究,运用 3S 技术与环境模拟技术(EIS)将水资源环境与土地资源环境有机结合开展综合研究还未见报道。吉林西部的水土资源环境是一个多因子、多层次、多变量的大系统,包含了巨量信息,采用传统方法很难揭示和解决该系统内复杂的环境问题。为此,自 2004 年以来,作者在国家自然科学基金委员会、吉林省科技厅和中国地质调查局的多个项目支持下,开展了"基于数字技术的吉林西部水土环境综合研究"。

　　该区水土资源环境及其演变过程十分复杂,具有明显的时空变化特征。针对该区的主要环境问题,在系统论、信息论和控制论思想的指导下,我们应用环境科学、地球系统科学、农业及生态学、信息科学、计算机科学,以及可持续发展科学等理论,采用项目集成、理论集成、方法集成和技术集成等方式,开展了外业生态环境综合调查、环境介质信息的提取与分析、环境遥感信息跟踪监测与动态分析、生态环境需水量研究、高砷高氟区地下水环境和预警研究、土地利用与盐碱地动态变化等研究,并在此基础上进行了生态景观格局优化和生态环境质量综合评价。近年来,作者共调查乡镇和村屯 136 个,生态环境综合考察路线达 28900km,控制面积32100km²;调查、采集水样 216 个,其中地表水水样 16 个,承压水水样 100 个,潜水水样 100 个,每个水样测试项目 30 项,共取得数据 5810 个;挖掘土壤剖面 73个,采集样品 1069 个,进行了土壤可溶性盐类(全盐量、总碱度、碱化度等)的测试,建立了 56 个相应的土壤地球化学剖面;采集了耕作层土样 850 个,进行了可溶性盐类和土壤养分(有机质、氮、磷、钾等)的测试,采集生物样品 60 个,测试项目 4项,共取得数据 516 个;共获测试数据 24735 个,为生态环境研究提供了重要数据。

研究中,作者采用美国陆地卫星 TM 影像数据,共 18 景;应用 ERDAS IMAGINE 软件进行盐碱地、水体的解译;利用遥感信息对不同时段、时相盐碱土的状态和水体面积进行了动态监测,计算其面积的变化值,掌握了它们变化的最新趋势;进行了土地利用/土地覆盖动态变化的监测及解译;编制了 TM 卫星影像和解译图 86 张,应用 ArcGIS、ArcInfo、ArcView、ERDAS IMAGINE、MAPGIS、MapInfo 等 17 种软件进行各种图件的处理及编制工作,总计 352 张。

充分利用 3S 集成技术,EIS-GIS 耦合技术和数字信息集成技术等多方法、多技术开展研究是本项研究的一个特色。

在研究过程中获得国家自然科学基金委员会、中国地质调查局、吉林省科技厅、吉林省环境保护厅的关怀和大力支持;得到了吉林省白城市、松原市党政领导的关怀和支持;大安市、长岭县、洮南市、乾安县、通榆县各级党政领导亲临指导,使作者顺利地完成每一次的野外考察工作,取得了非常宝贵的第一手资料,对研究工作起到了重要的推动作用。

本书有幸得到哈尔滨工业大学城市水资源与水环境国家重点实验室出版基金的资助。

在此,作者谨向关心、支持研究工作的领导、专家和各界朋友们致以深切的谢意!

作　者

2010 年 5 月

目　　录

《城市水资源与水环境国家重点实验室优秀成果》序

前言

第1章　吉林西部环境概况 ································· 1

1.1　环境概述 ······································· 1

1.2　气象水文 ······································· 2

1.3　地质地貌 ······································· 3

1.4　土壤 ··· 4

1.5　植被 ··· 5

1.6　水旱灾害 ······································· 5

1.7　人口与社会经济 ································· 8

1.8　生态环境及其演变 ······························ 9

第2章　水资源及开发利用 ···························· 12

2.1　水资源特征与水环境问题 ······················· 12

2.1.1　水资源特征 ······························· 12

2.1.2　水环境问题 ······························· 13

2.2　地表水系统 ····································· 14

2.2.1　地表水系统的结构 ························· 14

2.2.2　地表水系统的功能 ························· 18

2.2.3　地表水系统脆弱性的分析 ··················· 19

2.3　地下水系统 ····································· 20

2.3.1　地下水系统的结构 ························· 21

2.3.2　地下水系统的功能 ························· 23

2.3.3　水资源开发利用的历史与现状 ··············· 24

2.4　水资源供需平衡及开采潜力分析 ················· 27

2.4.1　水资源供需平衡分析 ······················· 27

2.4.2　水资源开采潜力分析 ······················· 28

2.5　水资源可持续利用研究 ························· 29

2.5.1　评价指标和分级标准的确定 ················· 29

2.5.2 因子权重的确定 ·· 30

2.5.3 水资源可持续利用综合评价 ····························· 30

第3章 生态环境需水量研究 ······································· 33

3.1 生态环境需水量的概念及研究意义 ······················· 33

3.2 生态环境需水量计算方法 ································· 33

3.3 生态环境需水量计算 ····································· 36

3.3.1 计算面积的确定 ····································· 36

3.3.2 农田生态环境需水计算分析 ························· 37

3.3.3 林地生态环境需水量计算分析 ······················· 38

3.3.4 草地生态环境需水量计算分析 ······················· 38

3.3.5 河道生态环境需水量计算分析 ······················· 39

3.3.6 湖泊洼地生态环境需水量计算分析 ··················· 41

3.3.7 沼泽生态环境需水量计算分析 ······················· 42

3.3.8 生态环境需水量总量结果分析 ······················· 43

第4章 高砷高氟地下水环境研究 ··································· 45

4.1 区域水文地球化学特征 ··································· 45

4.2 地下水中砷、氟的分布规律 ······························· 47

4.2.1 高砷水的分布 ······································· 47

4.2.2 高氟水的分布 ······································· 50

4.3 地下水化学组分的聚类分析和相关分析 ··················· 52

4.3.1 地下水化学组分的聚类分析 ························· 52

4.3.2 砷、氟与其他化学组分的相关性分析 ··················· 53

4.4 地下水砷迁移转化的反向地球化学模拟 ··················· 56

4.4.1 PHREEQC 软件 ····································· 56

4.4.2 反向地球化学模拟结构和可能矿物相的确定 ··········· 56

4.4.3 反向地球化学模拟 ··································· 59

4.5 高氟、高砷地下水成因分析 ······························· 62

4.5.1 高氟地下水成因分析 ································· 62

4.5.2 高砷地下水的成因分析 ······························· 65

第5章 GIS-PMODFLOW 耦合技术支持下的水环境预警研究 ········· 69

5.1 警戒线的确定 ··· 69

5.1.1 上警戒线的确定 ····································· 69

5.1.2 下警戒线的确定 ····································· 72

5.2　预警模型的建立 ·· 72
　　5.2.1　数值模拟 ·· 72
　　5.2.2　系统模型概化 ·· 73
　　5.2.3　数学模型的建立 ··· 75
　　5.2.4　模型求解 ·· 75
　　5.2.5　数学模型校正和检验 ·· 76
5.3　预警结果分析 ··· 80
　　5.3.1　潜水水位预报 ··· 80
　　5.3.2　边界及源汇项的处理 ·· 80
　　5.3.3　水位预报结果及分析 ·· 81
　　5.3.4　水环境预警结果分析 ·· 81

第6章　土地利用变化及生态景观格局优化研究 ································ 84
6.1　土地资源开发利用的主要问题 ·· 84
6.2　土地利用变化研究方法 ·· 85
　　6.2.1　3S技术支持软件 ·· 85
　　6.2.2　数据来源 ·· 86
　　6.2.3　数据的预处理 ··· 87
　　6.2.4　土地利用/土地覆盖预解译 ·· 90
　　6.2.5　解译结果校正及专题图件形成 ···································· 90
6.3　土地利用变化特征分析 ·· 90
　　6.3.1　解译结果分析 ··· 90
　　6.3.2　土地利用数量变化分析 ·· 94
　　6.3.3　土地利用空间转化规律分析 ······································ 95
6.4　土地利用景观空间格局变化分析 ·· 100
　　6.4.1　景观格局指数 ·· 101
　　6.4.2　土地利用景观格局分析 ··· 103
6.5　主要地类典型斑块变化分析 ··· 106
6.6　典型草场土地利用变化分析 ··· 109
　　6.6.1　草场面积变化分析 ·· 110
　　6.6.2　变化速率分析 ·· 111
　　6.6.3　空间动态转化分析 ·· 111
6.7　生态景观格局优化研究 ·· 114
　　6.7.1　元胞自动机在生态景观格局优化中的应用 ··················· 114

6.7.2 景观格局空间优化模型的创建 …………………………… 115
6.7.3 生态景观格局优化 …………………………………………… 118

第7章 土地盐碱化研究 ……………………………………………… 122
7.1 盐碱土及其分类 …………………………………………………… 122
7.2 盐碱土的成因分析 ………………………………………………… 123
7.2.1 盐碱土形成的地质因素 ……………………………………… 123
7.2.2 气候因素与盐碱化 …………………………………………… 126
7.2.3 社会经济因素与盐碱化 ……………………………………… 128
7.2.4 碱土的成因与危害 …………………………………………… 128
7.3 土地盐碱化动态变化规律研究 …………………………………… 129
7.4 土地盐碱化趋势预测 ……………………………………………… 131
7.4.1 盐碱地变化驱动因素分析 …………………………………… 131
7.4.2 盐碱地变化自变量的生成 …………………………………… 131
7.4.3 因变量的选取与生成 ………………………………………… 132
7.4.4 回归分析结果 ………………………………………………… 134
7.4.5 盐碱地发展趋势预测 ………………………………………… 134
7.4.6 结果分析 ……………………………………………………… 134
7.5 土地盐碱化危险度评价 …………………………………………… 135
7.5.1 土地盐碱化影响因子的空间分析 …………………………… 136
7.5.2 评价指标及评价单元 ………………………………………… 139
7.5.3 评价模型——人工神经网络的建立及应用 ………………… 142
7.5.4 评价结果分析 ………………………………………………… 145

第8章 土壤地球化学研究 ………………………………………… 147
8.1 土壤类型与分布 …………………………………………………… 147
8.2 土壤化学成分的水平分布 ………………………………………… 148
8.2.1 长岭土壤化学成分的水平分布规律 ………………………… 148
8.2.2 大安市土壤化学成分的水平分布规律 ……………………… 149
8.3 土壤化学成分的垂直分布 ………………………………………… 149
8.3.1 土壤化学成分剖面图的制作 ………………………………… 149
8.3.2 土壤剖面的地球化学研究 …………………………………… 150
8.4 土壤化学成分的聚类研究 ………………………………………… 156
8.4.1 土壤测试数据的统计分析 …………………………………… 156
8.4.2 土壤养分聚类分析 …………………………………………… 157

　　　8.4.3　土壤可溶盐的聚类分析 ·············· 160
　8.5　土壤环境质量评价 ······················ 162
　　　8.5.1　土壤环境评价指标的选择及数据采集 ········ 162
　　　8.5.2　评价方法 ······················ 163
　　　8.5.3　土壤环境质量评价结果分析 ············· 164
第9章　生态环境质量评价与变化趋势研究········ 167
　9.1　生态环境质量评价指标体系的建立 ············ 167
　9.2　评价单元的生成 ······················ 168
　9.3　评价模型及权值确定 ···················· 175
　　　9.3.1　评价模型 ······················ 175
　　　9.3.2　评价因子权重的确定 ················· 176
　　　9.3.3　生态环境评价指标体系及赋权 ············ 176
　9.4　生态环境质量评价 ····················· 177
　9.5　生态环境质量变化趋势研究 ················ 179
　　　9.5.1　动态度研究 ····················· 179
　　　9.5.2　变化趋势分析 ···················· 180
参考文献················· 183

第1章　吉林西部环境概况

1.1　环 境 概 述

　　吉林西部位于松嫩平原的西南部,地理坐标为东经 123°09′~124°22′,北纬 44°57′~45°46′。该区地域辽阔,土地面积为 47011km², 东、南、西三面高,北部和中部较低,地形似簸箕状。吉林西部平原隶属于白城和松原两个地区市,其中白城市辖洮北区、洮南市、通榆县、大安市和镇赉县。松原市辖宁江区、扶余县、前郭尔罗斯蒙古族自治县(以下简称前郭县)、乾安县、长岭县(见图 1-1)。该区自古以来是一个土地肥沃、水草丰盛的大草原,曾是清朝皇家狩猎场,有丰富的石油、天然气资源和较丰富的地下水资源,是我国重要的农牧业和能源生产基地,也是全国开发土地资源、提高粮食产量最有潜力的省份之一,多年来为国家粮食生产和粮食安全保障做出了重要贡献。

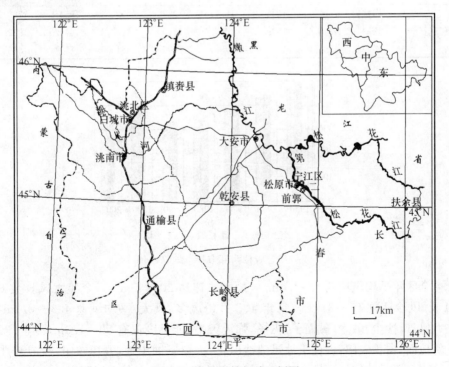

图 1-1　吉林西部行政区划图

1.2 气象水文

吉林西部地处内陆干旱和湿润的东亚季风区的气候过渡带,属半干旱半湿润的大陆性季风气候区。由于受到西风带和东亚夏季天气系统的影响,气候敏感,四季变化明显,春季干旱少雨,夏季炎热多雨,秋季凉爽,冬季漫长寒冷,多年平均降雨量为 400～500mm,从平原的东部向西部递减。降水量年际变化大,年内分配不均,降雨主要集中于 7～8 月,占全年降雨量的 80%。该区多年平均蒸发量为 1500～1900mm,为降水量的 3.5～4.75 倍。干燥度东部最低,为 0.98,西部达 1.49。由于该区降水量小,蒸发量大,大风多风,扬沙日和沙尘暴日较多,气候条件恶劣,水旱灾害频繁,干旱尤其严重,有"十年九春旱"的农谚。近 50 年来,吉林西部的年均降水量和蒸发量分别呈减少和增加趋势,详见表 1-1、图 1-2 及图 1-3。

表 1-1　吉林西部近 50 年多年降水量与蒸发量变化

指标	地区	1950 年	1960 年	1970 年	1980 年	1990 年	2000 年	2007 年
降水量/mm	白城	439.7	416.5	365.8	367.4	260.5	271.4	253.1
	松原	494.6	443.3	397.9	450.8	331.0	394.8	274.6
	平均	467.2	429.9	381.8	409.1	295.8	333.1	263.9
蒸发量/mm	白城	1590	1844.2	1987.9	1272	1724.3	1854.5	1708.2
	松原	1415.1	1599	1605.5	1140	1908.9	1645.5	1922.2
	平均	1502.6	1721.6	1796.7	1206	1816.6	1750	1815.2

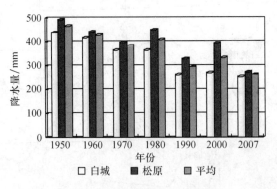

图 1-2　吉林西部多年平均降水量

全区年平均风速 3.4～4.4m/s,最大风速达 20～40m/s。全年大风日数 6～20 天,风沙日数 15～31 天。每年 4、5 月份风多、风大,平均风速 4.3～6.1m/s。在大风日,沙尘、碱尘(碱面子)飞扬,弥漫天空,能见度仅有 50～100m,沙尘、碱尘降落地面,覆盖农田,促使土地迅速盐碱化,大风剥蚀土地,毁坏农田,造成较严重的风灾。恶劣的气候环境是造成吉林西部生态环境脆弱的主要因素。

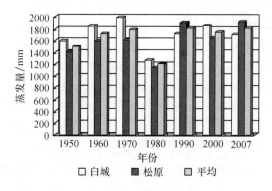

图 1-3　吉林西部多年平均蒸发量

　　该区河流稀少,分布不均,闭流面积很大,地表径流量少,地表水资源量折合径流深仅为 8.8mm。主要大的河流有松花江和嫩江,松花江位于该区东北部边界,嫩江位于北部边界。虽然,河流的年径流量很大,但都属于难以利用的地表客水。在西部和中部有嫩江支流的洮儿河、霍林河及蛟流河。近年来,由于上游地区兴建了水库,上游河水被截流,使下游河水水量减少,甚至河床干涸。

　　区内有大小湖泡 700 多个,湖泡分布与地貌和地质构造有一定的关系,除月亮泡、新荒泡、查干泡等少数湖泡与江河相通,水量较丰富外,多数湖泡的水量靠降雨的补给,大旱时,湖泊随之干涸。境内较大的湖泡有 30 多个,水面均在数千乃至数万公顷以上,如月亮泡、查干泡、大布苏泡等。较小的泡沼其面积也有 $1 \sim 32 km^2$,泡沼水深 $2 \sim 3m$,最大水深可达 $7 \sim 8m$。泡沼蓄水总量可达 $1.015 \times 10^9 m^3$,水域面积 $847.6 hm^2$。上游水库截流和降水量的减少,使泡沼的蓄水量大大减少,许多泡沼干涸见底,渔船搁浅,岸边芦苇面积缩小。

1.3　地 质 地 貌

　　吉林西部地貌特征明显,西北部为低山丘陵区,在构造上属于大兴安岭褶皱带,海拔 $300 \sim 350m$,地势较高,切割较强,出露地层较复杂,主要为中生代的安山岩和燕山期花岗岩,岩石风化强烈,山坡土层很薄。在大兴安岭的山麓地带,分布有由冲积扇组成的山麓台地,如洮儿河冲洪积扇和绰尔河冲洪积扇。东部及东南部分布有一系列的黄土台地,如东南部的乾安、长岭松辽分水岭台地,海拔 $200 \sim 236m$,为上更新统黄土状土,其上部发育薄层淡黑钙土。东部的扶余黄土台地,呈西北东南向,海拔 $150 \sim 160m$,为中更新统黄土状沉积物,其上发育黑土。

　　西南为面积较大的沙丘、沙垄区,海拔 $180 \sim 210m$,有多条沙垄平行排列,呈带状分布,沙垄间有较宽阔的谷地,谷宽 $500 \sim 800m$,高差 $20 \sim 30m$,形成闭流区。该区风蚀地貌较明显,如沙丘、沙垄、风蚀谷、风蚀洼地,乃至风成湖等,主要形成于全新世和晚更新世晚期。在谷中洼地泡沼发育,盐分含量较高,泡沼周围为盐碱地。谷中高地为草场或耕地,主要为风沙土。在平齐铁路线以西,沙垄呈西北、东南方向分布,在长岭北部转东北,呈大的弧形,形成奇特的沙区景观。

盆地内部地貌可分为南部的长岭波状高平原(海拔 180~200m),西北部的洮儿河冲积扇微起伏平原(150~200m),西部的霍林河-洮儿河冲积扇波状平原(161~179m),中部微起伏平原(150~170m),以及北部湿地泡沼平原(130~140m)和东部的黄土台地。

平原内第四纪沉积物厚度变化很大,一般为 40~80m,较厚的为 80~140m,主要位于乾安一带。西北台地为 20~40m,东南台地(松辽分水岭)为 2~20m。下覆地层为新近系的大安组和泰康组的砂砾岩、页岩及泥岩,盆地的地貌和第四纪沉积物对该区的生态环境有重要影响。

1.4 土　壤

吉林西部地区土壤的形成、分布和演变与气候、地貌、植被、母质和人为等因素密切相关。自第四纪以来,该区经历了多次沙漠化和盐碱荒漠化的正逆演变过程,在平原形成了大面积的盐碱土沉积,为世界三大盐碱地之一。随着各自然要素由东南向西北逐渐变化,土壤类型及其分布规律也相应地发生变化,伴随降水量递减,蒸发量递增,气温递增,植被从森林草甸草原到草甸草原,成土母质由黏质到沙质,土壤的 pH 和石灰含量递增。

东部是该区唯一的黑土区,分布于扶余、长岭的东部地区,为波状台地,海拔180~220m,为森林与草甸草原的过渡带,降水量 500~600mm。该区气候较湿润,土壤的形成以腐殖质积累为主,兼有淋溶过程,土壤腐殖层厚,有机质含量高。土壤结构和水肥条件较好,为农业高产区。由于人们对土地的过度开发利用,黑土正在逐渐退化,土层变薄,颜色变浅,腐殖质含量降低,生产力下降。

中部黑钙土、淡黑钙土区分布于微波状起伏台地和高平地,海拔 160~220m,为草甸草原,土壤中的腐殖质相对较多,耕地、草地相间,壤地和甸地相间,为吉林西部主要的农牧区。由于气候干旱,土壤中的钙、镁等石灰性物质未被淋洗出来,为黑钙土和淡黑钙土,在岗间低地存在不同程度的盐化和碱化的现象。黑钙土主要分布于扶余、前郭、大安、长岭等地,在镇赉、洮南、白城等地亦有少量分布,淡黑钙土分布于黑钙土区以西,与栗钙土相连。

西部为风沙土、盐碱土、栗钙土区,位于大兴安岭山麓台地以东地区,台地与洼地相间,海拔 140~260m,相对高差较大,沙丘连绵起伏,呈东西分布,丘间平川为草甸淡黑钙土,大部分低洼地带常有盐碱泡沼分布,泡沼周围为盐土或碱化草甸土,在表土层下有暗碱土层分布。

近20年来,该区土壤质量严重恶化,耕地、草地迅速碱化。虽然,防风林、护田林对固沙起了重要作用,流动沙丘很少出现,但由于地表裸露,土地被风蚀、沙化现象较为突出。

1.5　植　　被

吉林西部平原曾拥有丰富的草地资源,在历史上是蒙古族等民族的游牧地。目前,约有70%的草地被开垦,草地遭到很大的破坏。在20世纪90年代末执行的退耕还草的政策,使草原生态开始恢复。

植被的形成和分布与气候、地形、土壤、微生物、水分、盐分及风沙活动等因素密切相关,上述诸因素在该区自东向西呈规律性变化,东部为森林草甸草原,中部为草甸草原,西部为半干旱草原。

森林草甸草原植被分布于该区的东部及东南,这一地区开发较早,原始植被已不复存在,被现代的次生木本和草本植物所代替。典型植被为贝加尔针茅(*Stipa baicalensis*)群落,其次是线叶菊(*Filifolium sibiricum (Linn.) Kitam.*)和羊茅(*Festuca ovina Sheep fescue*)等。

草甸草原植被分布在扶余、前郭、大安、乾安的分水岭和黄土台地一带,在高平原地区亦有分布。典型植被为羊草(*Leymus chinensis (Trin.) Tzvel.*)群落加杂类草群落。近年来,由于过牧、过垦和其他因素干扰,羊草草甸草原受到严重破坏,盐碱化严重,形成了许多盐生植物群落,如碱蓬(*Suaeda glauca Bge.*)群落、碱茅(*Puccinellia distans*)群落等。现在保留下来的天然羊草草甸草原不多,仅有大安市的姜家甸草场、三家甸草场和长岭县腰井子草场。

半干旱草原植被主要分布于西部地区的漫岗和丘陵地带,为栗钙土分布区,植被生长不旺盛。沙丘植被属于半干旱草原植被类型,主要分布于中、西部地区的沙丘上,土壤有机质含量低,沙性大,容易被风蚀。这些地带多为林地和林场。固定在沙丘上的植被遭到不同程度的人为破坏,出现了一些沙蓬(*Agriophyllum squarrosum*)群落、差巴嘎蒿(*Artemisia halodendron Turcz. et Bess.*)群落等。

1.6　水旱灾害

吉林西部水旱灾害频繁发生。据记载,在1914~1948年的34年中,吉林西部发生过9次较大的洪灾,平均3.8年一次,以1929年的洪水灾害最大。1951~1999年的48年,可划分为4个阶段,1967~1980年的13年为50年中降水量最大、灾情最重的时段。1991~1999年这8年为第二个重灾时段(见表1-2和图1-4)。

表 1-2　吉林西部水灾成灾面积时段划分统计表　　（单位：万亩①）

时　段	均　值	均值相差	最小值	最大值
1951～1966 年	66.125		13(1959 年)	252(1957 年)
1967～1980 年	11.64	−54.685	10(1978 年)	34(1979 年)
1981～1990 年	240.2	228.56	17(1989 年)	594(1986 年)
1991～1999 年	125.26	−114.94	17.9(1995 年)	823.5(1998 年)

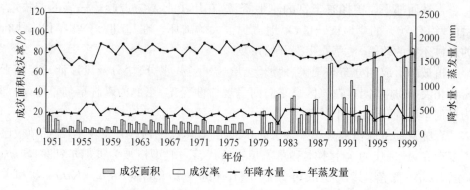

图 1-4　吉林西部地区 1951～1999 年水灾面积变化趋势图

　　1998 年的特大洪水,是吉林西部百年一遇的大洪水,造成的经济损失也是最严重的。1998 年 7 月 6 日～8 月 16 日先后出现多场明显降水,全省平均降水 310.3mm,比历年同期多 41%。白城地区平均降水量 364.6mm。致使洮儿河、嫩江、霍林河、西辽河、新开河等多条江河发生有历史记录以来的特大洪水。据不完全统计,吉林西部地区受灾人口 145.9 万人,成灾人口 131.2 万人,受灾农田 66.7 万 hm²,成灾农田 54.9 万 hm²,绝收农田达 42.7 万 hm²,水围村屯 719 个,转移安置灾民 56.7 万人,倒塌民房 27.4 万间,损坏民房 34.2 万间。其中损失特别严重的是水利工程和设施,如毁坏堤防、护岸、涵闸等,造成直接经济损失达 142.3 亿元。

　　该区极易发生内涝灾害,全区易涝耕地的面积为 369.87 万亩,占总耕地面积的 13.44%,易涝面积大于或等于 50 万亩的有长岭、扶余和通榆。长岭内涝面积最大,为 103.78 万亩,内涝主要发生在无河系的低洼、封闭地区。多年平均统计资料表明,由河流洪水导致的内涝占水灾面积的 53.10%,由雨水形成的内涝面积占水灾面积的 46.90%。

　　吉林西部的旱灾有百年以上的粗略记载,作者收集、整理了吉林西部 1951～2007 年关于气象、水文和灾害等方面的数据资料,做了西部降水量、蒸发量的变化

①　1 亩＝666.6m²。

趋势图；以旱灾的成灾面积和成灾率的柱状图为背景进行变化趋势研究，发现旱灾总体上呈现逐年波动上升的趋势，具体表现为三个不同变化阶段。

1951～1960 年间，成灾面积和成灾率呈下降趋势；1961～1978 年间，呈近平缓的波动上升—下降变化趋势；1980～1999 年间，其成灾面积和成灾率是前两阶段的 5 倍多，呈阶梯状上升趋势。2000～2008 年，该区一直干旱，最严重的 2000 年成灾面积占播种面积的 86%，农业收成不到三分之一，灾害级别以重灾、极重灾为主，这是有干旱记录以来最严重时期，旱灾有继续加重趋势（见表 1-3）。

表 1-3　吉林西部旱灾成灾面积时段划分统计表

| 时　段 | 成灾面积/万 hm² | | | 成灾率/% | | | 灾害等级 |
	均值	最小值	最大值	均值	最小值	最大值	
1951～1960 年	8	4.7(1958 年)	17(1951 年)	7.2	4(1956 年)	17(1951 年)	中～轻
1961～1978 年	10	4(1978 年)	17(1967 年)	9.6	4(1978 年)	15(1967 年)	轻～中
1980～2000 年	69.5	1.4(1983 年)	102(2000 年)	60	1(1983 年)	86(2000 年)	重～极重

自然因素是该区旱灾形成的主要因素，包括自然地理、气候、水资源等。吉林省的地势东南高、西北低，以中部大黑山为界分为东部山区和西部平原，因受东北—西南走向的长白山山脉的影响，南或东南来的气流受阻，形成了吉林西部平原的降雨量由东南向西北递减的格局。来自西部内蒙古和辽西半干旱区的干燥气流，从西部进入盆地，常常带来大的风沙，加速西部地区水汽的蒸发。受全球气候变暖趋势的影响，吉林西部自 20 世纪 80 年代以来，气候有较大幅度的变暖和增干现象。40 年代的季节气温表明，西部地区冬季较 50 年代升温 1.95℃，夏季下降了0.8℃。气温升高，蒸发作用增强，加大了水分的消耗；气候偏暖时期的降水变化比较复杂，可能引起降水量及其地域分布的变动，导致旱灾频繁发生。

西部平原虽然相对高差变化不大，但地形复杂，排水不畅，境内多为古河道，而古河道又多为碱化草甸土，加之干旱与盐碱对土壤的影响，造成土壤结构不良，持水性弱，特别是沙碱地，肥力降低，保土、保肥和保水能力较差，农业旱灾加重。干旱加剧和水域面积萎缩已导致一系列的严重后果：破坏了草原生态系统平衡，影响生物多样性；潜水位普遍下降，减少了水资源量，影响农业灌溉；由于严重干旱，促使土地碱化、沙化和退化，沙尘暴频繁发生；影响农、牧、渔业的发展，西部草原的许多乡镇曾是"鱼米之乡"、"骏马之乡"，而今渔业萧条，牧业荒废，农业减产。

吉林西部处于农牧交错带，生态环境脆弱，很容易受到人为因素的干扰。人口的急剧增加和社会经济的飞速发展，加剧旱灾的形成。由于受经济利益的驱使，西部草地过度放牧现象严重。过垦、过牧破坏了植被，使土壤结构恶化，蓄水保墒能力减弱，加速了地表水和潜水的蒸发，土壤持水度下降，加重了旱情，同时，为了灌溉大量抽取地下水，降低了潜水水位，加速了土地干燥。不完善的、落后的水利工程设施不能有效地控制地表水,使水量供需矛盾得不到解决,进而产生有水洪灾、无水旱灾的现象。洮儿河、霍林河自上游修建水库后,河水被大量截流,下游河床干涸,也是造成干旱的重要原因。人类活动对各种灾害系统的影响也越来越强,往往可使某些潜在性的、渐变性的灾害变为突发的灾害。

1.7　人口与社会经济

西部草原虽然早有人类活动,但是人口一直非常稀少,在 17 世纪以前,人口密度远远低于 0.11 人/km²,17 世纪以来(明末清初)人口密度有所增加,在清末年间,人口密度已达到 3～4 人/km²,从图 1-5 中可以看出人口密度的变化趋势。

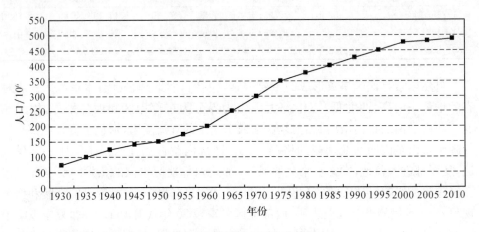

图 1-5　吉林西部人口变化情况

纵观近百年人口的变化,发现该区人口在不断增长,其中增长较为显著的是1955～1985 年的 30 年间。按联合国提出的人口密度标准,在半干旱的农牧区,人口密度不应大于 20 人/km²。吉林西部在 1920 年前后人口就已超标了。显然,这一标准对人口众多的中国是不适用的。从该区的开发历史来看,将人口密度控制在 60～80 人/km² 的水平上是可以承受的,即西部平原(包括白城、松原)的人口控制在 350 万～400 万是适宜的。2004 年该地区人口已达 482 万,显然超过适宜线,给该地区的资源与环境带来了较重的压力,制约社会经济的可持续发展。人口既是社会的建设因素,也是资源的消费因素,甚至还是环境的破坏因素。适量的高素质的人口是社会的宝贵资源,相反,人口因素也会对资源环境和社会带来负面影响。

吉林西部是中国重要的农牧业及大型商品粮基地,已成为水稻、烤烟、肉牛、芦苇、棉花、淡水鱼、油料、糖料、杂粮杂豆等农产品的重要产区,素有"粮仓、肉库、渔乡、油海"之美誉。该区矿产资源较为丰富,已探明石油储量 12 亿 t,天然气 1000

亿 m³,除此以外还拥有储量可观的油母页岩、二氧化碳、硅砂、高岭土、陶土、膨润土、玛瑙、泥炭、耐火土、天然碱、芒硝、盐等。新中国成立以来,在党和政府的领导下,该区凭借着土地、草地资源比较丰富的自然条件发展农牧业和工业,取得了巨大的成就。

1.8　生态环境及其演变

吉林西部平原地域辽阔,资源丰富,是一个水草丰盛的大草原。据考证,在6000 年前的新石器时期就有原始部落在草原上繁衍生息。目前,已发掘的古代遗址就有 20 多处。考古成果表明,该区在西周中叶、春秋战国、秦代为东胡族游牧、狩猎之地。在汉代、三国、魏晋,古老的夫余族在此逐渐兴起,以农安为中心建立了夫余国。扶余、前郭为当时夫余国的边境地带,而白城的中西部被东胡族后裔——鲜卑族据有。17 世纪,清朝废除部落,实行八旗制度,准许放荒垦地,于是来自四方的移民逐渐定居于嫩江、洮儿河两岸,以及长岭、乾安、大安、白城等地,但仍以牧业为主。该区大量开垦土地至今不过 100 年的历史。

近百年来,地球气候正经历一次以全球变暖为主要特征的显著变化,我国东北地区是气候显著变暖的地区之一,吉林西部尤为突出。20 世纪 70 年代末,该区气温逐步上升,一直为干暖气候,降雨量由 70 年代的 500mm 降至现在的 300～250mm,局部地区甚至达到 200mm,气温平均上升了 0.9～1.2℃。在连续干旱和人为因素的影响下,许多河、渠断流,湖泊和水库干涸,区内的霍林河自 1998 年大洪水后,至今未有一滴水进入该区。全区湖泊湿地总面积已由 80 年代末的 48.92万 hm² 降至 2004 年的 23.07 万 hm²,其中湿地由 22.66 万 hm² 降至 8.46 万hm²,湿地萎缩或消失面积达 14.2 万 hm²。伴随着人口增加和经济发展,大部分草地被开垦为耕地,在干旱气候的叠加下,草地大面积减少,耕地因无水灌溉而弃耕,土地盐碱化发展迅速,平均增长速率为 1.78%/a。目前,盐碱化、沙化和退化的“三化”土地占总土地面积的 43.43%,其中,盐碱地占总土地面积的 22.62%,每年因土地盐碱化失去的土地约 17 万 hm²,直接经济损失达 68 万元/a。该区土地利用类型复杂,转换频率加大,呈现耕地、盐碱地面积增加,草地、湿地和水域面积减少的“两增,三减”趋势。土地盐碱化使土壤结构受到破坏,土壤的碳、氮、磷、有机质等营养成分丧失,植物生长受到抑制,导致土地退化,生产力下降,甚至功能丧失,制约农牧业的持续发展。纵观吉林西部平原生态环境演变的历史,可划分为 4个阶段。

1. 原始生态环境协调发展期(公元前 4000 年～17 世纪)

从公元前 4000 多年到 17 世纪漫长的时期里,该区人烟稀少,水草肥美,生态环境优良。原始部落在西部繁衍生息，以狩猎、游牧为主，人类活动较好地融于大自然中。环境的演变，气候冷暖、干湿的更替，森林草原、草甸草原和荒漠化的演变等主要受自然力的影响，人类对生态环境的影响十分微弱，并可进行自然恢复，为一个漫长的生态环境协调发展期。

2. 生态环境危机孕育期(18 世纪～20 世纪 70 年代)

自 18 世纪清政府开禁以来，西部的移民逐渐增加，启动了开垦草原、发展农业的运动。1902 年，清政府为了巩固政权、扩大版图，推行屯垦戍边的政策，大批移民涌入西部草原垦荒造田。19 世纪末 20 世纪初，西部战乱不断，匪患四起，对环境造成较大的破坏。20～30 年代，在西部老村镇的基础上设置了县级建制，如长岭、乾安、大安等开始建县，由关内迁入大量移民，原始草原被大量垦殖。

在日伪统治时期(1931～1945 年)，西部的林地和草地资源开始遭到破坏。在50～60 年代，人口成倍增加，对资源环境带来巨大的压力，草地资源环境遭到空前的浩劫，西部生态环境加剧恶化。在 60～70 年代，西部地区土壤的沙化、碱化及草场退化十分严重。由于当时处于无政府状态，生态环境问题未能引起政府部门的重视。

3. 生态环境危机爆发期(20 世纪 70 年代～90 年代初)

生态环境的潜在危机通过长期地孕育，在 70 年代末已十分严重了。到 90 年代初，约有 70%的原始草原消失，大量的土地资源被荒废，耕地中的中低产田的面积已达 70%左右。近 30 年来，耕地、草原的碱化率分别为 2.64%和 2.47%，耕地、草原沙化率分别为 0.66%和 0.83%。半个世纪前，还是水草丰盛、"风吹草低见牛羊"的大草原，此时期土地碱化、沙化、退化已十分严重。如任其自由发展，50年后的吉林西部，优良的耕地和草地将所剩无几。

4. 生态环境修复期(20 世纪 90 年代初至今)

20 世纪 90 年代初以来，吉林省和地区各级政府意识到土地盐碱化和生态破坏的严重性，加大了对生态环境保护、治理和建设的力度。特别是 90 年代末到 21世纪初，吉林省委、省政府站在新世纪发展的高度，制定了建设生态省的战略决策，经国务院办公厅同意，委托国家环境保护总局(现环境保护部)以环函[1999]436号文批准吉林省为全国生态省建设试点。按照国务院办公厅的要求，吉林省全面启动了生态省建设。吉林西部为生态省建设的重点地区，在发展"生态环保型效益经济"思想的指导下，该区生态环境研究、建设工作得到广泛地开展，退耕还草、退耕还林工程正在实施，科研成果逐渐转化为生产力，在治沙、治碱、抗旱、还草还林等方面已取得了较大的成绩。如引用地下水压盐碱种水稻、围栏种草恢复草原等，局部的生态环境得以改善,但其治理的速度远远赶不上盐碱化发展的速度。

　　为配合国家提高土地资源潜力、保障粮食安全战略的实施,国家发展和改革委员会、水利部、国土资源部、吉林省政府于 2007 年共同拟定了吉林省保障粮食生产的土地开发整治规划,从解决干旱缺水、保证粮食和供水安全的角度,分三期建设哈达山水利枢纽、引嫩入白(城)和大安灌区等水利工程,引用松花江和嫩江水,开垦闲置退化的盐碱荒地,改造中低产田,实现新增水田 405 万亩、生产粮食 25 亿 kg 的目标。同时,利用水田退水补充湖泊,恢复芦苇湿地,以达到保护生态环境、改良退化草地的目的。大规模的引水工程和新一轮土地开发整治工程必将进一步改变吉林西部原来的生态景观,改变水资源的不合理布局,改善土壤结构,增加土壤中的有机质和营养物质,提高土地的生产能力。

　　可以认为,吉林西部进入了生态环境的修复期。但是,生态环境的恶化是多年形成的,且已到了十分严重的程度,因此,环境治理、生态修复是一项长期而艰巨的任务。

第2章 水资源及开发利用

2.1 水资源特征与水环境问题

水资源是直接关系到吉林西部经济发展、生态环境质量优劣的重要因素。作者从水资源的角度,研究水资源系统的组成、结构与功能的变化及其对生态环境的影响,揭示水资源与环境的内在关系,以达到合理开发利用水资源、恢复恶化的生态环境和实现可持续发展的目的。

2.1.1 水资源特征

吉林西部的水资源系统由降水、地表水、土壤水和地下水组成,它们之间相互联系,相互制约,组成了一个十分复杂的水资源系统(见图 2-1)。

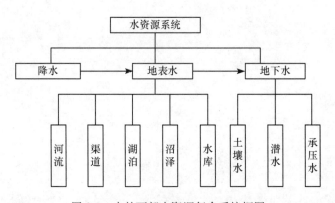

图 2-1 吉林西部水资源复合系统框图

该区多年平均降水量由 450mm 降至 400mm,而且呈现不均匀分布的特点。降水多集中在每年 6~9 月份,占全年降水量的 40%~80%。降水量的时空分布非常不均,降水量最大为 1957 年,达 800.7mm。大气降水除了渗入、蒸发、截蓄等损失外,多余的水量以地面径流的形式汇集于河流、天然泡沼和水库中。降水成为地表水体和地下水的主要补给来源。

该区河水主要接受大气降水和上游河水的补给。区内洮儿河与霍林河在沿途径流过程中,大部分河水补给地下水,成为潜水的主要补给来源。分布在北部的嫩江和第二松花江段主要接受地下水的补给,仅在丰水期河水才补给地下水。土面、水面蒸发和植物蒸腾是地表水排泄的主要途径之一。在水资源系统中,降水、地表水与地下水之间存在着密切的水力联系,1998 年,该区发生了特大洪水,白城降水量为 595.2mm,洮儿河河水与霍林河河水最大流量分别达到 2350m³/s 和 3400m³/s,其中霍林河流量超过历史最大记录流量(907m³/s)的 37 倍。洪水使潜水水位普遍上升了 1.3～2.8m。

地下水系统是水资源系统中重要的组成部分,它不仅参与了整个水循环,还为该区经济发展、人民生活水平的提高提供了重要的资源保障(见图 2-2)。

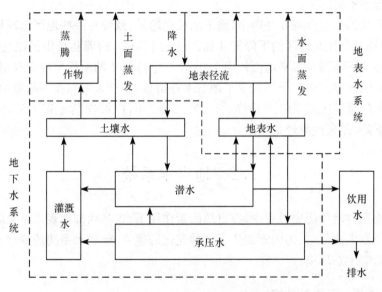

图 2-2　吉林西部水循环简图

2.1.2　水环境问题

干旱、洪涝、水质污染和土地盐碱化及局部地下水水位下降是吉林西部主要的水环境问题。干旱制约了该区经济发展,全区有旱地 2620.8 万亩,占总耕地面积的 95.2%。旱情主要发生在春季,其次为伏旱和秋旱。自 20 世纪 50 年代以来,干旱频率逐渐上升,平均每 3 年发生一次较大的干旱,平均受旱面积 465 万亩,成灾面积为 170 万亩,分别占全省的 58.1% 和 53.8%。自 1998 年大洪水后,该区连年干旱,致使多数水库和泡沼干涸。干旱导致水源枯竭,地下水水位下降。向海水库水面面积比 80 年代减少了 2/3,霍林河几乎常年断流,成为一条干河。

该区水灾发生频率虽不如旱灾发生的频率大,仍对经济发展和人民生活产生了严重的威胁。由于该区地势低洼,水灾主要以洪涝为主。50 多年来,水灾成灾面积大于 50 万亩的重灾有 16 次。尤其是 20 世纪 80 年代以后,水灾频繁发生,重灾有 13 次,平均 1.8 年发生一次重灾。主要洪水灾害发生于 1957 年、1969 年、1986 年、1993 年和 1998 年。该区地势平坦,土壤质地黏重,渗水性能差,易形成盐碱内涝,全区易涝耕地约 369.87 万亩。

该区地表水体已出现不同程度的污染,第二松花江以有机物污染、挥发酚污染和汞污染为主。嫩江以氢化物、BOD_5 和汞污染为主。洮儿河、松花江干流和拉林河水质污染较轻。另外,各乡镇企业大量污水不经处理便随意排放,也造成了一些湖泊和地下水的污染。

由于城镇工业自备井井距小,地下水长期超采,致使在一些地区出现局部下降漏斗,如松原市江北地区的下降漏斗面积已达 65km²,前郭县长山镇以化肥厂、电厂为中心的下降漏斗区平均面积为 130km²。下降漏斗的面积呈现丰水期缩小,枯水期扩大的规律。连年干旱减少了地下水补给量,而开采量却在不断增加,使该区地下水水位呈现区域下降的趋势。1999～2001 年,白城连续 3 年干旱,许多井由于水位下降,掉泵现象经常发生。

2.2　地表水系统

在长期的地质历史过程中,在自然因素作用下,吉林西部地表水系统的结构和功能不断发生变化,人为因素加快了这种变化的速率,地表水系统的变化又直接或间接地影响生态环境。

2.2.1　地表水系统的结构

地表水系统由河流、湖泊、水库、沼泽、湿地和人工渠道等组成。

1. 河流

吉林西部平原主要河流有松花江、第二松花江、嫩江,它们分布于该区的北部和东部边界,区内仅有洮儿河、霍林河及其小支流,除此之外,还有一些季节性的地表径流,详见水系图 2-3。全区地表水多年平均径流量为 4.41 亿 m³,其中白城为 2.87 亿 m³,松原为 1.54 亿 m³。

松花江由第二松花江和嫩江汇合而成,从宁江区、扶余县东北部流过,在扶余县伊家店乡与拉林河汇合后流入黑龙江省。区内河道长 120km,流域面积 2903km²,多年平均径流量为 365.43 亿 m³(见表 2-1)。

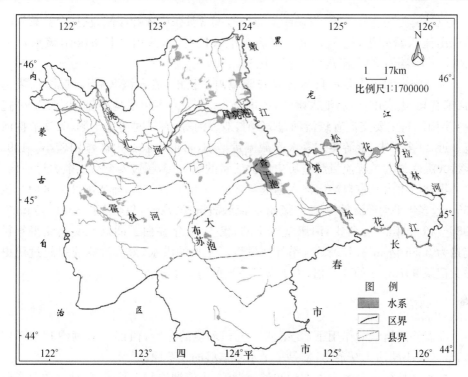

图 2-3 吉林西部水系图

表 2-1 吉林西部主要河流多年平均径流量(1956~1996 年)

河流名称	流域面积/km²	集水面积/km²	多年平均径流量/亿 m³
松花江	393963	2903	365.43
第二松花江	77400	2553	152.23
嫩江	221715	2413	249.9
洮儿河	18462	10109	12.9
蛟流河	4640		4
拉林河	18339	108106	32.31
霍林河	8527	8061.35	0.0076

　　第二松花江发源于长白山主峰白头山天池,从扶余县东南部七家子乡乌金屯进入该区,在前郭县三岔河与嫩江汇合,区内径流长度 188km,流域面积 2227km²,多年平均径流量为 152.23 亿 m³。

　　嫩江发源于大兴安岭伊里呼里山的南麓,由黑龙江省流入境内,在三岔口汇入松花江。从省境至三岔河口长 199km,区内流域面积 4.23 万 km²,多年平均径流量为 209.9 亿 m³。在 1998 年特大洪水期间,嫩江大赉站洪峰最大流量达 16100m³/s,为 60 年一遇的特大洪水。

拉林河为松花江支流,发源于黑龙江省五常县张广才岭西侧,从扶余县蔡家沟镇珠山流入研究区,向西北至伊家店乡汇入松花江,区内全长 84km,流域面积 1082km², 多年平均径流量为 32.31 亿 m³。

洮儿河发源于内蒙古自治区兴安盟境内高岳山,流入该区后经洮北区、洮南市、镇赉县、大安市,最后汇入嫩江,区内全长 302km,多年平均径流量为 17.98 亿 m³(洮南站),主要支流有蛟流河、那金河、双发河等,春旱时河床干涸,为季节性河流。近 20 多年来,上游察尔森水库截流量增加,目前对农业生产作用较小。1998 年特大洪水最大洪峰流量超过历史最大流量的 2.1 倍,超过安全行洪能力近一倍。

霍林河由内蒙古自治区流入通榆县,经大安汇入查干湖,排入嫩江。区内全长 255km,多年平均径流量为 8300 亿 m³。流域面积 8527km², 集水面积 8061.35 km²。1985~1995 年的 10 年中,河床基本干枯,仅 1995 年在白云胡硕水文站测得年径流量为 0.56 亿 m³。1998 年,霍林河发生了罕见的洪水,最大洪峰流量超过历史最大记录 907m³/s 的 3.7 倍,为 150 年一遇的特大洪水。

2. 湖泊

在新构造运动的作用下,受第四纪沉积环境的影响,西部平原湖泊和沼泽广布,全区大小湖泊 700 余个,曾是一个水草丰盛的大草原。

按水文特征可分为内流湖泊和外流湖泊,内流湖泊属于封闭型,湖水主要靠蒸发和渗漏排泄。外流型湖泊为开放型,湖水有进有出,与江河相连,其水文动态受降雨和部分径流支配,如月亮泡、查干泡等。

该区湖泊按成因可分为河成湖、风成湖及残留湖。河成湖的形成与江河的形成、变迁有关,如月亮泡受嫩江的影响。在新构造运动的作用下,河床多次摆动、变迁,形成河曲状古河床,进而发展成为牛轭湖,最后演化为现在的河成湖,从 TM 卫星影像图中可以明显辨识。这类湖泊面积大,水位较稳定,湖水矿化度较低,水质很好,湖底平坦,为泥沙沉积,周围水生植物茂盛,适宜发展渔业生产。

风成湖多分布于沙丘、沙岗间洼地,在风力作用下形成大小不同、形状各异的风蚀洼地,即风成湖,如长岭的十三泡等。

关于残留湖的成因有两种解释,一是在早更新世松辽平原为一个大的湖盆地,至中更新世形成向心水系,东、西辽河周围的水系都汇入盆地中心。晚更新世由于松辽分水岭缓慢抬升,东西辽河以松辽分水岭为界南流。湖盆的面积不断缩小,甚至分割成为若干小的湖泊,全新世以来,水系变迁、湖泊萎缩,成为星罗棋布的现代残留湖。另一种观点认为,残留湖属于构造成因的湖泊,例如,乾安的大布苏湖和农安的波罗泡,其深度较大,而且有 8~10m 高的湖滨阶地,显著区别于一般的残留湖。

湖泊、沼泽是地表水系统中的一个重要部分,它对保持区域水动态平衡,维护生态环境,改造小气候有重要意义。该区主要湖泊特征见表2-2。

表 2-2 吉林省西部地区主要自然湖泡统计表

所在市、县	湖泡名称	水面面积/km²	水深/m	河系	类型
镇赉县	洋沙泡、苇子沟泡、高棉泡、嘎海后泡、西二龙泡、四家泡、莫什海泡	127.0	1.5~2.5	洮儿河	外流型
	莫莫格泡、鹅头泡、弯垅泡、哈尔挠泡、老鸹窝泡	117.0	1.3~7.9	嫩江	外流型
大安市	新荒泡	40.0	2.0	洮儿河	外流型
	小西米泡、新平安泡、牛心套堡泡、利民泡	73.4	0.8~1.5	霍林河	外流型
洮南市	小香海泡	10.0	3.0	霍林河	外流型
乾安县	大布苏泡、花敖泡	52.3	0.5~1.5	闭流区	内陆型
	张家泡	12.0	1.7	霍林河	外流型
前郭县	查干湖、新庙泡、大库里泡	272.7	4.0	霍林河	外流型
长岭县	腰井泡、十三泡、四十六泡	41.5	0.8~1.0	闭流区	内陆型

3. 水库

全区共有大中型水库9座,其中大型水库2座,即月亮泡水库和向海水库,集水面积分别为19万km²和548km²,总库容14.34亿m³。中型水库7座,分别是群昌水库、创业水库、团结水库、兴隆水库、胜利水库、五间房水库和龙凤山水库,集水面积约为27747km²,总库容3.702亿m³(见表2-3)。这些水库在抗旱防洪中起到了重要作用。然而,近年来水库蓄水量显著减少,有些水库近于干涸。

表 2-3 吉林省西部地区大、中型水库主要指标

规模	水库名称	所在位置 河名	所在位置 市(县)	集水面积/km²	校 核 水位/m	校 核 总库容/亿m³	设计洪水位/m	汛 限 水位/m	汛 限 库容/亿m³	坝顶高程/m
大型	向海	霍林河	通榆县	548		2.35	168.10	166.30	1.36	169.60
	月亮泡	嫩江	大安市	190000	133.72	11.99	133.50	130.30	3.52	135.00
中型	胜利	霍林河	通榆县	12417	151.70	0.3100	151.70	150.90		153.20
	兴隆	霍林河	通榆县	11925	163.77	0.7900	163.77	162.35		164.77
	团结	洮儿河	洮南市	40	219.75	0.7600	219.25	214.25		221.50
	创业	洮儿河	洮南市	1244	165.00	0.6720	165.00	164.00		168.00
	群昌	洮儿河	洮南市	1360	246.25	0.5960	245.70	242.80		248.00
	龙凤山	霍林河	长岭县	761	171.16	0.5740	170.54	168.30		173.00

4. 沼泽湿地

该区主要的沼泽湿地有月亮泡水库沼泽、大安市西部的龙沼镇沼泽、查干湖沼泽、向海沼泽、大布苏湖滨沼泽和太平川沼泽等(见表2-4)。从表中可见,沼泽分布在湖泊周围,土壤以草甸沼泽土和盐化沼泽土为主,沼泽类型以芦苇沼泽和盐沼为主,芦苇沼泽的植物以芦苇为主,如月亮泡。盐沼则以碱蓬盐为主,伴生有芦苇。

表 2-4　吉林西部主要沼泽类型

沼泽名称	面积/万 hm²	土壤类型	植　被
月亮泡水库沼泽	0.84	草甸沼泽土和腐殖质沼泽土	芦苇、菖蒲、水葱
龙沼镇沼泽	15.1875	盐化沼泽土和盐碱土	碱蓬、碱蓬-碱蒿、芦苇群落
查干湖沼泽	1.7	腐殖质沼泽土	芦苇群落
向海沼泽	2.3	盐化草甸沼泽土和泥炭土	芦苇,伴生有苔草、香蒲等
大布苏湖滨沼泽	0.1	盐化草甸沼泽土	芦苇群落
太平川沼泽	8.32	泥炭沼泽土、泥炭土和盐土	芦苇,伴生苔草、狭叶甜茅等

沼泽湿地具有涵养水源、蓄水调洪、补充地下水、调节区域气候、保护净化水质、保护生物多样性等多种功能,在国民经济和生态环境保护等方面起着重要作用。自 20 世纪 70 年代以来,随着人口的剧增,湿地生态系统遭到过度开发,湿地面积锐减,湿地功能严重退化,主要表现在湿地围垦严重、水质恶化、环境污染加重、泥炭和芦苇等资源受损等方面。西部地区湖泊湿地普遍处于富营养状态,主要原因是湿地周围及其上游农牧业和工业废水及生活污水直接排入湿地或河道中,水体更新缓慢,自净能力降低,毒性物质增加,溶解氧减少。近年常有鱼类大批死亡及水禽中毒等事件发生。

5. 人工渠系

东北四大灌区之一的前郭灌区,修建于日伪时期,灌溉土地 1.886 万 hm²。西部的洮儿河灌区,位于洮儿河中下游,自国哈渠首经洮南、大安、镇赉的部分农田沿洮儿河两岸断续分布。灌区有 5 处引水枢纽,即国哈渠首枢纽、龙华渠首枢纽、范家屯渠首枢纽、庆有渠首枢纽等。灌区总灌溉干渠道 21 条,长 265.27km,支渠 82 条,长度 205.58km,区内排水沟 25 条,长 207.28km,支沟 57 条,长 156.17km,灌排渠总长度 834.30km。灌溉面积 55.15 万亩,其中水田 48.65 万亩,旱田水浇地 6.5 万亩。设计灌溉总需水量 $5.154 \times 10^8 \mathrm{m}^3/\mathrm{a}$,拟利用地表水 $4.1302 \times 10^8 \mathrm{m}^3/\mathrm{a}$,其余部分开采地下水 $1.0238 \times 10^8 \mathrm{m}^3/\mathrm{a}$。

庆有渠首枢纽位于大安市六合乡,建于 1975 年,通过枢纽将洮儿河水输入大安市的新洮渠和幸福渠。由于近年干旱,庆有枢纽已无水注入幸福渠,致使沿渠两侧泡沼干涸。干旱缺水和上游截流使渠系功能丧失,造成了土地资源和人力资源的浪费。

2.2.2　地表水系统的功能

地表水系统在水资源系统中起到了至关重要的作用,其主要功能体现在参与自然界水循环、满足人类供水需求、抗旱蓄洪、水产养殖、补充地下水、淤土造田、压碱和净化环境等方面。

该区的水汽主要来自太平洋，随着热带气旋和南部暖气流的输入，在平原上空形成降雨云团，雨水降落到地表后分成三部分，一部分经地表径流泄入河流，另一部分降水下渗补给地下水，而部分降水在蒸发作用下返回到大气。在水循环的过程中，地表水体周围形成了降水较多、湿度相对较大的特殊小气候圈。例如，大安市的东北部靠近嫩江，而西南部无地表水系。东北部的降水量明显多于西南部，西南部水库和湖泊由于连年干旱，大多干涸。由于严重干旱，吉林西部水资源已成为维系生态平衡、保障人类生存和社会经济发展的重要因素。地表水具有调节区域水量的功能，对抗旱、蓄洪起到了重要作用。如月亮泡和查干泡为缓解 1998 年嫩江的特大洪灾发挥了重要的作用，在随后 3 年的抗旱中，各水库、泡沼蓄积的洪水有效缓解了旱情。2007 年启动的引嫩江和松花江的水利工程，将有效改善该区干旱缺水、生态退化的状况。

该区湖泊、泡沼星罗棋布，这些水域水面宽阔、水深适宜，多数湖泊水质良好，天然饲料丰富，鱼类品种繁多，具有发展渔业生产的独特优势和巨大潜力，为吉林省重要的渔产品基地之一。嫩江和第二松花江江面宽阔，沟岔较多，水流平缓，为自然鱼类繁殖和捕捞的良好场所。洮儿河流域地势平坦，河床较窄，且沿岸多为草塘，水草生长茂盛，汛期水量大时可灌注沟岔，为鱼类产卵繁殖的理想地段。

该区河流少，水量小，冲沙和冲淤的功能不十分明显，洮儿河多年平均输沙量为 55.2 万 t，第二松花江输沙量较高，为 274 万 t。1998 年特大洪水时，从霍林河流域中、上游冲刷下来大量的淤积物覆盖在洪泛区的碱土上，起到了自然压碱的作用。

地表水体对污染物具有稀释、混合、沉淀、氧化、微生物降解等物理、化学和生物作用，可使沿岸未经处理的部分入江污水得到降解。

地表水对土壤还具有洗盐和排盐功能，在水流的作用下，将水中和水体周围土壤中的盐分带入下游，可减少盐碱在盆地里的积累。

以上是地表水系统的一些主要功能，它对保护生态环境、维系生态系统有其重要作用，而以往人们多从资源开发利用的角度研究地表水，而忽视了对其功能的保护和利用。

2.2.3　地表水系统脆弱性的分析

1. 地表水系统结构与功能的演变

自第四纪以来，该区地表水系统的结构发生了重大的变化。早更新世初至中更新世，松嫩盆地在缓慢下降的过程中，形成了颇具规模的沉积盆地，那时东辽河、西辽河、霍林河和洮儿河等河流从四周向盆地中心流动,呈现出向心水系的汇水盆地。从松嫩平原和三江平原同一阶地的沉积物对比分析可以看出,盆地的东北方向有一出口,松花江沿此出口流向三江平原。

中更新世后期,在北北东断裂控制下,长岭—乾安沉降中心和通榆南侧横向隆起相连。随着松辽分水岭不断隆起,南部地区逐渐抬高,原来形成的向心水系发生了较大的变化,东辽河和西辽河被分水岭分割,脱离松花江水系改向南流。霍林河、洮儿河和嫩江伴随着沉降中心的北移而迁徙,与第二松花江汇合进入松花江。随着水系的北迁,残留下古河道和星罗棋布的湖沼。

在人类活动的影响下,地表水系统逐渐被改造,沿流域修建的一些水库、引水渠道和灌区,改变了自然地表水的分布格局。20 世纪 80 年代以后,在降水量减少、蒸发量增加,以及人为因素影响下,地表水系统的结构和功能发生了重大的变化,河流萎缩、断流,湖泊干涸,地下水补给减少,渠道荒废,地表水系统面临解体的威胁。

地表水系统结构的变化必然带来功能的变化,致使地表水参与自然界水分循环的强度减弱、抗旱能力降低、水资源供给不足等。由于连年干旱,导致农业减产、庄稼绝收,农民被迫外出打工。湖泊和水库水量的减少,湿地面积的缩小,影响了渔业生产,生物多样性受到破坏。干旱和上游截流,使该区地下水补给量不断减少,进而对地下水系统产生不利影响。

2. 影响地表水系统结构和功能的因素

降水减少和蒸发强烈是影响该区地表水系统结构和功能的重要自然因素。对洮南站 1924～2000 年这 76 年观测资料的分析表明,降水量逐渐减少,多年平均值为 400mm,低于平均值的有 36 个年份(其中缺失 1945～1950 年),高于平均值的有 34 个年份。自 1988 以来,降水量回归曲线呈逐年下降的趋势,而蒸发量自 1958 年以来,始终保持在 2000mm 左右。由此可见,气候干旱是导致地表水和地下水资源紧缺、生态环境恶化的主要原因。

上游截流和无序利用是破坏地表水系统结构的主要人为因素。洮儿河上游察尔森水库的截流,导致河水下泄量不断减少,大安市以上的河段在 2000 年就已断流,沿河两岸的渠系和湖泡均干涸,鱼类全部死亡。河流、湖泊的干涸改变了原来的地表水结构,减弱了其抗旱蓄洪、水产养殖和补给地下水等功能。

2.3　地下水系统

吉林西部以内流水系为主,河流稀少,地表水资源有限,地下水已成为该区宝贵的资源。地下水系统由土壤水、潜水和承压水三个部分组成。

2.3.1 地下水系统的结构

1. 土壤水

土壤在水文循环中起着极其重要的作用,无论是降雨、灌溉入渗、地表径流、地表蒸发或植物蒸腾,还是土壤中水分的动态储蓄和深部渗漏等都是以土壤为介质不断发生和相互转化的。当降水或灌溉水渗入到土壤表层时,其土壤的含水率不断发生变化,使表层土壤逐渐转变为饱和状态。土壤剖面从上至下可分为饱和区、过渡区、传导区和湿润区。当入渗水量不断增加,饱和区面积向下扩散,地表水通过土壤层补给潜水。

在土面蒸发和植物叶面蒸腾作用下,土壤中的水分直接从地表或经植物向大气扩散,参与自然界的水分循环,成为其中的一个重要组成部分。在有植被覆盖的情况下,植物生长越茂盛,根系和叶片越发育,其蒸腾作用就越大。而在无植被覆盖的情况下,土壤越干燥,导水能力越低,则向地表和根系表面输水就越困难。由此可见,增加植被的覆盖度,会加快土壤水参与大气循环的速率。土壤水是三水转换的一个重要的环节,是维系生态系统的基础。

2. 潜水

该区东、南、西三面地形较高,北部较低,为一个簸箕形的含水盆地。第四纪沉积物较发育,但沉积厚度变化很大。在盆地中部,冲湖积低平原厚 60～70m 或 80～100m,在盆地边缘厚度为 20～40m 或 2～20m。该区的潜水为第四系孔隙潜水,含水层岩性为粉砂、细砂、砂砾石(Q_3～Q_4)。总趋势是含水层由南向北逐渐增厚,从 1～5m 到 18～23m 不等,最大厚度为 40m。潜水的埋深一般为 1～3m、3～5m,岗地为 5～10m,山前倾斜平原为 10～30m,如水文地质剖面图 2-4 所示。含

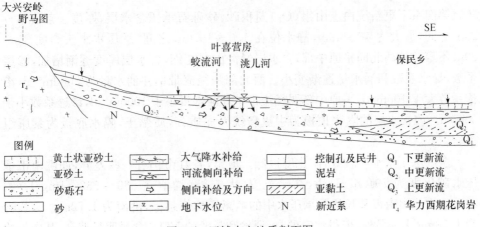

图 2-4 区域水文地质剖面图

水层的渗透系数一般小于 10m/d,砂砾石、卵砾石层的渗透系数大于 100m/d,粉细砂含水层单井单位涌水量一般为 30～120m³/d,砂砾石层为 1000～3000m³/d,潜水是该区进行农业灌溉的一种水源。

作者在研究区分层采集了地下水样品,进行了化验测试,结果表明全区潜水以 HCO_3-Na-Mg 型为主。各县市潜水矿化度的平均值为 0.452～1.126g/L,F 含量为 0.78～3.78mg/L,硝酸盐平均值为 10.00～109.83mg/L。潜水中较高的硝酸盐主要来源于土壤包气带中生物蛋白质等含氮有机质的分解硝化产物,以及农业化肥和生活污染。总体看,洮南、通榆的地下水水质较好,而乾安、大安的水质较差。

3. 承压水

该区的承压水包括第四系松散岩类孔隙水和新近系基岩孔隙、裂隙承压水,从老到新的顺序如下:

新近系中新统大安组(Nd)碎屑岩裂隙孔隙承压含水层,由灰绿色夹灰黑、褐色砂砾石、含砂砾岩、粗砂岩、砂质泥岩组成,构成两大旋回,岩性下粗上细,胶结较差。该含水层主要分布于盆地中部,其他地区较薄或缺失。含水层厚度为 14～70m,承压水头为 42.4～179m,单井涌水量为 1000m³/d,渗透系数为 0.7～7.05m/d。顶板为大安组上部泥岩,底部为白垩系泥岩。

新近系上新统泰康组(Nt)碎屑裂隙孔隙含水层由砂砾石、砂岩、细砂组成,在该区中南部过渡为微承压水和潜水。含水层厚度由 3.0～20m 至 50～91m 不等。含水层埋藏深度由西北、东南(6～30m)向平原区中部(65～110m)逐渐增加,最深达 158m。静止水位埋深由 4.5～21m 不等。渗透系数为 1.01～33m/d,单井涌水量为 1000～3000m³/d。顶板为泰康组上部泥岩和粉砂质泥岩,底板为大安组上部泥岩。

第四系下更新统白土山组(Q_1)湖积砂、砂砾石承压含水层,厚度一般在 3～25m 之间,最大达 46～48m,静水位在 1.0～15.0m 之间,承压水水头高度 20～90m 不等。从西北向平原中部,含水层岩性由粗变细,含水层厚度逐渐增加,渗透系数、导水系数和涌水量逐渐变小。西北部强径流带单井涌水量为 3000m³/d,渗透系数大于 100m/d,平原中部弱径流带单井涌水量小于 1000m³/d,渗透系数小于 50m/d。该含水层的隔水顶板为中更新统淤泥质、砂质黏土,隔水底板为泰康组泥岩。

全区承压水水质较好,矿化度很低。但是,各县市仍有一些差异,如洮南市承压水矿化度为 791.82mg/L,高于乾安、大安等(均值在 539～562.41mg/L)约 200mg/L。洮南市和长岭县承压水中的氟离子均值超标,洮南为 1.72mg/L,长岭为 1.13mg/L。另外,值得注意的是,通榆和长岭的 NO_3^- 含量明显偏高,其中长岭为 37.49mg/L,通榆为 27.71mg/L。承压水为该区重要的饮用水含水层,应加强承压水的保护力度,合理开发承压水资源。

2.3.2　地下水系统的功能

1. 补给、径流和排泄

该区具有半封闭蓄水盆地的特点,地下水汇水范围广阔,补给来源比较充沛。地下水补给源主要有大气降水垂直补给、霍林河下游散流区垂直补给、山区地下水侧向补给和河流侧向补给。在西北山区和长岭松辽分水岭及高平原形成了地下水侧向补给区。该区的洮儿河、蛟流河中上游地表径流在沿河两侧补给地下水,另外松花江、嫩江在汛期也有部分地表水补给地下水。霍林河下游散流区已成为通榆县境内地下水的主要补给源。1998 年洪水期间,通榆境内潜水埋深从 3.22m 上升到 1.15m。新近系承压水水位由 5.37m 上升至 2.92 m。

在洮儿河冲积扇、长岭倾斜平原区及松拉河间高地等地,由于地势高、坡度陡、地下水径流条件好,潜水从边缘带向盆地中部径流。下部承压水的水平径流也受到半封闭蓄水盆地的控制,由东南、南、西北三面向中部、北部流动,在北部边界排入嫩江和松花江。

该区一部分地下水以水平径流的形式排泄于东北部外围区,在台地的边缘和丘陵扇形地的前缘形成溢出泉群,为潜水水平径流排泄区。洮儿河与东部边界的嫩江、松花江基本上起着排泄地下水的作用,在丰水期对地下水又起着季节性补给作用。由于近江地段地下水水力坡度小、径流滞缓,地下水的排泄作用较弱。

水面和土面的蒸发是该区潜水排泄的主要方式。近年来,随着抗旱井不断增加,人工开采地下水已成为地下水排泄的重要途径之一。20 世纪 80 年代,吉林西部地下水总开采量为 5.24 亿 m³,占地下水总补给量的 16.06%,2000 年地下水开采量达到 11.63 亿 m³,占地下水补给量的 35.64%。

2. 维系生态平衡

地下水具有参与水分循环、调节地表水,维持土壤湿度、保证植物需水,承载地层压力,水资源调蓄和供给等功能。

丰富的地下水资源成为水分循环的主要组成部分,大部分地下水通过潜水蒸发返回大气圈,转化为大气水。在河流两侧,地下水又成为调节地表水的重要因素之一,在第二松花江流域,地下水多年平均补给河水量为 1.1944 亿 m³。

土壤水是联系降水、地表水和地下水的纽带,当土壤水达到田间持水量以上时,多余的降水便继续下渗补给地下水。该区有 85% 的耕地为等雨田,大面积的草地从未进行过灌溉,在干旱无雨时节,土壤水为植物的生长提供保障。

地下水充满于孔隙含水层之中,水的托浮力和对孔隙的支撑力起到了承载地层的重要作用。当大量抽取地下水时,潜水水位大幅下降,承压水水头不断降低,水头压力减少,致使原土层中的压力平衡受到破坏。如在黏土层分布区,易压缩的黏性土层中孔隙水大量外流,土层进一步固结并压缩,在砂层分布区,随水位下降,水的托浮力减弱,砂层压密,最终导致地面沉降。

该区地下水比较丰富,占全省地下水资源的 61.86%,形成了埋藏于八百里瀚海之下的天然地下水库,为工农业生产和生活提供了丰富的水资源。

2.3.3 水资源开发利用的历史与现状

1. 水资源开发利用历史

1) 地表水

吉林西部平原河流主要分布在北部边界,多年平均径流量为 300 多亿 m³。由于地面与江水面落差较大,开发地表水需要大量投资,所以,至今对地表水的利用程度较低。全区有水库、塘坝近 1000 座,对调节利用地表水资源起了重要作用。该区最早的水利工程为前郭灌区引水工程,为日伪时期所修建,建国后又进行了维修和扩建。灌区水源引自第二松花江,每年提水量 4.03 亿 m³,可灌溉耕地 1.886万 hm²。

灌溉面积小于 10 万亩的灌区有 14 个,其中白城市 10 个,每年可提水 18262万 m³,灌溉面积达 2.737 万 hm²,包括水田面积 0.829 万 hm²。松原市有灌区 4个,每年可提水 8478 万 m³,灌溉面积达 0.781 万 hm²,包括水田 0.573 万 hm²。各灌区的基本情况见表 2-5。

表 2-5　吉林西部平原各灌区基本情况

地　区	灌溉面积/万 hm²	提水量/万 m³	水　源
白城市	2.737	18262	那金河、洮儿河、月亮泡和嫩江
松原市	0.781	8478	拉林河、松花江、嫩江
合　计	3.518	26740	

2) 地下水

该区降水不足,蒸发强烈,打井抽取地下水成为该区主要的抗旱措施。对于地下水的开发利用可分为几个阶段。20 世纪 50 年代,该区主要采用人工挖井和使用简易工具凿井的方式提取潜水和浅层承压水抗旱,而后从简易井、土井、木壁井等发展到机电井。全区有上万眼水井,井深多为 10～20m。50 年代后期,当地政府发动群众挖简易土井,但由于渠系不配套,效益较差。70 年代,全区大力发展机电井建设,配套机电井达 2.02 万眼,每年春季投入抗旱播种的机电井有 1.5 万眼左右,受益面积达 700 万亩。80 年代初,全区各类配套机电井达 2.5 万眼,机电站 500 多处,年抽取地下水 5.9 亿 m³。旱田有效灌溉面积为 400 万亩,实际灌溉面积 200~250 万亩,抗旱坐水种面积达 400~600 万亩,但仍有 1200 万亩易旱耕地未能得到灌溉。全区 70%以上的水浇地的水源取自于地下水。90 年代初,该区机电井的数量迅速增加,1995 年机电井数已增至 6.6982 万眼,其中配套机电井数为 5.12 万眼,占全省机电井数的 83%。1999 年底,农田井数达到 16.538 万眼。1980~2007 年全区地下水开采量见图 2-5。

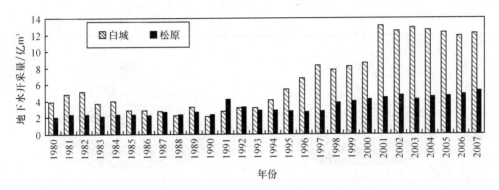

图 2-5　白城和松原地下水历年开采量柱状图

从 1980~2007 年近 30 年统计资料看,西部地下水开采量变化存在地区和时间差异。其中松原市在 2000 年以前基本保持在 2.1 亿~3.1 亿 m³/a,仅 1991 年地下水的开采量较大,为 4.13 亿 m³/a;2000 年以后,地下水开采量均在 4 亿 m³/a,且呈逐年增加趋势,2007 年达到了 5.23 亿 m³/a。白城市相对波动幅度较大,1980~1984 年间,地下水开采量偏大,为 3.72 亿~5.06 亿 m³/a;1985~1992 年,地下水开采量一直保持在 2.2 亿~3.0 亿 m³/a 左右;1993 年以后地下水开采量逐年增加,特别是 2000 年以后,地下水的开采量始终在 10 亿 m³/a 以上,2001 年达到最高值 13.05 亿 m³/a。这与该区近年来大批打井,利用地下水抗旱灌溉有关。

2. 水资源开发利用现状

2007 年全区开发利用水资源 36.10 亿 m³,其中地表水为 18.73 亿 m³,占总供水量的 51.88%。在地表水的实际供水量中以提水为主,占地表水的 45.17%。地下水为 17.37 亿 m³,占总供水量的 48.12%。其中白城地下水开采量为 12.14 亿 m³,占地下水总开采量的 69.89%,松原为 5.23 亿 m³,占 30.11%。在地下水的开采中,浅层水的开采量为 9.37 亿 m³,占地下水总开采量的 53.94%,深层地下水开采量为 8.00 亿 m³,占 46.06%(见表 2-6 和图 2-6)。

表 2-6　2007 年吉林西部实际供水量统计表　　　　（单位:亿 m³）

水资源分类		松原市	白城市	合　计
地表水工程用水量	蓄水	6.29	0.93	7.22
	引水	0.36	2.69	3.25
	提水	5.26	3.20	8.46
	合计	11.91	6.82	18.73
地下水开采量	浅层	1.99	7.38	9.37
	深层	3.24	4.76	8.00
	合计	5.23	12.14	17.37
合　计		17.14	18.96	36.10

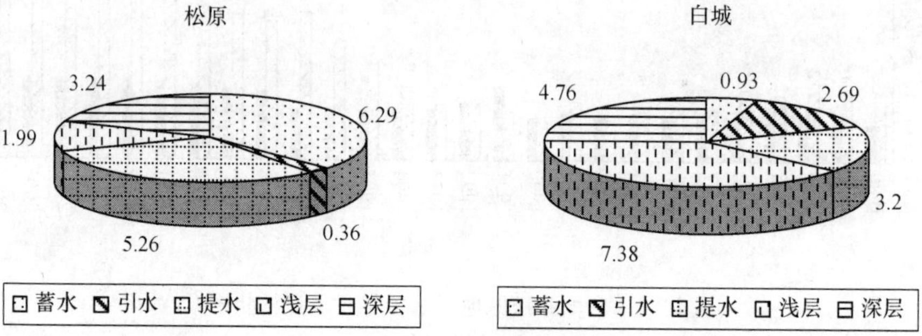

图 2-6　白城市和松原市实际供水量图(单位:亿 m³)

从不同用途的用水比例看,林牧渔业的地表水用水量最大,为 6.70 亿 m³,占地表水实际用水量的 49.05%;其次为农田灌溉,用水量为 6.12 亿 m³,占 44.80%。由此可见,该区地表水资源主要用于副业,其次为农田灌溉,而已开发的地下水主要用于灌溉,用水量为 14.17 亿 m³,占地下水总用水量的 81.77%(见表 2-7)。

表 2-7　2007 年吉林西部行政分区实际用水量表　　　（单位:亿 m³）

分　类		白　城	松　原	合　计
工业用水量	地表水		0.78	0.78
	地下水	0.38	0.48	0.86
农田灌溉用水量	地表水		6.12	6.12
	地下水	10.57	3.60	14.17
城镇公共用水量	地表水			
	地下水	0.18	0.07	0.25
居民生活用水量	地表水		0.06	0.06
	地下水	0.51	0.92	1.43

续表

分　类		白　城	松　原	合　计
林牧渔用水量	地表水		6.70	6.70
	地下水	0.46	0.18	0.64
合　计	地表水		13.66	13.66
	地下水	12.10	5.23	17.33
总　计		12.10	18.89	30.99

2.4　水资源供需平衡及开采潜力分析

一个地区的水资源量是该地区合理开发利用水资源和发展持续农业的基础，现根据已有资料进行初步分析。

地表水资源量主要是根据分区代表站的实测流量和供水、用水、调水等资料进行计算而得。吉林西部平原多年平均径流量为 4.41 亿 m³，其中松原为 1.54 亿 m³，白城为 2.87 亿 m³。通过 1995 年和 2007 年地表水资源量与平均值对比可以看出，近 10 年来全区地表水资源量小于平均值（见表 2-8）。

表 2-8　吉林西部地表水天然资源量

地　区	计算面积/km²	多年平均径流量/亿 m³	1995 年径流量/亿 m³	2007 年径流量/亿 m³
白城市	25709	2.87	0.87	1.89
松原市	21191	1.54	2.215	0.49
合　计	46900	4.41	3.085	2.38

从 2007 年水资源公报可知，全区地下水资源量为 30.79 亿 m³，其中降水补给量为 28.60 亿 m³，占地下水天然资源量的 92.89%；地表水补给量为 1.69 亿 m³，占天然资源量 5.49%；井灌回归补给量为 0.32 亿 m³，占天然资源量的 1.04%；侧向补给量 0.18 亿 m³，占天然资源量的 0.58%。可见，该区的地下水 92.89% 以上的天然资源量依靠大气降水补给。

通过计算，全区地表水多年平均资源量为 2.38 亿 m³，地下水多年平均资源量为 30.79 亿 m³，水资源总量为 32.45 亿 m³。

2.4.1　水资源供需平衡分析

根据 2007 年全区地下水开采情况进行的地下水资源供需平衡分析表明，全年地下水开采量为 17.33 亿 m³，占允许开采量 25.11 亿 m³ 的 69.02%。全区共余水 7.78 亿 m³，其中白城余水 3.29 亿 m³，松原余水 4.49 亿 m³（见表 2-9）。

表 2-9　吉林西部 2007 年地下水资源供需平衡表　　（单位:亿 m³）

分　类	白城市	松原市	合　计
农灌用水量	10.57	3.60	14.17
工业需水量	0.38	0.48	0.86
居民生活需水量	0.51	0.90	1.41
城镇公共需水量	0.18	0.07	0.25
林牧渔畜牲需水量	0.46	0.18	0.64
总开采量	12.10	5.23	17.33
地下水资源量	20.83	13.35	34.18
允许开采量	15.39	9.72	25.11
供需平衡	3.29	4.49	7.78

2.4.2　水资源开采潜力分析

虽然,全区地下水开发程度相对较高,但仍有较大的开发潜力,其中白城市共开采地下水资源 12.10 亿 m³/a,占地下水允许开采量的 78.88%;松原市地下水开采量为 5.23 亿 m³,占地下水允许开采量的 53.81%。

由于各县市地下水的富水程度和开采程度不同,其开采潜力存在较大的差异。作者采用开采量($Q_开$)与允许开采量($Q_允$)的比值作为开采潜力指数(F_1),来衡量该区地下水的开采潜力。F_1 值一般在 0~1 之间变化,当 F_1 值=1 时,表明地下水的开采程度已到极限,$F_1<1$ 时,地下水具有开采潜力,$F_1>1$ 时,地下水已被超采(见表 2-10)。

表 2-10　吉林西部 2007 年地下水水资源供需平衡表

地　区	县　市	开采量/万 m³	允许开采量/万 m³	供需平衡	开采潜力指数(F_1)
松原市	宁江	8313	6200	−2113	1.3408
	扶余	10800	21011	10211	0.5140
	前郭	12702	27919	15217	0.4550
	长岭	8822	23555	14733	0.3745
	乾安	11663	18543	6880	0.6290
	合计	52300	97228	44928	0.5379
白城市	洮北	54800	35800	−19000	1.5307
	大安	14000	22300	8300	0.6278
	洮南	28200	29400	1200	0.9592
	通榆	13700	38800	25100	0.3531
	镇赉	10700	27600	16900	0.3877
	合计	121400	153900	32500	0.7888

开采潜力指数愈大,说明该区地下水的开采潜力愈小,反之则很大。从 2007

年吉林西部地下水资源开采现状来看,通榆县地下水开采程度较低,开采潜力很大($F_1=0.3531$),其次为长岭县($F_1=0.3745$),白城市洮北区开采潜力最小($F_1=1.5307$),开采程度最高。作者利用开采潜力指数进行地下水资源潜力分区(见表2-11)。上述研究为吉林西部开发利用、科学管理地下水资源提供了依据。

表 2-11　吉林西部地下水开采潜力分区表

开采潜力指数	$F_1<0.2$	$F_1=0.2\sim0.39$	$F_1=0.4\sim0.69$	$F_1>0.7$
开采潜力分区	潜力极大	潜力很大 长岭、通榆、镇赉	潜力较大 扶余、前郭 乾安、大安	潜力中等 宁江、洮北、洮南

2.5　水资源可持续利用研究

在自然因素和人为因素的作用下,吉林西部的水资源在水量和水质等方面发生了较大的变化,随着经济的快速发展和人口的增多,水资源需求量逐年增加,水资源的紧缺形势愈来愈严重。为此,有必要开展水资源可持续利用研究。作者根据吉林西部自然条件、水资源利用现状和经济发展的需求,建立了水资源可持续利用的评价指标体系,采用层次分析法确定因子权重,利用环境质量指数法和综合指数法进行了水资源可持续利用的综合评价。

2.5.1　评价指标和分级标准的确定

进行水资源可持续利用的综合评价,评价因子的选择至关重要。根据吉林西部平原的自然条件及水资源开发利用现状,我们将水资源可持续利用综合评价系统分为水资源条件、水资源利用率、水资源管理及技术设施和水资源综合效益 4 个子系统,这 4 个方面基本能反映出水资源可持续利用现状及程度。

水资源条件包括产水系数、产水模数、人均水量和地均水量。其中,产水系数主要反映气候条件对水资源本身的影响,产水模数则反映水资源的赋存条件,人均水量反映人口对于水资源的压力,地均水量反映出单位面积水资源占有量多少,它们共同体现水资源的自然状况。水资源利用率包括工业用水利用率和农业用水利用率,水资源利用效率直接影响水资源的可持续利用。水资源管理水平包括水资源开发率、灌溉率和开采强度三项。作者用每平方千米含井数来近似表示水资源的开采强度。水资源综合效益主要用万元工农业产值需水量来表示。

作者选择了 11 项因子作为水资源可持续利用的评价标准,分为 4 个级别。每级数值以吉林西部的实际情况为基础,参照全国和本省情况所确定的(见表2-12)。

表 2-12　水资源可持续利用综合评价标准

评价因子	范围值	一级	二级	三级	四级
产水系数	0.13~0.91	1.0	0.75	0.5	0.25
产水模数	5.62~23.66	30	20	10	5
人均水量/m³	84.8~660.8	1000	500	250	125
亩均水量/m³	0.74~12.23	20	10	5	2.5
工业用水/%	2.5~42.9	80	40	20	10
农业用水/%	2.47~88.19	100	80	60	40
水利用率/%	18.7~74.3	25	50	75	100
灌溉率/%	5.56~58.97	80	60	40	20
开采强度	0.24~4.93	5	2.5	1.25	0.63
工业产值/万元	5.18~262.26	200	100	50	25
农业产值/万元	2.85~639.86	2000	1000	500	250

2.5.2　因子权重的确定

水资源可持续利用评价系统是一个多因子的系统,特别适合采用层次分析法进行分析。层次分析法(AHP)是系统工程中对非定量事物作定量分析的一种简便方法,它一方面能充分考虑人的主观判断,对研究对象进行定性与定量的分析,另一方面把研究对象看成一个系统,从系统的内部与外部的相互联系出发,将各种复杂因素,用递阶层次结构形式表达出来,以此逐层进行分析。层次分析法确定因子权重的步骤包括层次结构的建立、构造判断矩阵、层次单排序及总排序和一致性检验。

经过计算,得到环境质量评价因子和子因子权重结果(见表 2-13)。从表中可以看出,水资源管理及技术设施和水资源综合效益所占权重最大,对水资源可持续利用贡献最大,其次为水资源利用率、水资源条件。

表 2-13　吉林西部水资源可持续利用综合评价因子赋权结果表

评价因子权重	水资源条件				水资源利用率		水资源管理水平			水资源综合效益	
子因子	B1				B2		B3			B4	
因子权重	0.109				0.189		0.351			0.351	
次子因子	C1	C2	C3	C4	C5	C6	C7	C8	C9	C10	C11
次子因子权重	0.25	0.25	0.25	0.25	0.67	0.33	0.333	0.333	0.333	0.67	0.33
各因子总权重	0.027	0.027	0.027	0.027	0.127	0.062	0.117	0.117	0.117	0.235	0.116

2.5.3　水资源可持续利用综合评价

在确定水资源可持续利用评价系统中各因子、子因子权重的基础上,采用综合指数法对吉林西部水资源可持续利用进行综合评价,各评价因子的环境质量指数(I_j)及环境质量综合指数(IE)计算公式为

$$I_j = \sum W_i I_i \qquad (i = 1 \sim n) \tag{2-1}$$

式中,I_j 为 j 评价因子的环境质量指数;W_i 为 I 子因子的权重;I_i 为 I 子因子的环境质量指数;n 为评价因子个数

$$F = \sum W_j I_j \qquad (j = 1 \sim m) \tag{2-2}$$

其中,F 为评价单元内环境质量综合指数;W_j 为 j 评价因子的权重;I_j 为 J 子因子的环境质量指数;m 为评价因子个数。

　　利用以上公式,求出了吉林西部各县的水资源可持续利用综合指数(F)和各评价因子的指数。作者将水资源可持续利用程度分为可持续、较持续、不持续、极不持续 4 个级别,评价结果发现,吉林西部各县的水资源没有一个县是可持续利用的。扶余、镇赉、通榆等县的水资源利用十分不合理,为极不持续,位于Ⅳ级;长岭、洮北、宁江、大安、洮南和乾安为Ⅲ级,处于不持续利用状态;前郭条件相对较好,属于水资源尚可持续利用,等级为Ⅱ级(见表 2-14 和图 2-7)。

表 2-14　吉林西部水资源可持续利用综合评价结果简表

项　目	评价级别			
	Ⅰ	Ⅱ	Ⅲ	Ⅳ
综合指数	>0.35	0.24~0.35	0.18~0.24	<0.18
水资源可持续利用程度	可持续	较持续	不持续	极不持续
各级别的县、市名		前郭	洮南、洮北、大安、乾安、宁江、长岭	扶余、镇赉、通榆
各级别的数量		1	6	3

　　前郭水资源条件较好(产水系数、产水模数、地均水量较高),水资源管理水平较高(水资源开采程度、灌溉率及水资源技术设施最高),单位水资源工业产值高,被评价为Ⅱ级。

　　位于Ⅳ区的通榆、镇赉和扶余,其水资源条件较差(产水系数、产水模数最低),水资源开采程度较低,并且利用效率不高,尤为注意的是,该地区水资源管理及技术设施落后,耗水量很大,使得水资源综合效益不高,所以该地区应发挥部分地区水资源开采潜力较大的优势,加大水利设施建设,发展节水农业,提高水资源的综合效益。

　　位于Ⅲ区的洮南、洮北、乾安、宁江、大安和长岭,其水资源条件相对较好,但其工业用水利用效率较低;水资源开采程度较高,但水资源综合效益一般。这说明该地区水资源利用不合理,存在水资源浪费的问题,因此,应着重提高水资源的利用率,发展节水农业。

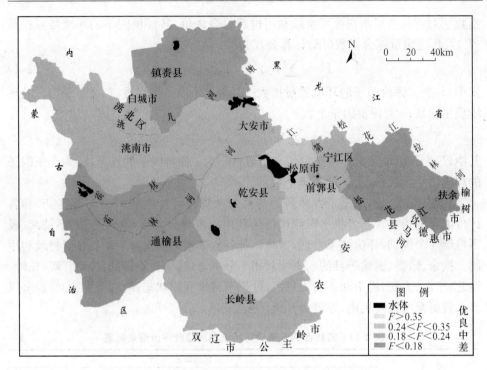

图 2-7　吉林西部地下水资源可持续利用综合评价图

第 3 章 生态环境需水量研究

3.1 生态环境需水量的概念及研究意义

从广义上讲,所谓生态环境需水量,是指维持全球生物地理生态系统水分平衡所需要的水,包括维持水热平衡、水沙平衡、水盐平衡等所需的水量。狭义的生态环境需水量是指为维护生态环境不再恶化并逐渐改善所需要的最小的水资源总量。生态环境需水量主要包括保护和恢复内陆河流下游的天然植被及生态环境的需水量;水土保持及水保范围之外的林草植被建设的需水量;维持河流水沙平衡及湿地、水域等生态环境基流的需水量;回补超采地下水的需水量等方面。计算生态环境需水量,实质上就是要计算维持生态保护区生物群落稳定和可再生维持的栖息地的需水量。

生态环境是关系到人类生存发展的基本自然条件,保护和改善生态环境是保障社会经济可持续发展所必须坚持的基本方针。水是生态和环境最重要的要素,水文条件、水资源变化过程与生态环境变化相互作用、相互影响。区域水文水资源情势对生态平衡起到重要的调节作用。在干旱、半干旱和半湿润区要维护和改善生态环境在很大程度上受制于水资源的供给状况。特别是在干旱缺水地区,生态环境脆弱,生态环境组成结构相对不稳定,对干扰因素反应敏感。长期以来,在开发利用水资源的过程中很少考虑或者没有考虑生态环境需水量,致使一些地区生态环境退化,表现为土地盐碱化和沙化、地表植被退化甚至死亡、河道断流、湖泊萎缩、水面大量减少、水污染严重、地下水位大幅度下降、干旱程度加大、生态恶化、物种减少、旱涝灾害增多等自然生态问题。

随着工农业经济的发展和人民生活水平的提高,水资源的需求量愈来愈大,缺水问题将日趋严重。水资源短缺已成为影响和制约吉林西部社会和经济可持续发展的主要因素,同时也严重威胁该区的生态环境。从生态环境需水量的角度来认识水资源、探讨吉林西部水资源利用中存在的各种问题,将有助于在全新的概念上对未来水资源合理利用和改善生态环境进行综合决策,正确处理好人口、经济、资源和环境的相互关系,调整经济结构和布局,提高用水效率和用水经济效益,真正走可持续发展道路。

3.2 生态环境需水量计算方法

生态环境需水量的计算方法分植被生态环境需水量和河道水域生态环境需水

量两部分(见表 3-1)。目前,植被生态环境需水量的计算方法主要有直接计算法、潜水蒸发法、改进的彭曼公式法;河道内生态环境需水量计算方法有 Montana 法、多年最小月平均实测径流量法等;湖泊、湿地生态环境计算方法则采用面积定额法。

彭曼公式法是 1948 年彭曼根据能量平衡原理、水汽扩散原理和空气导热定律提出的计算公式,是目前世界上应用最普遍的计算方法。以后经过多次修改,形成多种形式的彭曼修正公式。表 3-1 中改进后的彭曼公式为联合国粮农组织(FAO)推荐的修正公式。

表 3-1　生态环境需水量计算方法

需水量类型		需水量计算公式	方法简介
植被生态环境需水量		面积定额法: $Q_i = F_i Z_i$	Q_i 为 i 类型植被的生态环境需水量(m^3);F_i 为 i 类型植被的面积(hm^2);Z_i 为 i 类型植被的生态环境用水定额(m^3/hm^2)
		潜水蒸发法: $Q_i = A_i \varepsilon_i K$	Q_i 为 i 植被类型的生态环境用水量;A_i 为 i 类型植被的面积;ε_i 为 i 类型植被所处某一地下水埋深时的潜水蒸发量;K 为植被系数,有植被地段的潜水蒸发量除以无植被地段的潜水蒸发量
		改进后的彭曼公式法: $ET_0 = C[WR_n + (1-W)f(u)(E_a - E_d)]$	ET_0 为潜在蒸发量;W 为与温度有关的权重系数;C 为补偿白天与夜晚天气条件所起作用的修正系数;R_n 为按等效蒸发量计算得到净辐射量(mm/d);$f(u)$ 为与风速有关的风函数;$E_a - E_d$ 为在平均气温中,空气的饱和水汽压 E_a 与实际平均水汽压 E_d 之差($10^2 Pa$)
河道水域生态环境需水量	河道内生态环境需水量	Montana 法 $W = \sum_{1}^{12} Q_i Z_i$	Q_i 为一年内第 i 个月多年平均流量;Z_i 为对应第 i 月份的推荐基流百分比
		河道湿周法	该法通过多个河道断面的几何尺寸流量关系实测数据或从单一河道断面的一组几何尺寸流量数据中计算得出湿周与流量之间的关系,然后根据关系图中影响点的位置确定河道内流量的推荐值
		R2CROSS 法: 以曼宁方程为基础的计算方法	该法假设浅滩是最临界的河流栖息地类型,而保护浅滩栖息地也将保护其他的水生栖息地,如水塘和水道。确定了平均深度、平均流速以及湿周长百分数作为冷水鱼栖息地指数,平均深度与湿周长百分数标准分别是河流顶宽和河床总长与湿周长之比的函数,所有河流的平均流速推荐采用 30.48cm 的常数,这 3 种参数是反映与河流栖息地质量有关的水流指示因子。如能在浅滩类型栖息地保持这些参数在足够的水平,将足以维护冷水鱼类与水生无脊椎动物在水塘和水道的水生环境
		多年最小月平均实测径流量法: $W_b = \dfrac{T}{n}\sum_{i}^{n} \min(Q_{ij}) \times 10^{-8}$	W_b 为河流基本生态需水量;Q_{ij} 表示第 i 年第 j 个月的月均流量;T 为换算系数,其值为 $31.536 \times 10^6 s$;n 为统计年数

续表

需水量类型		需水量计算公式	方法简介
河道水域生态环境需水量	湖泊生态环境需水量	水量平衡法： $\Delta W_1 = P + R_i - R_f - E + \Delta W_g$	ΔW_1 为湖泊洼地蓄水量的变化量；P 为降水量；R_i 为入湖水量；R_f 为出湖水量；E 为蒸发量；ΔW_g 为地下水变化量
		换水周期法： $T = W/Q$　或　$T = W/W_q$	T 为换水周期（天）；W 为多年平均蓄水量（$10^8\,\mathrm{m}^3$）；Q 为多年平均出湖流量（m^3/s）；W_q 为多年平均出湖水量（$10^8\,\mathrm{m}^3$）
		最小水位法： $W_{\min} = H_{\min} S$	$W_{\min}$ 为湖泊最小生态环境需水量；$H_{\min}$ 为维持湖泊生态系统各组分和满足湖泊主要生态环境功能的最小水位的最大值；S 为水面面积
	沼泽生态环境需水量	水量平衡法	沼泽湿地生态环境需水量可以近似用沼泽湿地生态系统蒸发蒸腾损耗的水量来计算。蒸发蒸腾损耗的水分量等于单位面积蒸散量与沼泽湿地面积的乘积

　　Montana 法简单易行，便于操作，不需要现场的测量，适应于任何有季节性变化的河流。这种方法不但适应有水文站点的季节性河流，而且适应没有水文站点的河流，可通过可以接受的水文技术来获得平均流量。对于本书所涉及的河流，都是属于有水文站点的季节性河流。这种方法设有 8 个等级，推荐的基流分为汛期和非汛期，推荐值以占径流量的百分比作为标准，其标准见表 3-2。各个级别生态环境需水量的计算方法：首先计算出一年内每个月份多年平均流量与其相应推荐基流百分比的乘积值，再将各个值累加，即得到该级别河流一年的生态环境需水量。

表 3-2　保护水生生态等有关环境资源的河流流量状况标准

流量的叙述性描述	推荐的基流（10月～次年3月）（平均流量的百分比）/%	推荐的基流（4～9月）（平均流量的百分比）/%
最大	200	200
最佳范围	60～100	60～100
极好	40	60
非常好	30	50
好	20	40
中或差	10	30
差或最小	10	10
极差	0～10	0～10

　　河道湿周法基于一种假设：即保护好临界区域的水生物栖息地的湿周，也将对非临界区域的栖息地提供足够的保护。湿周法利用湿周（指水面以下河床的线性长度）作为栖息地的质量指标来估算期望的河道内流量值，见图 3-1 和图 3-2。

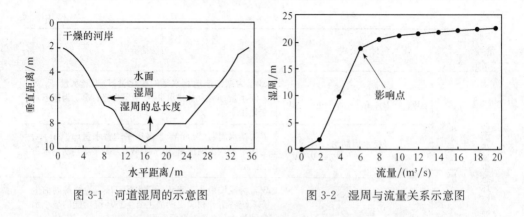

图 3-1　河道湿周的示意图　　　　　图 3-2　湿周与流量关系示意图

3.3　生态环境需水量计算

根据吉林西部生态系统类型,将生态环境需水量分为农田生态环境需水量、林地生态环境需水量、草地生态环境需水量、河道生态环境需水量、湖泊洼地生态环境需水量和沼泽湿地生态环境需水量 6 类,下面对各种类型的生态环境需水量进行分析和计算。

3.3.1　计算面积的确定

本书所采用的生态环境需水量计算方法以"面积定额法"为主,计算原理为传统的水平衡理论。同时,借助一些其他的理论、方法和技术手段来估算不同类型的生态环境需水量。在计算各类生态环境需水量过程中需用到各类景观面积,根据 2004 年的 TM 影像解译数据,可以得到吉林西部各县市不同景观类型面积(见表 3-3)。

表 3-3　吉林西部各县市各类景观类型面积　　　　　(单位:km²)

地　区	县　市	辖区面积	耕地面积	林地面积	草地面积	水域面积
松原市	宁江	1263	776	29	73	61
	扶余	4692	3629	55	141	110
	前郭	5933	3430	407	608	390
	长岭	5798	2881	426	761	74
	乾安	3516	2176	7	213	175
	合计	21202	12892	924	1796	811
白城市	洮北	1923	1423	94	81	10
	大安	4943	1438	110	710	290
	洮南	5121	3214	365	371	91
	通榆	8441	2225	840	1405	91
	镇赉	5323	2412	191	1148	177
	合计	25751	10712	1600	3715	659
总　计		46953	23604	2524	5511	1470

3.3.2　农田生态环境需水计算分析

根据《节水灌溉技术》一书提供的吉林省农作物平均需水量标准和吉林省水利科学研究所《吉林省西部地区旱作物丰产与水管理》的研究结果(见表 3-4),作者对吉林西部各地区和各县、市农作物的生态环境需水量和全区总生态环境需水量进行了计算。

表 3-4　吉林西部农作物需水定额　　　　(单位:m^3/hm^2)

参　数	玉　米	其他作物				水　稻
		小麦	大豆	高粱	谷子	
需水量*(Q)	3450~5100	3150~3750	3750~4950	3450~5700	3900~4650	12000~18000
需水量**(Q)	5010	4995	4470			
均值(X)	4275	3975				15000

＊引自:李宋尧.《节水灌溉技术》.水利水电出版社.
＊＊引自:《吉林省西部地区旱作物丰产与水管理》。

为了计算方便,将农田生态环境需水量分为旱田作物和水田作物两类,旱田作物又分玉米和其他作物两种。各种作物每公顷生态环境需水量分别取均值,即玉米为 $Q_1 = 4275m^3$ 和其他作物 $Q_2 = 3975m^3$,水稻需水量为 $Q_3 = 15000m^3$。这样即确定了各种作物的用水定额,结合各类作物面积也可求得农田生态环境需水量(见表 3-5)。

表 3-5　吉林西部各县市农田面积与生态环境需水量

县市	面积/km^2					生态环境需水量/亿 m^3			
	耕地	水田	旱田	其中玉米	其他旱作物	水田	玉米	其他旱作物	农田总需水量
宁江	775.7	164.6	611.1	233.67	377.43	2.47	1.00	1.50	4.97
扶余	3629	337	3292	1098.61	2193.39	5.06	4.70	8.72	18.47
前郭	3430	708	2722	707.45	2014.55	10.62	3.02	8.01	21.65
长岭	2881	0	2881	1034.64	1846.36	0.00	4.42	7.34	11.76
乾安	2176.3	0	2176.3	535.69	1640.61	0.00	2.29	6.52	8.81
洮北	1423	365	1058	304.89	753.11	5.48	1.30	2.99	9.77
大安	1438	32	1406	305.65	1100.35	0.48	1.31	4.37	6.16
洮南	3214	104	3110	398.73	2711.27	1.56	1.70	10.78	14.04
通榆	2224.87	34.45	2190.42	392.55	1797.87	0.52	1.68	7.15	9.34
镇赉	2412	522	1890	286.56	1603.44	7.83	1.23	6.37	15.43
合计	23603.87	2267.05	21336.82	5298.44	16038.38	34.01	22.65	63.75	120.41

由表 3-5 可知,吉林西部农田生态环境总需水量为 120.41 亿 m^3。白城地区年平均降水量为 401.7mm,松原地区为 433.2mm,经换算,降水资源量白城为 4017.15m^3/hm^2,松原为 4332m^3/hm^2,由此可得吉林西部农田天然降水量为

98.88 亿 m^3。农田生态环境需水量与天然降水量的差值为 21.53 亿 m^3,缺水部分需由地下水和地表水补给。

3.3.3 林地生态环境需水量计算分析

吉林西部全区林地面积 25.24 万 hm^2,其中防护林占林地总面积的 59.4%,用材林占有林地的 36.6%。林地以人工林为主,占有林地面积的 91.7%。林地生态环境需水量是林地生态系统为维持自身生长、发挥生态功能所需要消耗的水资源量,包括树木蒸腾量和林地的蒸发量,即林地蒸散量。

由彭曼公式综合法可知,当林地土壤保持为最小含水定额时,可得实际蒸散定额为潜在蒸散量的 60%。本书将此蒸散定额作为林地的最小蒸散定额,同时认为林地的最大蒸散定额是潜在蒸散量。因此,林地的蒸散定额应介于潜在蒸散量的 60%~100% 之间。其中,该区潜在蒸散量可根据彭曼公式计算,即林地潜在蒸散量为 880mm。为了建立林地生态环境需水量与林地生态系统健康之间的定量化关系,本书以林地土壤含水比例(w/w_f)为指标,将林地生态需水量分成 5 个等级,其中最小和最大表示林地生态需水量的临界值,较小、中等和优等用等级范围来表示。等级越高,表明树木生长状况越好、生产力水平越高。等级的划分后得到计算结果(见表 3-6)。

表 3-6　林地生态环境需水量等级及计算结果

等　级	$w/w_f/\%$	生态意义	林地生态环境需水量/亿 m^3
最大	100	生长状况最佳,生产力最高	22.22
优等	85~100	生长状况良好	18.88~22.22
中等	70~85	保证树木正常生长	15.55~18.88
较小	60~70	树木正常生长受到遏制	13.33~15.55
最小	60	维持树木基本生存	13.33

吉林西部林地的生态环境需水量在 528~880mm 之间,林地最小生态环境需水量折合成水资源量为 13.33 亿 m^3,而该地区多年平均降水深为 417mm,折合成水资源量为 10.53 亿 m^3,说明多年平均降水量不足以维持该地区植被的最小生态环境需水要求,平均缺水 2.8 亿 m^3。近年来吉林西部地区的气候变得更加干燥,并导致林地缺水状况更加严重。

3.3.4 草地生态环境需水量计算分析

在草原生态系统中,水分循环是通过大气降水与植被蒸发蒸腾相互转化实现的。Philip 等在 1996 年提出的土壤-植物-大气连续系统的概念(SPAC)中,从理论上阐明了植物在水分循环和水分平衡中的作用。本书运用 SPAC 进行草原生态环境需水计算。

　　该区地带性植被的群落类型为羊草草原和针茅草原,同时又以羊草草原为主。根据已有的研究成果,在整个生长季节中,羊草群落蒸散量略超过大气降水量,产生了轻度水分亏缺现象,其不足部分(水分亏缺)可以由 40cm 以下深层土壤水分来补给。另外在非生长季节,大气降水量可以抵消生长季节中羊草群落蒸散所产生的累计水分亏缺值。所以,羊草草原的水分收支总体上是平衡的。由水量均衡原理可知,草地部分的天然降水大部分消耗于地带性植被的蒸腾耗水和棵间土壤的蒸发耗水,还有一小部分降水产生地表径流。由此得到草地生态环境需水量计算公式(3-1),公式中的土壤水变化量(ΔW)从多年平均来看可以认为是零,但是年与年之间的土壤水变化量都是不同的,它与年份之间降水量的丰枯有关。吉林西部的多年平均径流深仅为 9mm,所以,大气降水主要用于补给地下水与地表植被的蒸发蒸腾耗水,也可以认为草地生态环境需水量即为草地植被的蒸散量。

　　根据卫星影像图片的解译结果,吉林西部总草地面积为 5511km²,降水量为22.98 亿 m³,多年平均径流量为 0.947 亿 m³,最后得到吉林西部草地的生态环境需水量为 22.033 亿 m³。

$$Q = 1000(P - R)F + \Delta W \qquad (3-1)$$

式中,Q 为草地生态环境需水量(m³);P 为多年平均降水量(mm);R 为多年平均径流深(mm);F 为草地面积(km²);ΔW 为土壤水变化量(m³)。

3.3.5　河道生态环境需水量计算分析

1. 河道基本生态环境需水量

　　本次采用 Montana 法对区内主要河流的基本生态环境需水量进行估算,主要河流包括嫩江、松花江、洮儿河、拉林河、霍林河,详见图 2-3。依据保护水生生态等有关环境资源的河流流量状况标准,最后确定 4 个等级的河道生态环境需水量标准(见表 3-7)。根据此标准并结合河流水文资料计算,可得各河流生态环境需水量(见表 3-8)。

表 3-7　河道基本生态环境需水量标准和需水量

生态环境需水量级别	级别描述	推荐的基流(10 月~次年 3 月)(平均流量的百分比)/%	推荐的基流(4~9 月)(平均流量的百分比)/%	需水量/亿 m³
Ⅰ	最优	40	60	254.03
Ⅱ	优	30	50	208.76
Ⅲ	中	10	30	118.23
Ⅳ	最小	10	10	45.264

表 3-8　吉林西部主要河流基本生态环境需水量计算结果 （单位：亿 m³）

河名	站名	等级描述	1～3月	4～5月	6～9月	10～11月	12月	全年	占径流/%
松花江	扶余	最优	0.904	19.68	71.34	7.652	0.444	100.02	57
		优	0.678	16.4	59.45	5.739	0.333	82.6	47
		中	0.226	9.84	35.67	1.913	0.111	47.76	27
		最小	0.226	3.28	11.89	1.913	0.111	17.42	10
拉林河	蔡家沟	最优	0.268	4.116	15.582	1.464	0.088	21.518	58
		优	0.201	3.43	12.985	1.098	0.066	17.78	48
		中	0.067	2.058	7.791	0.366	0.022	10.304	28
		最小	0.067	0.686	2.597	0.366	0.022	3.738	10
嫩江	大赉	最优	1.428	13.74	86.076	19.68	1.788	122.712	55
		优	1.071	11.45	71.73	14.76	1.341	100.352	45
		中	0.357	6.87	43.038	4.92	0.447	55.632	25
		最小	0.357	2.29	14.346	4.92	0.447	22.36	10
洮儿河	镇西	最优	0.112	0.6	6.084	1	0.072	7.868	56
		优	0.084	0.5	5.07	0.75	0.054	6.458	46
		中	0.028	0.3	3.042	0.25	0.018	3.638	26
		最小	0.028	0.1	1.014	0.25	0.018	1.41	10
	务本	最优	0.004	0.066	0.756	0.068	0	0.894	58
		优	0.003	0.055	0.63	0.051	0	0.739	48
		中	0.001	0.033	0.378	0.017	0	0.429	28
		最小	0.001	0.011	0.126	0.017	0	0.155	10
霍林河	街基	最优	0.024	0.264	0.606	0.08	0.04	1.014	56
		优	0.018	0.22	0.505	0.06	0.03	0.833	46
		中	0.006	0.132	0.303	0.02	0.01	0.471	26
		最小	0.006	0.044	0.101	0.02	0.01	0.181	10
合计		最优	2.74	38.466	180.444	29.944	2.432	254.03	56
		优	2.055	32.055	150.37	22.458	1.824	208.76	46
		中	0.685	19.233	90.222	7.486	0.608	118.23	26
		最小	0.685	6.411	30.074	7.486	0.608	45.264	10

由表 3-8 可知吉林西部主要河流最小河道基本生态环境需水量为 45.264 亿 m³，占多年平均流量的 10%；中级基本生态环境需水量为 118.23 亿 m³，占多年平均流量的 26%；优级基本生态环境需水量为 208.76 亿 m³，占多年平均流量的 46%；最优级基本生态环境需水量为 254.03 亿 m³，占多年平均流量的 56%。

2. 河流输沙需水量

河流水沙平衡主要指河流中下游的冲淤平衡。河流为了输沙排沙，维持冲刷与侵蚀的动态平衡所需要的生态环境用水量称为河流输沙需水量。在一定的输沙总量的要求下，输沙水量直接取决于水流含沙量的大小。对于北方河流而言，汛期的输沙量约占输沙总量的 80% 以上，即河流的输沙功能主要在汛期完成。因此，把汛期用于输沙的水量作为河流输沙需水量。河流汛期输沙需水量的计算公式为

$$W_S = S_t/C_{max} \tag{3-2}$$

式中，W_S 为河流输沙需水量；S_t 为多年平均输沙量(10^4 t)；C_{max} 为多年最大月平均含沙量的平均值(kg/m^3)

$$C_{max} = \frac{1}{n}\sum max(C_{ij}) \tag{3-3}$$

其中，C_{ij} 为第 i 年第 j 月的月平均含沙量；n 为统计年数。计算结果如表 3-9 所示。吉林西部主要河流输沙需水总量为 32.743 亿 m^3。

表 3-9　吉林西部主要河流汛期输沙需水量估算

河　名	站　名	含沙量/(kg/m³)	输沙量/万 t	输沙需水量/亿 m³
松花江	扶余	4.45	313.56	7.046
拉林河	蔡家沟	1.63	69.9	4.288
嫩江	大赉	0.66	134.16	20.327
洮儿河	洮南	6.04	54.4	0.9
霍林河	街基	1.85	3.38	0.182
合　计			575.4	32.743

考虑到利用 Montana 法计算的河道环境基本需水量达到优等和最优需水量时，同时也满足了河流汛期输沙需水量的需要，因此，在计算优等和最优需水量时没有包含汛期输沙需水量。通过以上计算，吉林西部主要河流生态环境最小需水量为 78.007 亿 m^3，中等需水量为 150.973 亿 m^3，优等需水量为 208.76 亿 m^3，最优需水量为 254.03 亿 m^3。

3.3.6　湖泊洼地生态环境需水量计算分析

全区大小湖泊 700 余个，除了湖泊外，全区共有大中型水库 9 座，总库容 18.04 亿 m^3。作者利用美国 TM 卫星影像资料对水域变化进行解译分析，1989年、1996 年、2000 年和 2004 年水域面积分别为 3567km^2、2481km^2、1610km^2 和 1470km^2。如以 1989 年为基年，2004 年较 1989 年减少 2097km^2，占 58.79%，在近 15 年中每年减少 3.92%，为 139.8km^2。

水域生态环境需水量的值为水域面积乘以平均水面蒸发量，通过对需水量的估算可知，1989 年的水域生态环境需水量代表了较好等级生态环境水量，1996年代表了中等生态环境水量，2000 年代表了较小生态环境需水量，2004 年代表了最小环境需水量。4 个时段的具体参数及计算结果见表 3-10。由表可知，湖泊洼地较好等级生态环境需水量为 34.394 亿 m^3，中等需水量为 24.156 亿 m^3，较小生态环境需水量为 14.904 亿 m^3，最小生态环境需水量为 13.882 亿 m^3。吉林西部的湖泊洼地的降水量为 6.83 亿 m^3，如要满足最小生态环境需水量，还需要地表径流补给 7.052 亿 m³。这样才能维持湖泊水域面积不至于进一步萎缩。

表 3-10　湖泊洼地生态环境需水量

县　市	水域面积/km²				平均蒸发量/mm	平均水面蒸发量/mm	生态环境需水量/亿 m³			
	1989 年	1996 年	2000 年	2004 年			较好	中	较小	最小
宁江区	136	117	101	61	1688	945	1.285	1.105	0.955	0.576
扶余县	154	89	123	110	1327	830	1.278	0.738	1.021	1.040
前郭县	649	344	455	390	1420.2	795	5.159	2.734	3.619	3.686
长岭县	154	126	72	74	1498.7	839	1.292	1.057	0.604	0.699
乾安县	195	105	151	175	1821.9	1020	1.989	1.071	1.541	1.654
洮北区	21	16	15	10	1891.7	1002	0.210	0.160	0.15	0.095
大安市	509	379	222	290	1605.7	895	4.555	3.392	1.989	2.741
洮南市	179	209	93	91	1923.1	1076	1.926	2.248	1.002	0.860
通榆县	586	455	126	91	1910.2	1051	6.158	4.782	1.324	0.860
镇赉县	984	641	252	177	1785.5	1071	10.538	6.865	2.7	1.673
总　计	3567	2481	1610	1470			34.394	24.156	14.904	13.882

3.3.7　沼泽生态环境需水量计算分析

　　吉林西部主要的沼泽湿地有月亮泡水库沼泽、大安市西部的龙沼镇沼泽、查干湖沼泽、向海沼泽、大布苏湖滨沼泽和太平川沼泽等(见表 3-11)。沼泽分布在湖泊周围,土壤以草甸沼泽土和盐化沼泽土为主,沼泽类型以芦苇沼泽和盐沼为主,芦苇沼泽的植物以芦苇为主,如月亮泡。盐沼则以碱蓬盐为主伴生有芦苇。

表 3-11　吉林西部主要沼泽类型

沼泽名称	沼泽面积/km²	土壤类型	植　被
月亮泡水库沼泽	236	草甸沼泽土和腐殖质沼泽土	芦苇、菖蒲、水葱
莫莫格沼泽	773	草甸沼泽土	芦苇、伴生苔草
龙沼镇沼泽	1518	盐化沼泽土和盐碱土	碱蓬、碱蓬-碱蒿、芦苇群落
查干湖沼泽	170	腐殖质沼泽土	芦苇群落
向海沼泽	230	盐化草甸沼泽土和泥炭土	芦苇,伴生苔草、香蒲等
大布苏湖滨沼泽	10	盐化草甸沼泽土	芦苇群落
太平川沼泽	832	泥炭沼泽土、泥炭土和盐土	芦苇,伴生苔草、狭叶甜茅等

　　由于最近几年吉林西部气候比较干旱,沼泽湿地大面积萎缩,如果采用 2004 年的湿地面积计算出来的生态环境需水量已不能满足全区保护沼泽湿地基本生态需水量的要求,所以,此次计算面积采用 1996 遥感解译数据,面积为 3769km²,并以此面积作为沼泽的保护面积,计算维持此保护面积的生态环境需水量。依据湿地生态环境需水估算方法,计算可得蒸散损耗水为 37.697 亿 m³,即沼泽湿地生态

需水量为 37.697 亿 m³（见表 3-12）。该区沼泽湿地的天然降水量为 15.719 亿 m³，因此，为满足沼泽湿地的生态环境需水量，还需要 21.978 亿 m³ 的地表水补给沼泽湿地。

表 3-12　吉林西部沼泽湿地生态环境需水量估算

沼泽湿地面积/km²	蒸散量/mm	蒸发损耗量/亿 m³	生态环境需水量/亿 m³
3769	1000	37.697	37.697

3.3.8　生态环境需水量总量结果分析

1. 生态环境需水总量与全区水量的平衡关系分析

由前两节计算得到吉林西部生态环境需水量的估算结果（见表 3-13）。如果按河道内与河道外计算统计，则河道内生态环境需水量为 78.007 亿 m³，河道外生态环境需水量为 207.352 亿 m³。下面分析 2004 年吉林西部地区生态环境需水量与全区水量之间的平衡关系。

表 3-13　吉林西部生态环境需水量表

生态环境需水类型		生态环境需水量/亿 m³
植被生态环境需水量	农田生态环境需水量	120.41
	林地生态环境需水量	13.33
	草地生态环境需水量	22.033
河道水域生态环境需水量	河道生态环境需水量	78.007
	湖泊洼地生态环境需水量	13.882
	沼泽湿地生态环境需水量	37.697
合　计		285.359

在分析生态环境需水总量与全区水量的平衡关系时，首先要确定研究区内的供给水量与总需水量。

1）供水量的确定

供水量包括降水量和可供利用的区外来水量两部分：

$$Q_{sup} = Q_{rai} + Q_{com} \tag{3-4}$$

式中，Q_{sup} 为供水量（m³/a）；Q_{rai} 为降水量（m³/a）；Q_{com} 为区外来水量（m³/a）。降水量（Q_{rai}）的计算公式为

$$Q_{rai} = 10XF$$

式中，Q_{rai} 为以体积计的计算区内年降水量（m³/a）；X 为以毫米计的计算区内部年降水量（mm/a）；F 为计算区面积（hm²）。

由此计算可得吉林西部可供水量 Q_{sup} 为 165.52 亿 m^3。其中降水量为 149.18 亿 m^3，区外来水量为 16.34 亿 m^3。

2）需水总量的确定

计算区内的总需水量包括生态环境需水总量、工业用水总量、城镇生活用水总量和农村生活用水总量，公式为

$$Q_{nee} = Q_{eco} + Q_{ind} + Q_{cit} + Q_{agr} \tag{3-5}$$

式中，Q_{nee} 为总需水量（亿 m^3/a）；Q_{eco} 为河道外生态环境需水量（亿 m^3/a）；Q_{ind} 为工业用水总量（亿 m^3/a）；Q_{cit} 为城镇生活用水总量（亿 m^3/a）；Q_{agr} 为农村生活用水量（亿 m^3/a）。

由于吉林西部的主要河流为过境河，因此，生态环境需水量（Q_{eco}）为河道外生态环境需水量，不包括河道内生态环境需水量。

2004 年吉林西部的河道外生态环境需水量（Q_{eco}）为 207.352 亿 m^3；工业用水总量（Q_{ind}）为 0.89 亿 m^3；城镇生活用水总量（Q_{cit}）为 0.44 亿 m^3；农村生活用水量（Q_{agr}）为 0.99 亿 m^3。所以，2004 年吉林西部总需水量 Q_{nee} 为 209.672 亿 m^3。

2. 结果分析

由计算结果可知，2004 年吉林西部的总需水量（Q_{nee}）为 209.672 亿 m^3，而 2004 年西部地区的可供水量（Q_{sup}）为 165.52 亿 m^3。$Q_{sup} \leqslant Q_{nee}$，生态环境缺水 44.152 亿 m^3，说明 2004 年吉林西部的生态环境需水量 Q_{eco} 是得不到保证的。就目前水利工程供水水平而言，吉林西部正常降水年份的生态环境需水也很难得到完全保证，特别是西部地区的沼泽湿地生态缺水最为严重，湿地面积的萎缩现象非常普遍。就发展趋势来看，随着社会经济的发展、人民生活水平的提高，工业用水、农业用水和城镇生活用水势必增加，对生态环境需水挤占现象也会进一步的加重，水资源供需矛盾会越来越突现，生态环境将会受到严重威胁。因此，应逐步重视生态环境需水的研究，加快已规划的西部引调水工程建设，引进区外水量以弥补生态环境需水量的亏缺，大力推进吉林西部的生态环境建设，走可持续发展的道路。

第4章　高砷高氟地下水环境研究

受气候、地质构造等因素控制,该区地下水氟含量普遍较高,在通榆和洮南等地的地下水砷含量偏高,在高氟和高砷区流行着地方性氟中毒和砷中毒,当地居民深受其害。从安全供水、保障居民健康水平的角度,本章从区域水文地球化学特征、地下水氟和砷的分布和富集规律、地下水氟和砷的成因等多方面进行了研究。

4.1　区域水文地球化学特征

吉林西部区域潜水以大气降水入渗补给为主,承压水主要接受山区侧向补给。在山前冲洪积倾斜平原,受赋存条件和空间介质场的影响,地下水径流条件好,水位埋深较大。在盆地中心的冲湖积物中,沉积物颗粒逐渐变小,地下水受到阻滞,流动速度较低,水位埋深较小,潜水蒸发强烈,水质较差。地下水总溶解性固体(TDS)、镁、钠、氯、氟等离子呈现由山前冲洪积倾斜平原向盆地中逐渐增高的趋势,在盆地中心 TDS 可达 3800mg/L,镁离子和钠离子含量分别达 131.42mg/L 和 620.0mg/L。氯离子含量从补给区的 4.95mg/L,增加到强烈蒸发排泄区的 743.85mg/L。氟离子含量由位于冲洪积扇倾斜平原的黑水东安村供水站的 0.6mg/L 增至中心乌兰花陆家村的 12.80mg/L。洮南和通榆地下水常量、微量组分等值线图如图 4-1 所示。

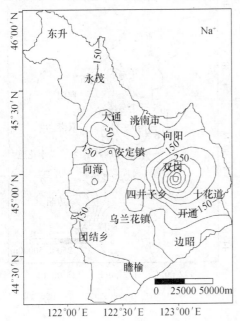
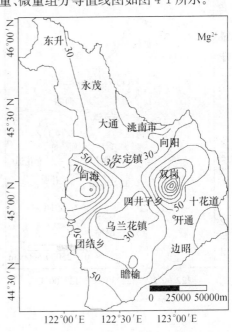

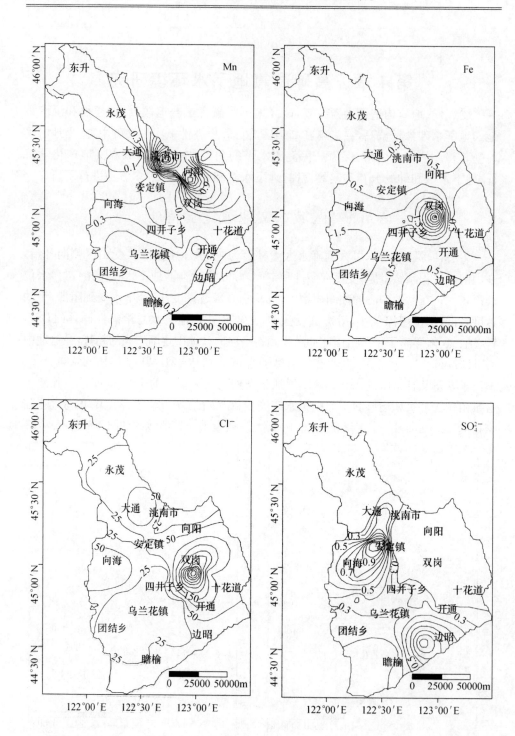

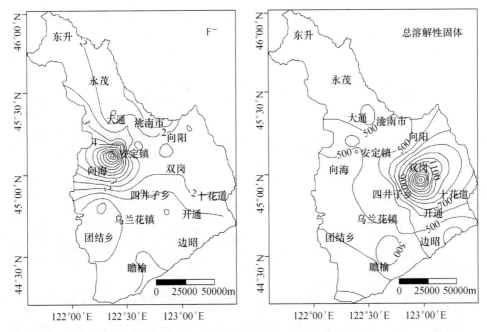

图 4-1　洮南和通榆地下水常量、微量组分等值线图(单位:mg/L)

区内地下水铁、锰含量分布普遍偏高,平均值为 1.3mg/L 和 0.35mg/L,特别在高砷地下水分布区,水中总铁含量较高。地下水中砷元素的富集受铁、锰含量的影响。区内总铁和锰含量最高的地区在二龙乡草房村,分别为 11.2mg/L 和 0.9mg/L,总砷含量为 0.08mg/L。总铁和锰含量最低的地区在安定的太平屯,总砷含量为 0.002mg/L。

通过对研究区地下水中常量、微量组分的等值线分析可知,地下水中总砷含量随着 TDS、Cl、Fe、Mn 含量的增加而呈现增加的趋势。

4.2　地下水中砷、氟的分布规律

4.2.1　高砷水的分布

1. 地下水砷的垂直与水平分布

作为毒理指标,国家《生活饮用水卫生标准》(GB 5749—2006)中已规定砷标准值为 0.01mg/L,其中小型集中式供水和分散式供水砷的限值放宽至 0.05mg/L。若分别按 0.01 mg/L 和 0.05 mg/L 标准值进行统计,该区地下水砷的超标率分别占全部水样的 43.1% 和 16.49%。鉴于该区以农村分散供水为主,以下统计分析以 0.05mg/L 标准为依据。通榆水砷含量普遍存在超标现象,洮南、乾安水砷含量较低,仅局部地下水超标。水砷含量大于 1.0mg/L 的高砷水主要分布在沿霍林河河道区域的新兴乡、四井子乡。不同深度地下水中总砷含量情况见表 4-1。

表 4-1　研究区不同深度水砷含量及分布

地下水类型	井深/m	井数/眼	范围值 /(mg/L)	平均值 /(mg/L)	标准值 /(mg/L)	超标井数 /眼	超标率 /%
潜水	<10	17	0.00121～0.02599	0.00751	0.05	0	0.00
	10～20	42	0.00153～0.17888	0.02115	0.05	5	11.90
	20～40	38	0.00142～0.15698	0.01986	0.05	3	7.89
第四系承压水	40～50	10	0.00244～0.13433	0.02399	0.05	3	30.00
	50～80	36	0.0008～0.15241	0.04323	0.05	13	36.11
	80～100	20	0.0009～0.10968	0.0174	0.05	3	15.00
新近系承压水	100～150	26	0.00121～0.33904	0.03505	0.05	5	19.23
	>150	5	0.00436～0.00881	0.00525	0.05	0	0.00

注:根据 GB 5749—2006 对农村小型集中式供水和分散式供水砷限量要求,采用标准值 0.05mg/L。

从表 4-1 中可以看出,高砷水主要赋存在 10～100m 深度的地下水中,超标率大于 40%。在小于 10m 的浅层水中虽有高砷水存在,但其数量有限。在 100～150m 的新近系承压水中,砷的均值为 0.03505mg/L,范围值为 0.00121～0.33904mg/L。大于 150m 的深层地下水中未发现超标水。尤其需要注意的是,在 20～80m 深度区段内,水砷超标率为各深度区段最大,水砷平均值和最大值也大于其他区段。

从图 4-2(a)中可以看出,区内高砷潜水主要分布在通榆的四井子、鸿兴镇、双岗一带,地下水总砷含量均超过 0.04mg/L。其他地区砷含量平均值基本在 0.01～0.03mg/L。

第四系承压水的砷含量分布区域明显大于潜水,主要分布在洮南的南部和通榆大部分地区,在通榆西北的四井子一带达到最大值,多数井水大于 0.065mg/L。砷含量从通榆向乾安逐渐降低,乾安东部大部分地区地下水砷含量低于 0.005mg/L。新近系承压水中的砷含量较低,一般都在 0.01mg/L 左右,仅在在通榆境内兴隆山、团结一带偏高,最大值为 0.33904mg/L。

2. 地下水砷的价态

已有研究表明,地下水中 As^{3+} 的毒性是 As^{5+} 的 60～100 倍,在砷中毒高发区,地下水中砷的价态具有一定的分布规律。区内地下水中 As^{3+} 和 As^{5+} 含量分布情况见表 4-2。

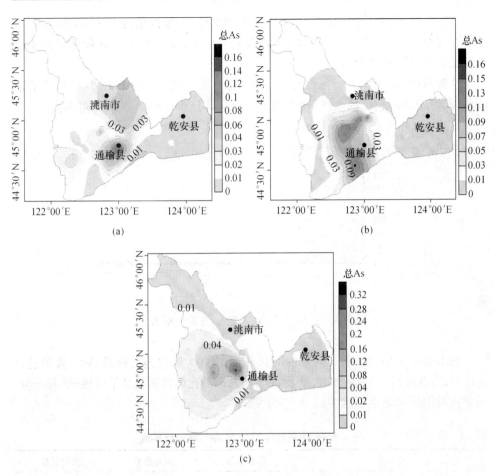

图 4-2　地下水第四系潜水(a)、第四系(b)和新近系(c)承压水砷含量(单位:mg/L)

表 4-2　三价砷与五价砷对比表

含水层类型	统计值	As³⁻	As⁵⁻
潜水	平均值/(mg/L)	0.00221	0.01694
	范围值/(mg/L)	0~0.02458	0~0.1543
	As³⁻/As⁵⁻	1/7.67	
第四系承压水	平均值/(mg/L)	0.00647	0.03622
	范围值/(mg/L)	0~0.0385	0~0.13449
	As³⁻/As⁵⁻	1/5.60	
新近系承压水	平均值/(mg/L)	0.00175	0.01638
	范围值/(mg/L)	0~0.00978	0~0.33604
	As³⁻/As⁵⁻	1/9.36	

　　从表 4-2 中可见,全区地下水 As^{5+} 含量相对较高,范围值为 $0\sim0.33604mg/L$,As^{3+} 的范围值为 $0\sim0.0385mg/L$,第四系承压水中 As^{3+} 和 As^{5+} 含量明显高于潜水和新近系承压水的含量。

　　从散点图(见图 4-3)中可以看出,As^{3+} 与总砷的比值多分布在小于 60% 的范围内,而对于总砷超标的水样,两者比值几乎全部分布在小于 30% 的范围内。

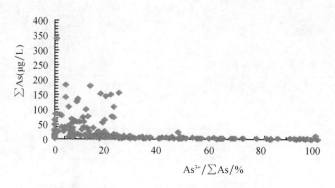

图 4-3　$As^{3+}/\sum As$ 与 $\sum As$ 含量关系图

　　将本研究采集的数据与内蒙古河套平原、山西大同盆地总砷及 As^{3+} 含量进行对比分析,发现其他两地总砷含量及 As^{3+} 与总砷的比值都明显高于该区(见表 4-3)。内蒙古与山西两地地下水中以 As^{3+} 为主。

表 4-3　砷中毒地区 $\sum As$ 与 As^{3+} 统计结果表

参　　数		吉林西部	河套平原	大同盆地
$\sum As$ 含量/$(\mu g/L)$	范围	$0.8\sim339$	$0.6\sim653$	$4\sim1112$
	均值	25.3	89.0	115.2
$As^{3+}/\sum As/\%$	范围	$0\sim100$	$21\sim96$	$25\sim91$
	均值	32.4	90	72

　　对高砷地下水的研究表明,在山西、内蒙古等地,地方性砷中毒区地下水的 As^{3+} 含量较高,局部高砷水中还含有一定量的有机砷。目前,吉林西部调查资料及测试数据显示,高砷水中 As^{5+} 全部大于 As^{3+}。这一研究结果揭示了吉林砷中毒病情低于内蒙古和山西病情的原因。

4.2.2　高氟水的分布

　　根据地下水样测试分析结果,研究区地下水氟含量普遍存在超标现象,氟含量超过国家《生活饮用水卫生标准》(GB 5749—2006)(1.0mg/L)的占全部水样的

72.2%。氟浓度高于 2.0mg/L 的地下水主要分布于呼和车力蒙古族乡、安定镇、黑水镇、向海蒙古族乡、鸿兴镇、八面乡及乾安县的所字乡、道字乡等地。该地区的水氟含量及分布见表 4-4。

表 4-4 研究区地下水不同深度水氟含量及分布

类 型	井深/m	井数/眼	范围值/(mg/L)	平均值/(mg/L)	标准值/(mg/L)	超标井数/眼	超标率/%
潜水	<10	17	0.85~14	4.56	1.0	16	94.11
	10~20	42	0.25~13.2	2.4	1.0	31	73.81
	20~40	38	0.42~9.8	2.47	1.0	34	89.47
第四系承压水	40~50	10	0.72~2.82	1.878	1.0	9	90.00
	50~80	36	0.32~4.1	1.48	1.0	26	72.22
	80~100	20	0.44~1.9	1.18	1.0	10	50.00
新近系承压水	100~150	26	0.16~2.4	1.05	1.0	12	46.15
	>150	5	0.34~1.25	0.84	1.0	2	40.00

从表 4-4 中可以看出,高氟地下水主要分布在小于 80m 的地下水中,水氟含量均值为 2.4mg/L,范围值为 0.25~13.2mg/L。多数水样超标,超标率高于70%。其中,在小于 10m 的水中,氟含量均值高达 4.56mg/L,超标率也达到94.1%。在 80~150m 的地下水中,虽然超标率也较高,但超倍数较低,大于 150m 的井水中的氟含量明显降低。

应用 Surfer8.0 软件分别绘出了洮南、通榆和乾安地区潜水、第四系承压水和新近系承压水的氟含量等值线图,见图 4-4。

从图 4-4 可以看出,通榆潜水氟含量较低,且分布较为均一,含量都在 1mg/L左右;乾安境内,大布苏、道字、兰字、才字一带,氟含量最高,在 3mg/L 以上;其他地区分布相对均一,在 2mg/L 左右。在第四系承压水含水层中,高氟区主要分布

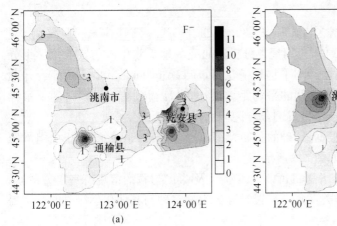
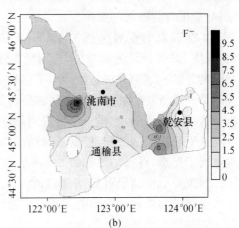

(a) (b)

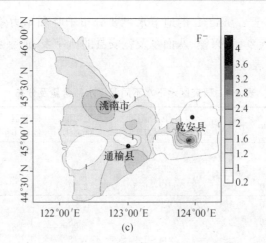

(c)

图 4-4　第四系潜水(a)、第四系(b)和新近系承压水(c)氟含量分布等值线图(单位:mg/L)

在通榆的鸿兴镇一带。全区呈现由北向南,由西向中部递增的分布趋势。新近系地下水中氟含量相对较低,呈现由东向西逐渐降低的变化趋势,乾安的氟含量一般在 0.6mg/L 左右,通榆的氟含量普遍在 0.8mg/L 左右。值得注意的是,新近系地下水中仍有大于 1.0mg/L 的高氟水分布,主要分布在通榆县的双岗镇和乾安县的北部地区。

4.3　地下水化学组分的聚类分析和相关分析

4.3.1　地下水化学组分的聚类分析

聚类分析是研究事物分类的一种多元统计方法,它可根据多个观测指标,找出能够度量样本(或变量)之间相似程度的统计量,并以此为依据,将所有样本(或变量)分别聚合到不同的类中。

本次选取的变量包括 ΣAs、Fe、HCO_3^-、Cl、PO_4^{3-}、TDS、Mn、pH、SO_4^{2-} 及 Se,采用 SPSS 统计分析软件,应用聚类分析法研究区地下水中砷与其他化学组分之间的关系。聚类方法选用类间平均锁链法(between-groups linkage),即合并两类的结果使所有的两两样品之间的平均距离最小,最后得到树形图。将地下水样测试指标作为变量,水样点作为案例,进行变量(行)聚类。

这里利用测试数据,根据氟、砷的分布特征,分别对第四系潜水、白土山组承压水进行了聚类分析,结果如图 4-5 所示。

由聚类分析结果可知,潜水 HCO_3^-、CO_3^{2-} 及 Na^+ 与氟的富集有一定关系,承压水中总砷与总铁的聚类关系紧密。聚类分析为确定砷与其他化学组分的关系提供了依据。

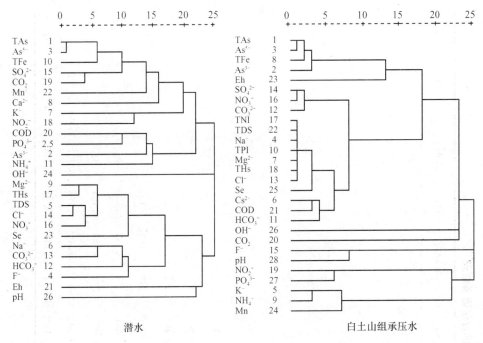

图 4-5　各组分聚类分析结果图

4.3.2　砷、氟与其他化学组分的相关性分析

利用 SPSS 软件中的单相关分析模块,定量分析地下水中 $\sum As$ 与 Fe、HCO_3^-、Cl^-、PO_4^{3-}、TDS、Mn、pH、SO_4^{2-}、Se 的相关关系,地下水中 F^- 与 Cl^-、SO_4^{2-}、HCO_3^-、PO_4^{3-}、K^+、Na^+、Ca^{2+}、Mg^{2+}、COD、TFe、Mn、Se、TDS 的相关关系。根据相关分析结果,确定了地下水中总砷与其他化学组分的相关关系。相关分析主要包括:建立或调用数据文件;选择分析变量、选择项,提交运行;输出结果和解释结果三个过程。

选取地下水中砷含量大于 0.01mg/L 的采样点为样本,以 $\sum As$、SO_4^{2-}、HCO_3^-、PO_4^{3-}、K^+、Na^+、Ca^{2+}、Mg^{2+}、COD、TFe、Se、TDS 为变量,按以上步骤,分别计算砷与其他化学组分的皮尔逊系数,结果见表 4-5。相关分析表明,总砷与总铁呈显著正相关,相关系数为 0.725;与 SO_4^{2-} 呈负相关关系,相关系数为 -0.523。砷与硫、铁的亲和力最大,砷与铁离子半径几乎相等,三价砷为 0.69Å,三价铁为 0.67Å,它们容易结合生成硫砷铁矿(FeAsS)。

从表 4-6 可以看出,高氟区 F^- 与 Cl^-、HCO_3^-、NO_3^-、Na^+、总硬度(THs)呈正相关关系,相关系数分别为 0.737、0.628、0.515、0.704、0.667,而与其他离子均未表现出明显的相关关系。F^- 与 Cl^- 处于同一主族,化学性质较为相近,其相关系数也最高。

表 4-5　砷与其他化学组分的皮尔逊系数表

化学组分	TAs	Cl⁻	SO₄²⁻	HCO₃⁻	CO₃²⁻	NO₃⁻	PO₄³⁻	K⁺	Na⁺	Ca²⁺	Mg²⁺	NH₄⁺	COD	TFe	THs	TDS
TAs	1															
Cl⁻	-0.201	1														
SO₄²⁻	-0.523^*	0.390	1													
HCO₃⁻	0.189	0.161	0.363	1												
CO₃²⁻	-0.144	0.695^{**}	0.263	0.468	1											
NO₃⁻	-0.259	0.110	0.477^*	0.313	0.618^{**}	1										
PO₄³⁻	-0.230	-0.323	0.436	0.280	-0.325	-0.019	1									
K⁺	-0.002	0.014	-0.177	0.462	-0.156	-0.330	0.321	1								
Na⁺	-0.115	0.370	0.339	0.613^{**}	0.497^*	0.584^{**}	0.142	0.185	1							
Ca²⁺	-0.052	-0.055	0.231	0.033	-0.401	-0.164	0.267	0.182	0.205	1						
Mg²⁺	-0.002	0.430	0.089	0.154	0.181	0.234	-0.141	0.112	0.496	0.402	1					
NH₄⁺	-0.119	0.124	0.351	0.194	-0.192	-0.112	0.153	0.050	-0.126	0.318	-0.047	1				
COD	0.131	-0.093	0.438	0.667^{**}	-0.160	-0.045	0.748^{**}	0.447^*	0.361	0.457	0.132	0.225	1			
TFe	0.725^{**}	-0.277	-0.315	0.213	-0.400	-0.240	0.065	0.025	0.063	0.529	0.158	0.124	0.337	1		
THs	-0.008	0.219	0.167	0.126	-0.167	0.017	0.093	0.176	0.402	0.867^{**}	0.804^{**}	0.178	0.371	0.454^*	1	
TDS	-0.109	0.398	0.363	0.545	0.285	0.437	0.149	0.219	0.913^{**}	0.541	0.714^{**}	-0.013	0.428	0.229	0.738^{**}	1

注：上标"*"代表显著性水平为5%；上标"**"代表显著性水平为1%。

表 4-6　氟与其他化学组分的皮尔逊系数表

化学组分	F⁻	Cl⁻	SO₄²⁻	HCO₃⁻	NO₃⁻	K⁺	Na⁺	Ca²⁺	Mg²⁺	COD	TFe	Mn	Se	TDS	THs	pH	Eh
F⁻	1																
Cl⁻	0.737	1															
SO₄²⁻	0.345	0.554	1														
HCO₃⁻	0.628	0.593	0.427	1													
NO₃⁻	−0.515**	0.576	0.908	0.393	1												
K⁺	0.045	0.352	−0.187	0.127	0.229	1											
Na⁺	0.704**	0.839	0.503	0.725	0.504*	0.291	1										
Ca²⁺	0.109	0.223	0.150	0.048	0.232	0.272	0.109	1									
Mg²⁺	0.321	0.653**	0.557	0.419	0.565**	0.566**	0.499**	0.761**	1								
COD	0.250	0.191	0.348	0.770	0.182	−0.158	0.579**	0.201	0.243	1							
TFe	−0.269	−0.091	−0.348	−0.155	−0.331	−0.137	−0.107	0.105	0.067	−0.020	1						
Mn	−0.248	0.171	−0.227	−0.296	−0.167	0.365	0.003	0.352	0.360	−0.271	0.461	1					
Se	0.317	0.794	0.454	0.250	0.415	0.132	0.552**	0.600	0.722**	0.302	0.126	0.359	1				
TDS	0.270	0.574	0.444	0.316	0.490	0.505*	0.406	0.873**	0.980**	0.243	0.094	0.382	0.724**	1			
THs	0.667	0.841	0.622	0.678	0.594	0.014	0.895	0.437	0.772	0.669	0.013	0.022	0.763	0.700	1		
pH	0.225	0.332	0.001	0.272	−0.012	0.003	0.234	−0.597	−0.179	−0.021	−0.047	−0.329	−0.093	−0.315	−0.008	1	
Eh	−0.307	0.080	−0.059	−0.492	0.003	0.202	−0.147	0.014	0.132	−0.522	0.302	0.618**	0.177	−0.142	0.107	0.060	1

注：上标"*"代表显著性水平为 5%；上标"**"代表显著性水平为 1%。

4.4　地下水砷迁移转化的反向地球化学模拟

针对吉林西部地区局部地下水高砷,且富集规律不清的现状,本次应用PHREEQC软件进行反向地球化学模拟,研究同一水流路径、稳定状态的地下水系统中水的演化过程,以查明地下中砷的迁移富集规律。

4.4.1　PHREEQC 软件

在近 30 年内,地球化学模拟领域取得了巨大成就。为了调查不同温度、压力、组分条件下水-岩相互作用系统中所发生的地球化学作用,人们开发了一系列的地球化学模拟软件,如 PHRQPITZ、EQ3/6、SOLMINEQ.88 及 PHREEQC(PHREEQE)。

PHREEQC 是一个应用十分广泛的水文地球化学模拟软件,能模拟各种水文地球化学作用,以解决水、气、岩土相互作用系统中所有平衡热力学问题,包括水溶物配合、吸附-解吸、离子交换、表面配合、溶解-沉淀、氧化-还原。该模型为基于离子团的水文地球化学模型,可进行正向和反向模拟,包括物质形成和饱和度的计算、反应途径和平流传输计算、逆向建模等。正向模拟可根据给定的反应机理预测水的组分和质量的转移。反向模拟可根据观测的化学和同位素资料确定水-岩反应机理,解释沿水流路径演化时所发生的化学变化,如计算造成水流路径上初始和最终水组分差异所必须溶解或析出的矿物和气体物质的量。PHREEQC 由输入、运行和输出 3 个模块组成,有一个强大的热力学数据库供输入和运行使用。

4.4.2　反向地球化学模拟结构和可能矿物相的确定

基于以上对 PHREEQC 软件和反向地球化学模拟的了解,本节在确定区内含水层介质矿物相的基础上,结合 2004 年地下水流场,对同一路径上的水化学成分的形成过程进行反向水文地球化学模拟,以确定地下水中砷的迁移转化规律。

1. 反向地球化学模拟

反向地球化学模拟是根据实测水化学成分,模拟某一水化学系统中发生的水-岩反应。在 PHREEQC 中该关键词是"Inverse Modeling"。初始溶液和最终溶液必须作为 SOLUTION,参加的矿物相和气相必须作为 PHASES 预先给出,模拟模型解译如下:

① TITLE Inverse Modeling——模型名称。

② SOLUTION_SPREAD——数据输入项,包括初始溶液与最终溶液的水化学成分,分别为总碱度、$\sum As$、Na^+、K^+、Ca^{2+}、Mg^{2+}、Fe、Mn、CO_3^{2-}、Cl^-、F^-、pH、SO_4^{2-}。

③ INVERSE_MODELING——反向模拟输入项,包括初始溶液与最终溶液的确定,不确定度的大小(不能大于 10%)、反应的平衡相、含水介质矿物相。

```
-solutions          1        2
-uncertainty   0.05   0.05
-balance
-phases
```

④ PHASES——对于模型数据库里未包括的矿物必须通过此模块定义。

⑤ END——模拟结束。

通过改变矿物相的个数以及不确定度的大小,可模拟各种不同的情况。在第一次模拟计算时,程序可能根本找不到解答模型,这时必须对矿物相进行修改或补充,或者提高"uncertainty"。如果不确定性明显大于 10%,则最终的计算结果也无意义。

在输出文件中,根据矿物相的个数以及不确定性的大小,程序会给出一个或多个模型来描述矿物相的溶解或沉淀数量,才能使溶液 A(初始溶液)转变成溶液 B(最终溶液)。

2. 路径选择

根据研究区地下水流场特征及 2006 年和 2007 年地下水水化学分析资料,选择 A-A′和 B-B′二条水流路径进行水文地球化学演化过程的分析,演化路径见图 4-6。

3. 可能矿物相确定

选取地下水中主要离子成分,并对该区地下水中砷富集有明显影响的物质作为模拟初始数据。各条路径上水质点的水化学分析资料见表 4-7。

在反向模拟中,建立质量平衡反应方程的关键是确定可能参与反应的矿物相,即"可能矿物相"。"可能矿物相"包括一组不确定的矿物和气体,表示地下水系统中最可能出现的反应物或生成物。"可能矿物相"的选取主要依据含水层中的矿物测定结果、地下水的化学成分和地下水的赋存条件。这里根据研究区已有的地质资料和《吉林省西部低平原地下水含氟状况及防氟改水研究》研究报告确定"可能矿物相"。对地下水成分的分析以及岩石化学成分的分析如下:

(1) 控制地下水中 Na^+、Ca^{2+}、HCO_3^-、CO_3^{2-}、SO_4^{2-}、Cl^- 形成的主要矿物,包括斜长石、碱长石、钙长石、钠长石、黑云母、方解石、石膏、盐岩等。

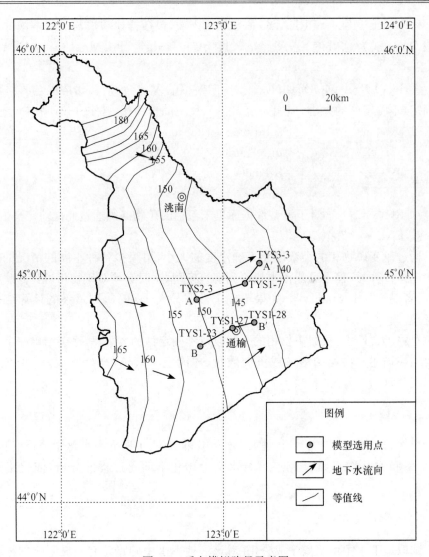

图 4-6　反向模拟路径示意图

表 4-7　地下水水质测试分析结果表

化学组分	单　位	路径 1（A-A'）			路径 2（B-B'）		
		TYS2-3	TYS1-7	TYS3-3	TYS1-23	TYS1-27	TYS1-28
$\sum As$	mg/L	0.0094	0.12628	0.14055	0.0189	0.06429	0.0568
Na^+	mg/L	86.00	400.00	300.00	100.00	240.0	70.00
Ca^{2+}	mg/L	42.47	27.22	27.22	32.67	37.15	49.54
TFe	mg/L	1.76	4.10	0.25	0.23	0.72	0.74
K^+	mg/L	0.74	1.22	1.15	0.80	1.80	0.85
CO_3^{2-}	mg/L	22.96	75.48	39.38	22.96	35.77	9.76

续表

化学组分	单　位	路径 1(A-A′)			路径 2(B-B′)		
		TYS2-3	TYS1-7	TYS3-3	TYS1-23	TYS1-27	TYS1-28
Cl^-	mg/L	9.90	277.33	262.48	33.44	137.48	34.37
SO_4^{2-}	mg/L	14.20	23.60	22.50	20.80	46.40	24.90
F^-	mg/L	1.60	2.05	2.15	1.70	1.80	1.35
Mn	mg/L	0.13	0.41	0.77	0.37	0.02698	0.02692
碱度	mg/L	418.55	906.15	665.24	320.08	604.91	325.52
pH		8.88	9.18	8.93	8.95	8.60	8.45
Mg^{2-}	mg/L	29.06	92.13	74.63	25.10	63.83	26.28

（2）影响地下水中氟含量的矿物为萤石、含氟硅酸盐等。

（3）影响地下水中砷含量的矿物为臭葱石、砷酸钙、砷酸锰等。

（4）地层中含铁的矿物有赤铁矿、针铁矿、菱铁矿、臭葱石等。

（5）地层中含锰的矿物为方铁锰矿、水锰矿、软锰矿等。

根据上述分析，初步选定本区地层中的矿物序列为：斜长石、碱长石、钙长石、钠长石、黑云母、方解石、白云石、石膏、盐岩、萤石、黑云母、含氟硅酸盐、赤铁矿、针铁矿、菱铁矿、臭葱石、砷酸钙、砷酸锰、方铁锰矿、水锰矿、软锰矿。

4.4.3　反向地球化学模拟

以上述矿物相系列为基础，对同一路径上的水化学成分的形成过程进行模拟，进一步确定含水层中控制地下水化学成分形成的最主要（矿）物相。

1. 数据的输入

将同一路径上的水质资料输入 SOLUTION-SPREAD 模块中，PHREEQC 软件将数据存储于 SOLUTION-SPREAD 模块中，可以根据不同的水质数据进行修改，操作简便。

2. 反向地球化学模拟模型的建立

在输入水质资料的基础上，建立"Inverse Modeling"反向地球化学模型，并将"可能（矿）物相"输入"phases"选项中，模型的不确定度为 0.045（小于 10%）。选择不同的模拟路径进行水-岩相互作用模拟，具体操作见图 4-7 和图 4-8。

3. 模型的运行

在建立完整模型的基础上，运行该模型。模型的运行是进行反向地球化学模拟的关键，模拟的结果可能是多解或无解。通过适度调整（矿）物相和不确定度的大小，可以找出影响地下水化学成分的控制性（矿）物相。通过多次模拟，最后选定 12 种矿物相，结果见表 4-8。

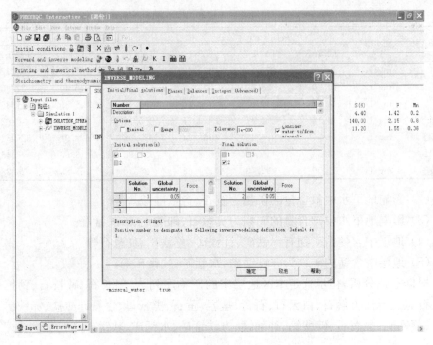

图 4-7　确定初始和终端溶液界面

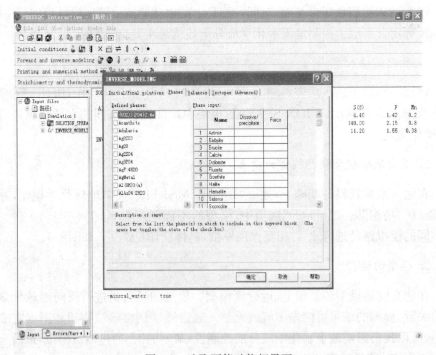

图 4-8　选取可能矿物相界面

表 4-8　研究区"可能(矿)物相"表

序　号	可能物相	化学式
1	方解石	$CaCO_3$
2	白云石	$CaMg(CO_3)_2$
3	盐岩	$NaCl$
4	萤石	CaF_2
5	石膏	$Ca(SO_4) \cdot 2H_2O$
6	赤铁矿	Fe_2O_3
7	菱铁矿	$FeCO_3$
8	针铁矿	$FeOOH$
9	方铁锰矿	Mn_2O_3
10	软锰矿	MnO_2
11	臭葱石	$FeAsS$
12	阳离子交换剂	NaX, CaX_2

4. 运行结果的输出

模型运行后，PHREEQC 软件自动建立模型的输出文件 Output files。通过反向地球化学模拟模型的计算，得出路径 1、2 不同水样点之间的质量传输结果，见表 4-9 和表 4-10。它们较好地解释了所选水流路径上的地下水化学变化过程，由此可进一步得出地下水中砷的迁移转化过程。

表 4-9　路径 1 上不同水样点间的质量交换结果　（单位：mmol/L）

矿物相	化学式	TYS2-5～TYS1-5	TYS1-5～TYS1-3
方解石	$CaCO_3$	-1.793×10^{-3}	-1.794×10^{-3}
白云石	$CaMg(CO_3)_2$	1.112×10^{-3}	1.889×10^{-4}
盐岩	$NaCl$	7.237×10^{-3}	1.977×10^{-3}
萤石	CaF_2	-3.645×10^{-5}	1.916×10^{-5}
石膏	$Ca(SO_4) \cdot 2H_2O$	-7.156×10^{-5}	-7.166×10^{-5}
赤铁矿	Fe_2O_3	6.371×10	1.699×10
菱铁矿	$FeCO_3$	2.389×10^{-6}	5.913×10^{-4}
针铁矿	$FeOOH$	1.274×10^2	3.399×10
方铁锰矿	Mn_2O_3	2.391×10^{-6}	3.045×10^{-4}
软锰矿	MnO_2	2.391×10^{-6}	6.001×10^{-4}
臭葱石	$FeAsS$	1.419×10^{-6}	7.070×10^{-7}
阳离子交换剂	(NaX)	1.793×10^{-3}	4.060×10^{-4}
阳离子交换剂	(CaX_2)	-8.964×10^{-4}	-2.030×10^{-3}

注：正值代表进入地下水中，负值代表从地下水中析出。

表 4-10　路径 2 上不同水样点间的质量交换结果　（单位：mmol/L）

矿物相	化学式	TYS2-23～TYW-16	TYW-16～TYW-11
方解石	$CaCO_3$	7.331×10^{-4}	-6.619×10^{-5}
白云石	$CaMg(CO_3)_2$	4.248×10^{-4}	1.495×10^{-3}
盐岩	$NaCl$	9.700×10^{-4}	3.059×10^{-3}
萤石	CaF_2	2.370×10^{-5}	4.842×10^{-6}
石膏	$Ca(SO_4) \cdot 2H_2O$	1.385×10^{-4}	-7.166×10^{-5}
赤铁矿	Fe_2O_3	-4.164×10	1.462×10^{-3}
菱铁矿	$FeCO_3$	-1.569×10^{-3}	-2.915×10^{-3}
针铁矿	$FeOOH$	8.327×10	2.779×10^{-3}
方铁锰矿	Mn_2O_3	7.850×10^{-4}	2.698
软锰矿	MnO_2	1.570×10^{-4}	2.909×10^{-3}
臭葱石	$FeAsS$	5.439×10^{-7}	6.190×10^{-7}
阳离子交换剂	(NaX)	6.307×10^{-4}	2.868×10^{-3}
阳离子交换剂	(CaX_2)	-3.153×10^{-4}	-1.434×10^{-3}

注：正值代表进入地下水中，负值代表从地下水中析出。

根据路径 1、2 不同水样点间的质量交换结果分析可知，臭葱石（$FeAsO_4 \cdot 2H_2O$）矿物，盐岩（$NaCl$），含铁元素的赤铁矿、针铁矿、菱铁矿，含锰元素的方铁锰矿易溶解进入地下水中，即沿地下水水流路径，溶滤作用使含砷、铁、锰矿物逐渐溶解到地下水中，形成铁（锰）氧化物和氢氧化物以及砷化合物（砷酸盐或亚砷酸盐）。随着地下水径流变缓，蒸发浓缩作用增强，pH 增高，加之低洼、封闭的地形使地下水环境由氧化变为弱还原或还原环境，铁（锰）氧化物和氢氧化物被还原形成更为活泼的离子组分并溶入地下水中，吸附在它们表面的砷化合物（砷酸盐或亚砷酸盐）也随之进入地下水中，在地下水中砷富集起来。同时，地下水中矿化度增高，使得地下水中 Na^+、Cl^- 含量增高，含 $NaCl$ 的盐岩也发生溶解。以上模拟进一步证实了地下水中砷与铁、锰元素具有相关性。

4.5　高氟、高砷地下水成因分析

高氟、高砷地下水是在特定的自然地理环境下形成的，其分布受到自然因素和人类活动影响。

4.5.1　高氟地下水成因分析

1. 地质构造与地形地貌

地貌特征反映了一个地区的地质构造、沉积环境、地层岩性、土壤类型、植被种属、地表水和地下水的赋存条件,以及水质、水量的形成特点,还可以反映一个地区的地球化学环境特征和元素迁移、富集的规律,进而影响地氟病的形成和分布。

松嫩平原是中新生代松辽大型断陷盆地的一部分,盆地的产生与发展受燕山运动的控制和影响。该区新构造运动继承了老构造运动的特点,以断裂和隆起活动等形式为代表。断裂带为嫩江深大断裂,经白城、洮南西、通榆保安屯控制着西部山地丘陵的隆起抬升。隆起带为复兴隆起、向阳隆起、大布苏隆起、西瓦计隆起,隆起作用使平原区下降,形成沉积中心。根据地下水氟含量分布与地质构造叠加结果,如图 4-9 所示(见文后彩图),分析得出,氟含量大于 2.0mg/L 的水样主要分布在嫩江深大断裂带、向海断裂带、向阳隆起带、车力-复兴隆起带与大布苏隆起带的四周及相对拗陷区,特别是分布于湖沼湿地、低洼地区,或按地貌成因形态分布于河流低阶地、河谷及河漫滩。该区地方性氟中毒因具体地形地貌的差异而显现出不同的特点,地形越低洼越易形成病区,同时病情也随之加重。

2. 岩石与土壤

松嫩平原周围山地的岩石及含氟矿物长期暴露于地表,经风化、淋溶,并借助水动力条件迁移,富集于平原地区,为平原提供了大量氟的物质来源,其中大兴安岭是控制范围最广,影响程度最大的氟源。大兴安岭基岩中氟的含量范围值为 $267\sim4404$mg/kg,平均值为 977.7mg/kg,已远远超出地壳均值(660mg/kg),也高于中国其他高氟地区。大兴安岭岩石的氟的释放系数介于 $0.24\sim0.5$ 之间,较大的释放强度为平原区氟的富集提供了的主要来源。

岩石是土壤发育的母质,成土母质中氟矿物的组成、结构不同,在土壤中的稳定程度不同。根据采样分析,土层中有钾冰晶石、方氟硅钾石等含氟矿物,氟含量较高的岩石其风化程度较高,风化层厚度达 10 余 m,强风化层厚度达 $1.5\sim3$m,较易被水溶解。在风化作用的影响下,岩石中的氟大量释放,再经流水搬运进入平原区富集。由于表层土中氟离子含量较高,在降水的淋滤、溶解作用下,土壤中的氟溶于地下水中,亦成为地下水,更是潜水中氟的直接来源。不同土壤中水溶氟含量不同,一般颗粒细、比表面积大的土壤氟含量高。研究区土壤中氟含量均值为 476.4mg/kg,已超过中国土壤均值(440mg/kg),是世界土壤均值(200mg/kg)的 2.4 倍。高氟水样点主要分布在碱土、淡黑钙土以及风沙土这三种类型的土壤中,随着土壤中氟含量的增加,地下水中氟含量也相应增加。

3. 气象与水文

高氟水主要分布于蒸发量大于降雨量的干旱和半干旱气候区,属于蒸发浓缩富集型高氟区。在蒸发浓缩作用和长期的水文地球化学作用下,内陆水系的地表水体和地下水的氟含量往往较高。发源于大兴安岭并注入该区的霍林河是运输大

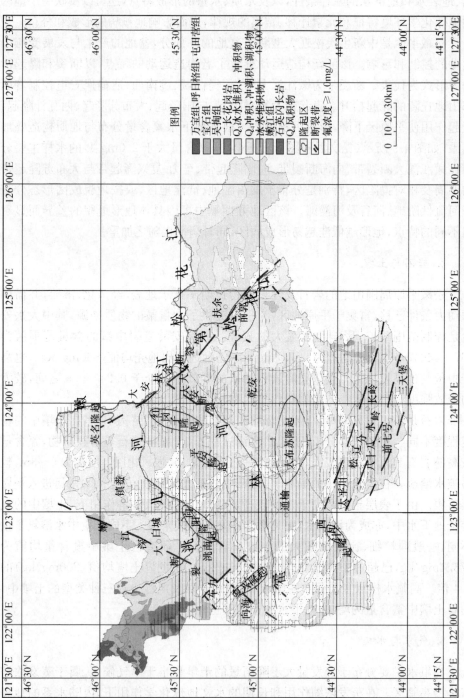

图4-9 地下水氟含量分布与地质构造叠加结果图

兴安岭含氟岩石,并释放氟的主要载体。霍林河在进入吉林省通榆县后变为盲尾河,形成散流,所运载的氟全部汇集于松嫩平原的西南部,一部分进入内陆湖泊,另一部分富集于土壤中。研究区主要湖泊氟含量背景值见表 4-11。地表水借助水体周边黏土的毛细作用将氟迁移至湖泡边的地形高处富集,由于包气带土壤氟含量的增高,随着降水的淋滤渗入使氟溶解进入地下水而形成高氟地下水。

表 4-11　吉林西部主要湖泊氟含量背景值　　　　（单位:mg/L）

湖泊	查干泡	月亮泡	花敖泡	大布苏泡	十三泡
F^-	7.49	5.75	12.20	9.20	1.05

4. 水文地质和水化学条件

该区地下水中氟的迁移、富集是以地质构造作用的沉降运动为基础的,高氟地下水几乎均分布于沉降幅度最大的冲湖积平原的中部。该区地下水的水力坡度小,地下水径流滞缓,利于元素的富集。浅层水在蒸发浓缩作用和地下水对土壤、松散沉积物及围岩淋溶作用下形成了高氟地下水,而深层水在滞缓水运动条件下,通过氟自身的富集,以及地下水在对含水层氟的溶解和对吸附于含水介质的氟的解吸过程中形成高氟水。

该区下更新统承压水中氟含量的分布特征明显被径流环境所控制,即地下水系统的环境越不利于径流,其迁移系数就越小,地下水中含氟量就越大。区内地下水在洮南以东的车力—复兴—鸿兴一带,受大布苏隆起、西瓦计隆起所阻,地下水径流处于弱径流、滞缓径流状态,地下水的迁移系数变小,含氟量相应增加,为高氟水区。

5. 人为因素

人类活动形成高氟地下水的途径有两个,一是人为污染形成污染型高氟水,二是人类开采地下水时破坏含水层结构而改变氟的迁移途经,导致高氟含水层的水进入低氟含水层,使其氟含量增加。该区无大的工矿企业,也少有含氟农药的施放,即高氟地下水可排除工业污染所致。近年来,在局部地区的第四系承压水和新近系承压水呈现氟含量增高的趋势,其原因是成井工艺粗糙,人们在打防氟深井的同时在局部地区破坏了含水层的结构,导致浅层高氟水下渗到深层。

4.5.2　高砷地下水的成因分析

高砷地下水成因与高氟地下水的成因既有相同点又有不同点,包括地质构造与地形地貌、岩石与矿物、水文地质和水化学因素几方面。

1. 地质构造与地形地貌

松嫩平原是中新生代松辽大型断陷盆地的一部分,盆地的产生与发展受燕山运动的控制和影响。在燕山运动的强烈作用下,盆地开始发育,并形成零散分布的断陷小盆地,沉积了厚约2000m的侏罗系火山碎屑岩建造。侏罗纪在白垩纪的沉积基础上,逐渐发育形成了统一的大型坳陷盆地,堆积了厚约6000m的白垩系沉积物,其范围达20万km^2,是盆地发展的极盛时期。早白垩世末,盆地发生一次明显的褶皱运动,白垩纪二级构造和局部构造形成雏形,晚白垩世初盆地边缘隆起上升,盆地面积逐渐缩小。中生代末盆地又一次发生褶皱运动,盆地内的二级构造和局部构造基本定型。中生代构造为中央坳陷区,新构造运动形式为持续沉降,幅度达$160\sim280m$,新近纪中新世至第四纪中更新世,沉降速度加快,沉降幅度增大,堆积了颗粒粗、厚度大的大安组和泰康组;中更新世沉降速度减缓,堆积了细颗粒的大青沟组;上更新世沉降速度又有加快趋势,沉积了颗粒较粗的冲湖积层。

研究区内新构造运动继承了老构造运动的特点,表现为断裂和隆起活动的差异性升降运动。主要断裂带为北东—南西向,以嫩江深大断裂为代表。隆起带包括西部的复兴隆起、北部的向阳隆起、南部的西瓦计隆起和东部的大布苏隆起。在上述4个隆起的中间区域形成了一个沉积中心。吉林西部砷中毒区主要分布通榆和洮南,砷含量大于0.05mg/L的高砷地下水主要分布在隆起带之间的低洼地带。受构造运动控制,境内低洼地带堆积了巨厚的新近系和第四系冲积和湖积淤泥质粉砂、粉砂淤泥质沉积物,为该区高砷环境提供了赋存、富集空间。盆地的快速沉降有利于有机质堆积、保存,冲湖积沉积物的覆盖隔绝了含水层与地表氧气的交换,形成了较为封闭的还原环境。

2. 岩石与矿物

吉林省西部高砷区以农牧业为主,无含砷矿藏的记载,没有大的采矿工业,可排除采矿和农药直接造成地下水较大面积砷污染的可能性。该区砷的来源与氟的来源相似,但在地下水中的富集形式不尽一致。研究区西北角分布有华力西晚期侵入岩——酸性花岗岩类,中生代晚期火山岩和各类火山碎屑岩以及中生代陆相碎屑岩,西南部还有古新世玄武岩。根据大兴安岭地区花岗岩、安山玢岩和凝灰岩等岩石砷含量的测定,砷含量介于$5.56\sim9.00\mu g/100g$。

从少量钻孔上新近纪大安组岩石砷含量测定,泥岩砷含量介于$0.0013\sim0.047\mu g/100g$,细砂岩、粉砂岩砷含量介于$0.033\sim0.090\mu g/100g$。由此推测,上新近系大安组含水层地下水中砷可能与含水介质中的砷有一定的关系。另外,该区地层、岩石中含有赤铁矿、针铁矿、菱铁矿、臭葱石、砷酸钙、砷酸锰、方铁锰矿、水锰矿、软锰矿等矿物,这为砷的富集提供了来源和介质条件。

3. 水文地质条件

断裂、凹陷等地质构造影响着地下水的流动。凹陷区内往往地下径流滞缓，从而形成储水区和元素的聚集场所。该区地下水在西北山前冲积、坡积倾斜平原接受补给，向东北流出境外。地下水在径流过程中受向阳、复兴隆起带和大布苏隆起所阻挡，径流变缓慢，地下水环境逐渐变为高矿化度的还原、弱还原环境，水中溶滤作用减弱，蒸发浓缩作用增强。砷元素在地下水的迁移过程中，随着径流的变慢，在地形低洼地带聚集起来，形成了砷的富集带。

4. 水化学因素

砷元素在地下水的迁移过程中，随着径流的变慢，在吸附-解吸附作用、氧化还原等作用下，在地形低洼地带聚集起来，形成了砷的富集带。

在山前冲积平原的 HCO_3-Ca 型水中，$\sum As$ 最低；在低平原区滞流带的 HCO_3Cl-Na 型水中，$\sum As$ 达到最高（见图 4-10）。重碳酸盐溶液可把吸附在氢氧化铁表面的砷有效地提取出来，替换沉积物和矿物表面的砷，使其释放到地下水中。由此，可以解释研究区砷浓度较高的地下水往往 HCO_3^- 的含量也很高的原因。

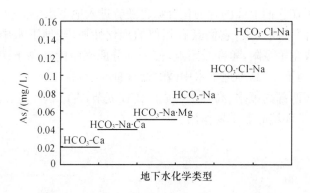

图 4-10　地下水化学类型与 $\sum As$ 含量关系图

吸附反应对控制环境中 As(Ⅲ) 和 As(Ⅴ) 的迁移具有重要意义。研究表明As(Ⅲ) 和 As(Ⅴ) 可以快速且大量地吸附在各种金属（如铁、锰）的氧化物或氢氧化物、碳酸盐、有机质、黏土矿物及云母上。从表 4-12 中可以看出，研究区高砷地下水中 Fe 含量平均值明显高于低砷地下水的 Fe 含量。地下水中较高含量的铁反映了含铁矿物的存在，其对砷的强烈吸附，使砷富集在沉积物中。当地下水变为还原环境，随着铁氢氧化物的还原，被吸附的砷得到释放进入地下水中。

表 4-12　　砷超标点与正常点的水化学指标对比表

点位类型	ΣAs /(mg/L)	ΣFe /(mg/L)	Mn /(mg/L)	HCO_3^- /(mg/L)	SO_4^{2-} /(mg/L)	NO_3^- /(mg/L)	PO_4^{3-} /(mg/L)	pH
高砷水点	0.05772	1.58	0.32	541.75	29.11	7.84	0.24	8.86
低砷水点	0.00389	0.90	0.21	416.55	45.72	40.70	0.18	8.87

pH 是控制地下水中砷的形态及活动性的重要因素。在弱碱性和碱性环境中,胶体和黏土矿物带更多的负电荷,降低了对以阴离子形式存在的砷酸和亚砷酸的吸附,促使其迁移与富集。此外,较高的 pH 可导致大量的含氧阴离子的解吸,其他的阴离子如 PO_4^{3-} 也易于在溶液中富集,进而与砷形成竞争吸附,使一部分原来吸附在黏土矿物或铁锰氧化物上的砷进入地下水。

氧化还原条件是影响砷价态的主要原因,还原作用促使 AsO_4^{3-} 还原成 AsO_3^{3-}。含砷的硫化物,如雄黄 As_2S_2 和雌黄 As_2S_3 的碳酸化作用是导致厌氧条件下砷向地下水中释放的重要过程。在砷含量大于 0.05mg/L 的地下水中,pH 为 8.1~9.2,HCO_3^- 含量高,平均值为 637.08mg/L,SO_4^{2-} 含量较低,均值为 12.43mg/L,说明该地区地下水处于弱还原环境中,有较强的脱硫酸作用。在氧化环境中,地下水中砷的化合物(砷酸盐或亚砷酸盐)会被胶体或铁锰氧化物或氢氧化物吸附,当转变为还原环境或弱还原环境时,胶体变得不稳定或铁(锰)的氢氧化物被还原,吸附在它们上面的砷的化合物也随着进入地下水中。

砷与磷为同一族元素,它们具有相似的理化性质,当地下水中有 PO_4^{3-} 存在时,它与砷形成竞争吸附,争夺吸附点,使一部分原来吸附在黏土矿物或铁锰氧化物上的砷进入地下水,高砷地下水中磷酸盐含量亦很高。

总之,吉林西部高氟水、高砷水的成因比较复杂,古沉积环境、地质构造和水文质条件和水化学环境起着重要作用。

第5章 GIS-PMODFLOW 耦合技术支持下的水环境预警研究

预警的概念最早应用于军事领域的雷达技术及弹道导弹防御系统,近年来预警理论在洪水预报、气象以及环境工程地质灾害防治等方面的应用较为广泛,但在资源与环境科学领域的预警理论研究和应用相对较少。本章采用 GIS-MODF-LOW 联合系统,通过对水文地质条件的概化,建立起潜水水流数值模型,借助于 PMODFLOW(水资源数值模拟)软件包,应用有限差分法对潜水流场进行数值模拟并做出预测,对潜水水位进行预报。在 GIS(地理信息系统)平台中通过现状水位与警戒水位进行比较运算,以实现对现状和未来的水环境进行预警。

5.1 警戒线的确定

吉林西部的东、南、西三面地形较高,北部较低,为一个簸箕形的含水盆地,潜水是该区进行农业灌溉的一种重要水源,在强烈蒸发条件下,潜水位的上升会加速表层土壤盐分积累,亦是土壤盐碱化的重要因素之一。

分析影响水环境的因素,对水环境的变化进行预测和预报,并发出相应的警报,即为水环境预警。作者以水环境所能承受人为活动的阈值作为预警警戒线,通过对阈值与水环境状态进行比较,寻找既不危及环境质量,又能使水资源达到永续利用的水资源调配方案。研究区潜水与外界环境联系最为密切,人为活动对其影响最为敏感,因此,这里以潜水水位变化来近似代表水资源环境的变化,以不发生土壤盐碱化的潜水水位作为预警的上警戒线值,以潜水含水层本身开采极限深度作为下警戒线值,以潜水水位变化幅度作为主要研究对象进行水环境预警。预警步骤包括:确定水环境信息系统的结构,建立相应的数据库和图形库,确定警戒线,并建立预警模型进行预警。

5.1.1 上警戒线的确定

为了抑制土壤盐碱化发展,从水环境的角度进行潜水水位控制研究极为重要。对于小区域而言,潜水临界深度可以通过科学实验而获得,但对于地貌类型、水文地质、土壤类型及土壤质地复杂、地域辽阔的吉林西部,获得整个区域的潜水临界深度则十分困难。因此,作者提出潜水合理深度的概念,即在一定的目标下,将土壤盐渍化速度控制在某个值时,即地下潜水水位应满足的变幅。通过控制潜水水位,可以达到抑制土壤盐碱化的目的。这里以 1996 年的潜水位为基准值,利用地球动力学模型进行反演,求出合理的潜水水位。

根据 1983 年、1996 年潜水位资料和 1983 年、1995 年土壤盐碱化资料,利用 GIS 技术编制了吉林西部平原潜水水位对土壤盐碱化的影响强度栅格图(见图 5-1)和在人为作用下潜水水位对土壤盐碱化的影响强度栅格图(见图 5-2)。通过土壤类型图、土壤盐碱化图和地下水潜水位图的叠加分析和计算发现,潜水位对土壤盐渍化的影响系数大于 0.5 的地区占计算区的 10.28%,影响系数介于 0.3~0.5 之间的地区占 12.77%,这些地区是盐碱化发展严重的地区。鉴于吉林西部土地碱化发展的速度较快,要想抑制土地盐碱化的发展是很困难的。为此,假设在 19 年内(1996~2015 年)需将土壤盐碱化的加重速度控制在 1%,即研究区每个单元土壤盐碱化程度增加 1%。在这一时期内,令图 5-1 中大于 0.5 的单元有

$$\frac{H_2 - H_1}{H_1} \times \frac{M_1}{M_2 - M_1} < 50\% \tag{5-1}$$

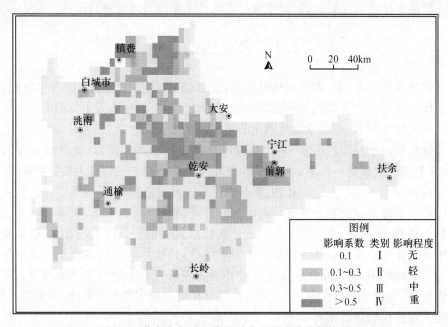

图 5-1　潜水水位对土壤盐碱化的影响强度栅格图

介于 0.3~0.5 的单元有

$$\frac{H_2 - H_1}{H_1} \times \frac{M_1}{M_2 - M_1} < 30\% \tag{5-2}$$

式中,H_1 为单元 1996 年的潜水水位;H_2 为单元 2015 年的潜水水位;M_1 为单元 1996 年的土壤盐渍化强度;M_2 为单元 2015 年土壤盐渍化的强度。

在式(5-1)、式(5-2)中,已知 H_1、M_2、M_1,可求出 H_2。通过对遥感解译数据的分析,得到 1989~2001 年的 12 年间土壤盐碱化的发展速度为 2.61%/a,为保护

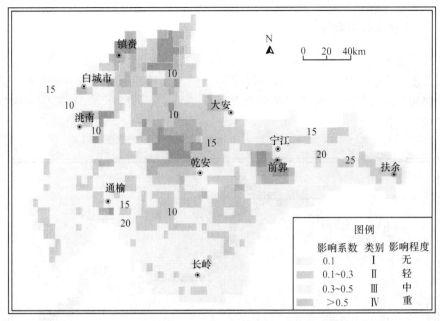

图 5-2　人为作用下潜水水位对土壤盐碱化的影响强度栅格图

生态环境,遏制土壤盐碱化的发展,该区土壤盐渍化加重速度应控制在 1‰,在此条件下 2015 年人类活动所控制的潜水水位值为 H_2。应用 GIS 将各单元的 H_2 值绘制成松嫩平原西部平原水环境预警潜水上警戒线图,结果如图 5-3 所示。

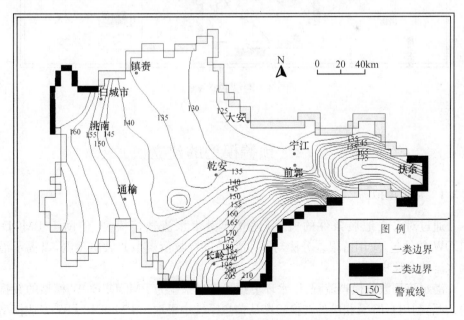

图 5-3　吉林西部平原水环境预警潜水上警戒线图

5.1.2 下警戒线的确定

在开发利用地下水的过程中,是否会出现生态环境问题取决于地下水的开采极限深度。本书以潜水含水层开采极限深度作为预警的下警戒线,潜水含水层的开采极限深度设定为由地表到潜水含水层厚度的 1/2 处的距离,水环境预警潜水下警戒线见图 5-4。

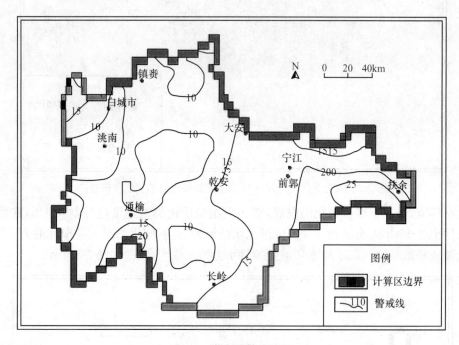

图 5-4　潜水下警戒线图

5.2　预警模型的建立

5.2.1　数值模拟

通过对水文地质条件的概化,建立起潜水水流数值模型,借助于 PMOD-FLOW 软件包,应用有限差分法对潜水流场进行数值模拟并做出预测,以揭示潜水水流的运移机制。

潜水流场数值模拟流程:以水环境预警信息系统为 PMODFLOW 模型的数据输入源,利用 GIS 及相应的转换程序从信息系统中提取出 PMODFLOW 专业模型所需要的数据,输入模型进行运算,确定参数,模型计算所剖分的单元必须与 GIS 栅格化处理采用的栅格单元尺寸保持一致,计算结果(预报结果)转入水环境预警信息系统,以等值线和栅格结构存储(见图 5-5)。

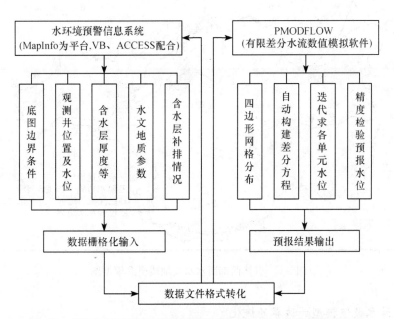

图 5-5　GIS 与 PMODFLOW 模型耦合进行地下水流数值模拟流程

5.2.2　系统模型概化

1. 潜水系统的空间分布

研究区潜水含水层可划分为以下 4 部分:①西部山前倾斜平原扇形地的孔隙潜水含水层,由冲洪积砂卵砾石、卵石层组成,颗粒粗大,渗透性极强($K=140\sim300$m/d,K 为渗透系数);②河谷平原、东部高平原及霍林河流域中游孔隙潜水含水层,由砂及砂砾石层组成,渗透性较强($K=10\sim100$m/d);③松拉河间地块及低平原西部的孔隙潜水含水层,由细砂、中细砂及粉细砂组成,渗透性较弱($K=10\sim20$m/d);④低平原中部乾安、大安一带的孔隙潜水含水层,多由黄土状亚砂土、粉细砂及亚砂土组成,颗粒很细,渗透性很差($K=3\sim10$m/d)。潜水含水层和承压含水层之间为中更新统大青沟组的淤泥质亚砂土、亚黏土组成的越流层。潜水含水层概化为非均质各向同性含水层。研究区水文地质概念模型见图 5-6。

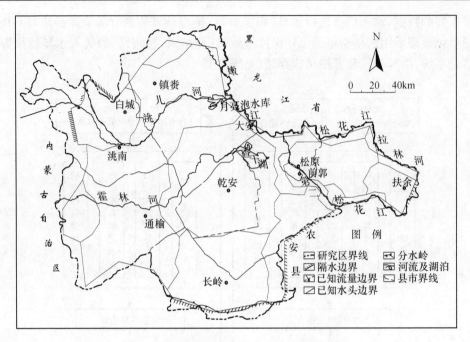

图 5-6　吉林西部潜水水文地质概念模型图

2. 潜水数值模型的边界的概化

1) 侧向边界概化

西部边界:计算区西北角的洮儿河冲洪积扇形地,与其周边以火山岩为主的基岩山区相邻,渗透性十分弱,可概化为二类边界,即隔水边界。对于常年有水的洮儿河和蛟流河河谷,可作为流量边界。利用上下游水文站的径流资料和地下水等水位线图,进行综合分析,利用水量均衡关系计算地表水向地下水的转化量。

南部边界:以地下分水岭为界,可概化为二类边界,即零流量边界。

东部边界:计算区东北部以嫩江、松花江、拉林河和第二松花江常年有水的江河为界,均为潜水的排泄边界,可概化为一类边界,即已知水头边界。东侧为高平原的地下分水岭,概化为隔水边界。

其他边界:为除以上各边界外的其他边界,因边界上的水位动态观测井较多,故可概化为已知水位的一类边界。

2) 垂向边界的概化

根据潜水位的动态变化资料,降水入渗、河道渗漏、人工开采、灌溉渗漏、潜水蒸发均会影响潜水的变化,因而,上部边界为水量交换边界,下部边界则分两种情况:当在单一潜水含水层分布区,如冲洪积扇形地孔隙潜水区或河谷平原区,其下部均为相对隔水的底板,可概化为隔水边界;上部为孔隙潜水,下部为孔隙承压含水层的双层含水层,则垂向边界属于越流边界,研究区越流层为大青沟组的弱透水层。

5.2.3　数学模型的建立

地下水系统模拟是根据系统特征将地下水系统的水文地质概念模型抽象为数学模型,根据已有的信息识别,验证模拟模型,加深对系统水文地质条件的认识,并预报未来的流场,为其他工作奠定基础。

多孔介质中地下水流动的三维有限差分数学模型可用下面的偏微分方程来表示:

$$\frac{\partial}{\partial x}\left(K_x \frac{\partial h}{\partial x}\right) + \frac{\partial}{\partial y}\left(K_y \frac{\partial h}{\partial y}\right) + \frac{\partial}{\partial z}\left(K_z \frac{\partial h}{\partial z}\right) - W = S_s \frac{\partial h}{\partial t} \tag{5-3}$$

式中,K_x、K_y、K_z 是渗透系数在 x、y 和 z 方向上的分量(LT^{-1});h 为水头;W 为单位体积流进或流出的水量(T^{-1});S_s 为孔隙介质的贮水率(L^{-1});T 为时间(T)。

方程(5-3)加上相应的初始条件和边界条件,构成描述地下水流动系统的数学模型。采用有限差分法,对上述数学模型进行离散,即可获得计算单元(i,j,k)地下水渗流计算的有限差分公式。如果所有的流量项均以某一时间段长的结束时间 t_m 为准,则有

$$\begin{aligned}
&CR_{i,j-\frac{1}{2},k}(h^m_{i,j-1,k}, h^m_{i,j,k}) + CR_{i,j+\frac{1}{2},k}(h^m_{i,j-1,k}, h^m_{i,j,k}) + CC_{i-\frac{1}{2},j,k}(h^m_{i-1,j,k}, h^m_{i,j,k}) \\
&+ CC_{i+\frac{1}{2},j,k}(h^m_{i+1,j,k}, h^m_{i,j,k}) + CV_{i,j,k-\frac{1}{2}}(h^m_{i,j,k-1}, h^m_{i,j,k}) + CV_{i,j,k+\frac{1}{2}}(h^m_{i,j,k+1}, h^m_{i,j,k}) \\
&+ P_{i,j,k}h^m_{i,j,k} + Q_{i,j,k} = SS_{i,j,k}(\Delta r_j \Delta c_i \Delta v_k) \cdot (h^m_{i,j,k} - h^{m-1}_{i,j,k})/(t_m - t_{m-1})
\end{aligned}$$
$$\tag{5-4}$$

式中,CR 为相邻各点之间的水力传导系数(L^2T^{-1});h 为计算单元水头(L);P 为外部源汇有关的常数(L^3T^{-1});SS 为计算单元的贮水率(L^{-1});t_m 为时间段结束时的时间(T)。

PMODFLOW 将一个三维含水层系统划分成一个三维的网格系统,含水层剖分为多层,每一层又剖分为若干行和列,由行和列组成的小长方体的中心称为格点。格点所在行号用 i 表示,列号用 j 表示,层厚用 k 表示。行和列的方向即为 x、y 的方向,规定模型的最顶层为第一层(即 $k=1$),随高程的降低 k 值增加。

5.2.4　模型求解

计算区域采用传统的四边形剖分,在空间上剖分为一层、38 行、70 列,共 2660 个单元。其中:定水头单元 149 个,无效计算单元 753 个,变水头计算单元(即有效

计算单元) 1408 个,单元尺寸与警戒线栅格单元尺寸保持一致。计算区面积 35201.17km²,占吉林西部总面积的 74.77%,单元平均面积为 25km²。行间距 (ΔC_i) 和列间距 (Δr_i) 均为 5000m,厚度 (Δv_k) 视具体情况而定。计算调用的子程序包含有渗流子程序(BCF)、井流子程序(WEL)、补给子程序(RCH)、河流子程序(RIV)以及蒸发子程序包(EVT),求解过程则调用"预调共轭梯度法 PCG"子程序包。计算单元的属性用一个三维型数组(IBOUND)来定义,每个元素对应模型中的一个单元,对计算单元的规定如下:

定水头计算单元　　　　　　　　$IBOUND(i,j,k) < 0$

不透水和无效计算单元　　　　　$IBOUND(i,j,k) = 0$

变水头计算单元　　　　　　　　$IBOUND(i,j,k) > 0$

方程(5-4)经过整理后得到如下形式:

$$[A][h] = [q] \tag{5-5}$$

式中,$[A]$为水头的系数矩阵;$[h]$为所求的水头列向量;$[q]$表示各个方程中所有常数项和已知项。

在 PMODFLOW 中,系数矩阵和右侧项 $[q]$ 是通过各个软件包逐步建立起来的,通过迭代法对 $[h]$ 进行求解。

5.2.5　数学模型校正和检验

利用建立的数学模型以及预警信息系统中的相关资料,计算观测孔所在单元的水头,并和实测的水头进行对比,从而反求有关的水文地质参数。模型校正时段选取 1996 年 10 月 15 日～1997 年 3 月 30 日,时间步长为 15 天,共 11 个时段。该区在该时段内的源汇项少,计算较简单,地下水位处于平缓的季节。

潜水含水层计算模型参数分区基本上与大的水文地质单元范围一致。各参数区的初值是根据已有各个勘查和研究阶段所进行的抽水试验成果而确定。模型识别时段为冬季,无大气降水入渗和农业灌溉,潜水的蒸发忽略不计。越流补给(排泄)与河流(湖泊)渗漏补给(排泄)等源汇项可直接加入相应的计算单元,城镇生活用水则按强度分配到所在的单元上。

最后将源汇项和初始地下水位输入数学模型,通过水文地质参数的匹配,直到调参时段末地下水水位计算值与实测拟合误差达到要求为止。由于模型识别时期源汇项比较简单,地下水位变化不大(下降缓慢),加上参数分区和参数值的选取真实地反映了实际的水文地质条件,模型识别取得了较好的结果。在计算时段内,地下水水位的实测值与模型计算值的拟合误差小于 0.5m 者达到 80% 以上(见表 5-1),计算水位与实测水位在总体上达到了很好的拟合(见图 5-7),所建立的水文地质概念模型和数学模型是正确可靠的。

表 5-1　潜水水流数值模型校正时段地下水位拟合表（1997 年 3 月 30 日）

计算编号	测井编号	观测水位/m	计算水位/m	绝对误差/m	计算编号	测井编号	观测水位/m	计算水位/m	绝对误差/m
1	68-1	130.110	129.864	0.246	88	200	150.404	150.868	−0.464
3	112	134.899	135.290	−0.391	91	231	147.931	147.518	0.413
7	121	130.117	129.967	0.150	93	202	154.429	154.733	−0.304
9	120	131.051	131.443	−0.392	95	18-1	147.123	147.593	−0.470
13	106	135.941	135.485	0.456	99	252	142.697	142.239	0.458
17	35-1	143.623	143.954	−0.331	102	238-3	154.410	153.630	0.780
20	23	180.106	180.079	0.027	104	155-2	159.236	159.619	−0.383
21	24-1	163.593	163.227	0.366	108	223	200.389	199.686	0.703
24	44-1	169.621	169.834	−0.213	111	232	207.645	206.894	0.751
26	51	149.340	149.174	0.166	116	143	127.742	128.177	−0.435
30	41	144.091	143.857	0.234	119	139	128.517	127.946	0.571
32	32-2	155.528	155.286	0.242	120	128	151.525	151.114	0.411
36	119	141.632	141.858	−0.226	123	157-1	161.668	161.412	0.256
39	108	149.452	149.131	0.321	124	98	129.611	129.296	0.315
41	117	141.828	141.814	−0.014	127	71	130.422	129.924	0.498
43	110	145.248	144.810	0.438	128	99	132.888	132.201	0.687
46	121	140.709	141.075	−0.366	130	103	138.354	138.674	−0.320
48	141-1	151.729	151.650	0.079	133	95	145.726	145.133	0.593
52	115	150.422	150.006	0.416	138	91	150.840	150.429	0.411
57	235	149.332	149.709	−0.377	139	104	170.524	169.781	0.743
60	33-1	160.501	160.302	0.199	141	164	132.536	132.838	−0.302
67	224	143.662	143.905	−0.243	144	163	132.947	133.131	0.184
71	237	141.439	141.112	0.327	145	170	137.496	137.511	−0.015
73	218	139.698	139.182	0.516	147	86-1	135.264	134.758	0.506
78	64-1	139.225	139.662	−0.437	152	158	130.721	130.675	0.046
82	210	152.239	151.784	0.455	155	154	130.973	131.268	−0.295

　　为了进一步验证所建立的数学计算模型和所确定的参数分区及参数值的可靠性,作者对区域模型进行了检验。选择 1997 年 3 月 11 日～5 月 11 日,共计 61 天,为地下水年内最低水位期。1997 年 5 月 11 日～8 月 11 日,共计 92 天,为地下水水位上升期。将各时段的源汇项输入已识别后的数学模型。以 1997 年 3 月 11 日～5 月 11 日的计算区水位作为初始流场,通过数值模型即可计算出两个时段末刻的水位值。两个检验时段末刻计算水位与实测水位的拟合误差,如表 5-2 和表 5-3 所示。

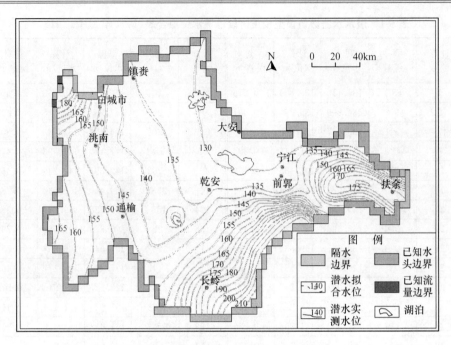

图 5-7　计算水位与实测水位拟合图

表 5-2　潜水水流数值模型检验时段地下水位拟合表(1997 年 3 月 11 日～5 月 11 日)

计算编号	测井编号	观测水位/m	计算水位/m	绝对误差/m	计算编号	测井编号	观测水位/m	计算水位/m	绝对误差/m
1	68-1	129.974	129.657	0.317	43	110	145.031	144.503	0.528
3	112	134.629	135.145	−0.516	46	121	140.115	140.299	−0.184
7	121	130.009	129.682	0.327	48	141-1	151.319	150.858	0.461
9	120	130.843	131.042	−0.199	52	115	150.052	149.749	0.306
13	106	135.447	135.070	0.377	57	235	149.008	149.303	−0.295
17	35-1	143.093	143.172	−0.079	60	33-1	160.403	164.058	0.345
20	23	179.602	178.713	0.889	67	224	143.151	143.413	−0.262
21	24-1	163.118	162.620	0.498	71	237	140.917	140.124	0.793
24	44-1	169.342	170.085	−0.743	73	218	139.288	138.850	0.438
26	51	149.016	148.714	0.302	78	64-1	139.014	140.364	−1.350
30	41	143.627	143.332	0.295	82	210	151.928	151.177	0.751
32	32-2	155.223	154.848	0.375	88	200	150.104	150.405	−0.301
36	119	141.324	141.813	−0.489	91	231	147.512	147.360	0.152
39	108	149.061	148.934	0.127	93	202	154.191	154.678	−0.487
41	117	141.279	141.316	−0.037	95	18-1	146.734	146.775	−0.041

续表

计算编号	测井编号	观测水位/m	计算水位/m	绝对误差/m	计算编号	测井编号	观测水位/m	计算水位/m	绝对误差/m
99	252	142.171	141.880	0.291	128	99	132.645	131.933	0.712
102	238-3	154.103	153.385	0.718	130	103	138.041	138.276	−0.235
104	155-2	158.964	159.488	−0.524	133	95	145.417	145.340	0.077
108	223	200.029	199.717	0.312	138	91	150.630	150.299	0.331
111	232	207.257	207.189	0.068	139	104	170.315	169.832	0.483
116	143	127.313	127.721	−0.408	141	164	132.316	132.608	−0.292
119	139	128.074	127.855	0.219	144	163	132.452	132.391	0.061
120	128	151.156	150.832	0.324	145	170	137.267	137.585	−0.318
123	157-1	161.108	161.047	0.061	147	86-1	135.048	134.655	0.393
124	98	129.309	129.188	0.121	152	158	130.443	129.618	0.825
127	71	130.027	129.510	0.517	155	154	130.638	130.907	−0.269

表 5-3　潜水水流数值模型检验时段地下水位拟合表（1997 年 5 月 11 日～8 月 11 日）

计算编号	测井编号	观测水位/m	计算水位/m	绝对误差/m	计算编号	测井编号	观测水位/m	计算水位/m	绝对误差/m
1	68-1	129.826	129.309	0.517	88	200	150.123	150.536	−0.413
3	112	134.604	134.925	−0.321	91	231	147.621	147.068	0.553
7	121	130.101	129.628	0.473	93	202	154.253	154.527	−0.274
9	120	130.793	131.080	−0.287	95	18-1	146.925	147.372	−0.447
13	106	135.457	135.028	0.429	99	252	142.169	142.038	0.131
17	35-1	143.012	143.323	−0.311	102	238-3	154.197	153.545	0.652
20	23	179.718	179.630	0.088	104	155-2	158.982	159.010	−0.028
21	24-1	163.329	162.431	0.898	108	223	200.136	199.521	0.615
24	44-1	169.421	170.064	−0.643	111	232	207.279	206.912	0.367
26	51	149.019	148.816	0.203	116	143	127.308	127.691	−0.383
30	41	143.737	143.286	0.451	119	139	128.141	128.026	0.115
32	32-2	155.430	155.071	0.359	120	128	151.362	151.133	0.229
36	119	141.348	141.873	−0.525	123	157-1	161.144	160.483	0.661
39	108	149.122	148.849	0.273	124	98	129.361	129.342	0.019
41	117	141.299	141.936	−0.637	127	71	130.437	129.967	0.470
43	110	145.235	145.207	0.028	128	99	132.585	131.960	0.625
46	121	140.110	140.353	−0.243	130	103	138.153	138.484	−0.331
48	141-1	151.447	150.929	0.518	133	95	145.511	145.094	0.417
52	115	150.095	149.878	0.217	138	91	150.623	150.486	0.137
57	235	149.012	149.463	−0.451	139	104	170.538	170.200	0.338
60	33-1	160.419	159.885	0.534	141	164	132.427	132.551	−0.124
67	224	143.240	143.682	−0.442	144	163	132.551	132.088	0.463
71	237	140.956	140.618	0.338	145	170	137.299	137.427	−0.128
73	218	139.276	138.594	0.682	147	86-1	135.382	135.144	0.238
78	64-1	139.148	139.798	−0.650	152	158	130.441	129.817	0.624
82	210	151.889	151.830	0.059	155	154	130.619	131.014	−0.395

检验结果表明,各时段水位观测点拟合误差小于 0.5m 的井点数达到总水位点数的 70％以上,所建的数学模型及其边界条件、水文地质参数选取和源汇项处理是正确的,可用地下水预报。最后调参得到的水文地质参数如图 5-8 所示,与实际地区的水文地质情况完全相符。

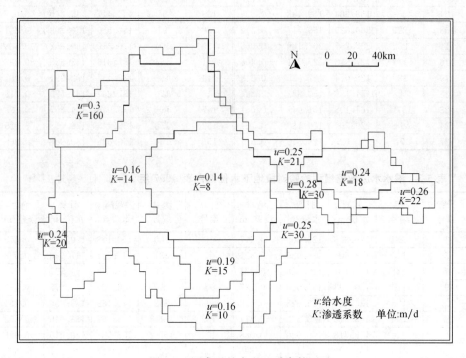

图 5-8　调参后的水文地质参数图

5.3　预警结果分析

5.3.1　潜水水位预报

根据吉林省白城市及松原市经济发展远景规划目标,水位预报期限为 15 年,即 1999～2015 年。为提高水位预报的精度,必须有一个可靠的初始流场作为水位预报的基础。鉴于 1999 年 5 月的地下水动态观测资料较全,水位观测井较多,故将此阶段的潜水位作为预报基础值。

5.3.2　边界及源汇项的处理

所处理的边界是指一类边界,即已知水头边界,吉林西部大部分边界属于该类边界。本次选取 10 个有长期水位观测资料的边界井,按水位时间的关系,做出相关方程,结果表明相关性均较显著。其他边界井则按插值法得出。潜水模型源汇项的预测主要依据吉林西部各行业用水规划及水利规划,同时根据一些源汇项与时间或其他易于确定变量的相关关系来进行预测。

5.3.3　水位预报结果及分析

预报结果见图 5-9,从图中可以给出如下结果:

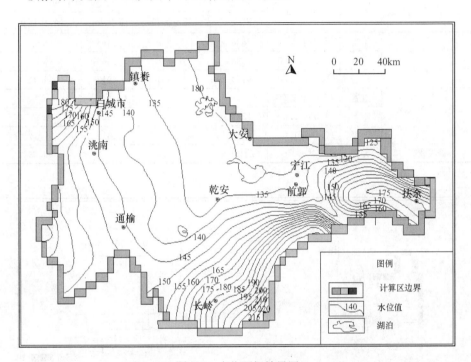

图 5-9　水位预报结果图

(1) 数值模型的运算结果表明,到 2015 年,计算区内的潜水流场的整体形态及地下水流动方向均未发生明显变化,水位降深值较小,最大降深值小于 5.5m。

(2) 在预报时段内,区内潜水位多数地段仅随年降水量有微小的变动。在开采量较大的白城冲洪积扇区,水位出现了持续的下降现象,但降幅较小,平均年降幅为 0.25m。在前郭和镇赉以地表水为水源的水田区,由于灌溉水的回渗补给,潜水位有所上升。这一现象表明,水田的开发会增加潜水的补给量,随着潜水位的上升,将发生盐碱化发展的危险。

5.3.4　水环境预警结果分析

本次同时采用 GIS 中常用的栅格数据和矢量数据基本分析方法,用多层栅格数据复合中的算术运算原理以及矢量多边形叠置分析原理,在 MapInfo 软件中将警戒线图层、潜水流线现状图层、预测图层经栅格化处理,进行预警判断,并分别以超出上下警戒线一定的数据区间为不同警度值,对警情进行分级,结果如表 5-4 和图 5-10 所示。

表 5-4　潜水水位预警结果

警情分级		警度/m	1999 年		2015 年	
			面积/km²	占计算区面积/%	面积/km²	占计算区面积/%
超出上警戒线之警情	重警	不小于 1.00	2536	7.20	3468	9.85
	中警	0.50~1.00	1838	5.22	2365	6.72
	轻警	0.00~0.50	4174	11.86	3913	11.12
超出下警戒线之警情	重警	不小于 2.00				
	中警	1.00~2.00	1324	3.76	1503	4.27
	轻警	0.00~1.00	1193	3.39	1419	4.03
警戒线间	无警		24136	68.57	22533	64.01

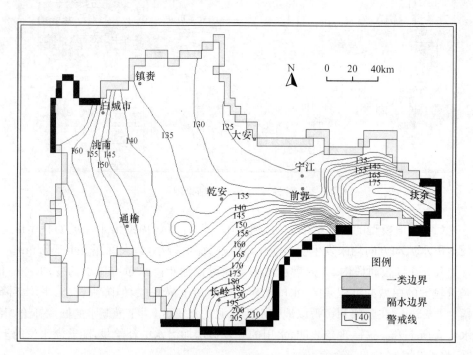

图 5-10　吉林西部潜水 2015 年地下水环境预警栅格图

从预警结果中可以看出,1999 年有警区面积 11065km²,占计算区总面积的31.43%,其中超出上警戒线的有警区面积占计算区面积的 24.28%(为8548km²),上警戒线警情(引起土壤次生盐碱化)起主导作用,潜水位超出了可导致土壤产生次生盐碱化的警戒线,其范围主要在 0.5～1.0m 之间。下警戒线警情超出地下水开采极限深度为 2m 以内。

2015 年有警区面积较 1999 年有所扩大,增加了 14.49%,为 12668km² ,占计算区总面积的 36%,超出上警戒线的警情仍起主导作用,超出上下警戒线的程度有所增加。总体警情分布面积均是在 1999 年的基础上有所扩张。

超出上警戒线警情主要分布在较大型的灌区及其周边,如前郭灌区、镇赉灌区等地,警情的存在及增强反映了灌区的排水工程并未充分发挥作用,加之灌区多年引地表水或地下水灌溉,人为抬高了潜水水位。到 2015 年,若此状况未能改观,将会引起警情的扩大。还有一部分警情发生在大安西南方与乾安、通榆交汇处,这一地区地势较为低平,存在许多碟形封闭洼地、泡沼和低平地,农田灌溉时排水不畅,引起潜水水位抬升,导致土壤产生次生盐碱化。

超出下警戒线的警情主要分布在松拉河间地块以及西部山前倾斜平原水资源相对较丰富但开采程度较大的地区。松拉河间地块大部分地区潜水水位高于承压水位,在人工开采孔隙承压水的影响下,潜水发生越流补给承压含水层。在大量开采承压含水层的情况下,越流作用更加明显,导致水位降至警戒线之下。西部山前倾斜平原潜水也通过越流补给承压含水层。近些年其补给来源(河水)的减少以及大量开采地下水,使部分地区水位持续下降以至超过了下警戒线。

第6章 土地利用变化及生态景观格局优化研究

地球表层系统最突出的景观标志是土地利用/土地覆盖变化(land use/land cover change,LUCC)。LUCC是自然条件与人类活动双重因素共同作用的结果。在人类驱动力的影响下,土地利用不断发生改变,而土地利用又造成土地覆盖的变化,因此土地利用/土地覆盖变化直接反映了引起陆地生态系统变化的主导因子——人类活动。它既是陆地生态环境的输入,又是它的输出结果,同时也是社会经济发展对全球变化响应的主要因素。因此,系统地观察土地利用/土地覆盖变化,可以从总体上认识生态环境的变化规律和演变模式,认识人类活动在生态环境变化中所起的作用。

吉林西部地区位于我国北方生态脆弱带的东部,也是土地退化现象比较严重的地区。多年来,在自然和人类活动双重因素的共同作用下,土地利用/土地覆盖发生了快速的变化,其生态系统潜在的脆弱性正逐渐转变成现实的环境灾害,出现了诸如土地荒漠化(沙化、盐碱化)、湖泊萎缩、湿地退化、植被减少等现象。因此,深入研究该区的土地利用/土地覆盖变化,掌握土地盐碱化、沙漠化形成和发展规律,提出相应的防治对策,是促进资源、环境、人口与社会经济持续发展的关键。

6.1 土地资源开发利用的主要问题

吉林西部的土地利用始于4000年前的新石器时代,在漫长的历史中,该区的土地覆盖状况主要以草地为主,人类在草原上游牧、狩猎。直到17世纪,清政府准许放荒垦地,移民进入西部大草原游牧、狩猎、垦荒种田。人口增加对粮食的需求量也随之增加,促进了西部草地的开发。大规模的农业开发至今不过近百年的历史,而高强度的土地开发则始于20世纪的后半叶。

新中国成立以来吉林西部的农业生产有了较快的发展,据1996年全国土地详查资料,吉林西部总幅员达7028.16万亩。其中耕地2751.75万亩,占总辖区面积的39.2%;林地914.71万亩,占13.0%;草地1451.52万亩,占20.6%;园地面积4.16万亩,占0.1%;城乡居民点用地和工矿用地345.45万亩,占9.1%;未利用地833.32万亩,占11.8%。吉林西部的土地资源在开发利用过程中面临着以下几方面的突出问题:

(1) 1958年和1982年进行过两次全国土壤普查,尤其是第二次土壤普查,取得了全面的、丰硕的成果,为我国的农业发展和经济建设提供了科学依据。现在已时隔20多年,情况有很大的变化。虽然在1996年开展了第三次全国土地调查,但是其广度和深度远不及 80 年代的工作,特别是缺少土地资源质和量变化的内容,缺少确切的、统一的统计数据,因此,在进行科学研究和规划决策时发生了困难,可以说该区的土地资源状况还不十分清楚。

(2) 农民受传统习惯的影响和经济生产条件的限制,重产出轻投入,重化肥轻农肥,重耕地作物轻养地作物,沿袭广种薄收、粗放经营的方式,进行掠夺式的生产。因此,地力普遍下降,表现为耕作层浅色化,养分下降,速效养分失调,黑土层和腐殖层变薄,形成破皮黄的退化耕地,而且盐碱土、风沙土面积扩大,高产田比例减少,低产田比例增加,其比例已达 3/7。

(3) 土地利用结构失调,耕、林、草地比例由 20 世纪 50 年代的 3∶2∶5,到 90 年代为 5.4∶1.7∶2.8,接近于 5∶2∶3,土地利用结构失调导致草场面积大量缩小,生态环境严重恶化,成为盐碱、沙化土地迅速扩大的主要因素。

(4) 没有推行草、田轮作制。在半农、半牧地区应改广种薄收的不良耕作方式为草田轮作的生态优化方式,应借鉴国外草田轮作的经验,保护农业生态环境。

(5) 落后的个体农业生产方式不适应市场经济的需要,农产品价格偏低和旱灾频繁发生等因素,使脆弱的个体农业经济环境难以实现对土地资源的合理利用。

6.2 土地利用变化研究方法

遥感技术因其大面积同步观测及获取数据的客观性、时效性、综合性与可比性,以及数据获取的经济性等特点,成为 LUCC 研究的主要手段之一。GIS 的应用为多种来源的海量时空数据综合处理、动态存取、集成管理及建模和模拟提供了主要手段。GPS(全球定位系统)在土地利用类型边界确定和土地利用解译精度验证等方面有着不可替代的作用。3S 技术已被广泛应用于 LUCC 研究当中。基于 3S 技术,作者对吉林西部土地沙碱化现状、程度、分布及发展动态等情况从数量、质量、时间、空间多角度进行了研究,弥补了传统研究中信息来源单一、资料主观性强、不能从时间尺度和空间尺度研究等不足,在吉林西部平原这样一个多因子、多层次、多变量的大环境系统研究中发挥了重要的技术支持作用。

6.2.1 3S 技术支持软件

本研究使用的 3S 软件有:ERDAS IMAGINE 8.5、ENVI 3.5 和 ArcGIS 8.3 系统等。

ERDAS IMAGINE 是美国 ERDAS 公司开发的遥感图像处理系统,是一个用于影像制图、影像可视化、影像处理和高级遥感技术的完整的产品套件。它以其先进的影像处理技术,友好、灵活的用户界面和操作方式,面向广阔应用领域的产品模块,服务于不同层次用户的模型开发工具,以及高度的 RS/GIS 集成功能等优势,为遥感及相关应用领域的用户提供了内容丰富而功能强大的图像处理工具,代表了遥感图像处理系统的发展趋势。

ENVI(The Environment for Visualizing Images)是一套功能齐全的遥感图像处理系统,是处理、分析并显示多光谱数据、高光谱数据和雷达数据的高级工具。ENVI包含齐全的遥感影像处理功能:常规处理、几何校正、定标、多光谱分析、高光谱分析、雷达分析、地形地貌分析、矢量应用、神经网络分析、区域分析、GPS连接、正射影像图生成、三维图像生成、丰富的可供二次开发调用的函数库、制图、数据输入/输出等功能,组成了图像处理软件中非常全面的系统。它还与IDL可视化开发工具集成于一体,可以用节点创建数据流程模型,用户可以框图的方式方便快捷地进行IDL二次开发。

ArcGIS是美国ESRI公司在全面整合GIS与数据库、软件工程、人工智能、网络技术及其他多方面的计算机主流技术之后,成功推出的代表GIS最高技术水平的全系列GIS平台。它是一个集成的GIS平台,由ArcGIS桌面软件、ArcSDE和ArcIMS软件组成。通过这3个软件的应用协调工作,可以完成任何从简单到复杂的GIS工作,包括制图、数据管理、地理分析和空间处理。ArcGIS还包括与Internet地图和服务的整合、地理编码、高级数据编辑、高质量的制图、动态投影、元数据管理、基于向导的截面和对近40种数据格式的直接支持等。

6.2.2　数据来源

这里采用的数据源分遥感数据源和非遥感数据源两种。遥感数据源选取中国遥感卫星地面站接收的美国Landsat卫星的TM影像数据。根据研究的内容、地表景观的季相差异及TM卫星影像的质量,选取了两个时段(1988年或1989年和2004年)的TM、ETM影像数据,共12景(见表6-1),各景影像的云覆盖率均小于5%。

表6-1　遥感解译使用的TM卫星影像一览表

景　号	时间段1	时间段2	备　注
119-27	1989年06月22日	2004年08月11日	
119-28	1988年06月28日	2004年08月11日	
119-29	1988年10月02日	2004年08月11日	数据来源于中国科学院遥感地面站段。卫星图像分辨率30m×30m,均无云
120-27	1989年06月22日	2004年06月28日	
120-28	1989年10月28日	2004年06月12日	
120-29	1989年10月28日	2004年09月11日	

非遥感信息源主要包括1:10万地形图、行政区划图、1:50万土地利用图、地貌分区图、土壤类型图、水系图、水文地质图,以及野外考察采集的各种资料和数据等(见表6-2)。

表 6-2　非遥感信息数据源一览表

数据类型	时间段	比例尺	备　注
行政区划图(电子版)	20 世纪 90 年代中	1：25 万	吉林省测绘局
土地利用图	20 世纪 90 年代初	1：50 万	吉林省国土资源厅
土壤类型图	1982 年	1：100 万	吉林省农业厅
地貌分区图	20 世纪 70 年代	1：100 万	吉林省农业厅
水文地质图	20 世纪 90 年代	1：25 万	吉林省地质矿产勘查开发局
地形图	20 世纪 60 年代	1：10 万	吉林省测绘局
野外考察资料	1997～2003 年		GPS 定位

6.2.3　数据的预处理

1. 投影变换与几何校正

将上述非遥感信息源的各类专题图件进行扫描、矢量化、编辑、拓扑、编码等处理,生成 coverage 文件,然后采用圆锥等面积投影方式建立统一的坐标系统,以此作为生态环境特征遥感解译的辅助资料。

以 1：10 万的地形图为基准,以圆锥等面积投影建立地理坐标系统。首先采用三次多项式及最近邻域插值法对 1989 年的各景 TM 影像进行几何校正。校正时,在每幅影像选取多个明显地物点作为控制点,包括河流的分岔点、河流与道路的交叉点、水库湖泊中的明显而固定的转拐点等。经检验,配准误差不到一个像元。然后再以 1989 年 TM 的校正影像为基准,采用影像对影像方式校正 2004 年两个时期的 TM 影像。

同时,将非遥感信息源的图件,采用数字化仪或扫描-矢量化方式输入 ArcInfo 系统,经编辑、拓扑、编码和投影处理,将其地理坐标同校正后的 TM 遥感影像的地理坐标相统一。

2. 遥感信息的增强

采用 ERDAS 软件中的去霾处理进行信息增强,其过程是,对 TM 影像的 7 个波段各像元的灰度值,进行一次主成分变换,将干扰信息去除掉,留下 2～3 个主成分,再进行一次主成分逆变换,将影像转回到 7 个波段,达到去除影像冗余信息的目的。对留下的有用信息采用 RGB-453 合成假彩色图像,即 TM-4 以红色显示,TM-5 以绿色显示,TM-3 以蓝色显示。

3. 分类系统的制定

土地利用分类的主要依据是土地用途、土地经营方式、土地利用方式和土地覆盖特征等,它强调的是人类活动与土地相结合而产生的不同利用方式。土地覆盖是指覆盖着地球表面的植被,主要表示地球表面存在的不同类型的覆盖特征。土地覆盖是土地利用分类的一个依据,强调的是土地的表面形状。遥感影像最能够直接反映的是土地覆盖。

为了系统地分析 LUCC 的动态特征,参照国家土地资源分类系统及 USGS 在 20 世纪 70 年代中期制定的用于遥感数据的土地利用/土地覆盖的分类系统,结合研究区环境特点,采用土地利用二级分类系统。第一级分类依据国民经济主要用地构成、土地属性和利用方向,将土地利用划分为耕地、林地、草地、水域、建设用地和未利用土地等 6 大类,并在此基础上,根据土地资源主要利用方式、利用条件、利用难易程度又划分了 14 个亚类,即第二级分类(见表 6-3)。

表 6-3　吉林西部土地利用/土地覆盖分类系统

一级分类	二级分类
1. 耕地	11-水田,12-旱田
2. 林地	21-有林地,22-灌林地,23-疏林地,24-其他林地
3. 草地	31-高覆盖度草地,32-中覆盖度草地,33-低覆盖度草地
4. 水域	41-河流,42-湖泊,43-坑塘,46-滩地
5. 建设用地	51-城镇用地,52-农村居民点,53-工交建设用地
6. 未利用土地	61-裸沙(土)地,63-盐碱地,64-湿地

第一级别的 6 种土地利用类型及其划分标准如下:

(1) 耕地包括旱田和水田。但是,在地类识别和圈划界限时往往会遇到困难。例如,在农业活动中,由于土壤潮湿而使旱田的界线较难确定,也有可能误将水田和土壤潮湿的旱田划分为湿地。因此,在圈划界限时,应根据影像的纹理结构对其进行综合判断。

(2) 林地,是指有 10％以上树冠覆盖的地块。这些地区生长着可以生产出木材或薪材的树木,并对局部小气候及水系等产生一定影响。

(3) 草地,指生长草、草类植物、草本植物的土地,既包括天然草场、人工草场、采草草场和放牧草场,还包括湿地退化后,不再生长湿地植被类型而生长旱地草本植被的地块,分为高覆盖草地(大于 50％)、中覆盖草地(30％～50％)和低覆盖草地(小于 30％)。

(4) 水域包括水体和滩地。河流、湖泊、坑塘、水泡等归类为水体,滩地包括河湾和河口,也包括季节性涨水的河滩地、湖滩地。

(5) 建设用地包括城市、乡村、公路及沿公路的建筑带,交通、动力和通信设施,工厂、工商业所在地区以及某些孤立于城市外的公共设施。

(6) 未利用土地包括荒地和湿地。荒地是指维持生物生存能力的有限土地,这类土地的植被或其他覆盖不到土地面积的 30％,荒地包括盐碱光板地、裸沙地、裸岩和砂砾坑。湿地是指在大多数年的相当时间里,潜水位位于、接近或超过地面的地区。湿地不仅包括沼泽、泥滩,以及位于湖泊、河流和类似水库的人工筑坝等边缘的蓄水区,还包括季节性湿润或淹没的盆地。有水生植物浸没于水中的浅水区归入水体而非湿地。如果土壤湿润但水淹期很短,且无典型湿地植物生长的地区,将其归入其他类型而非湿地类型。对于耕作过的湿地,如生长水稻的沼泽,将其归入耕地中。如果湿地经排水作为他用,则将其归入其他土地利用/土地覆盖类型;如排水中断,恢复了湿地环境,则分类归到湿地类型。

4. 解译标志的建立

在制定分类系统基础上,选择一条地类丰富的野外考察路线,利用 GPS 在沿线选取观察点,详细记录各点坐标及地物景观,确认其土地利用类型,结合影像对应点判读,分析地物波谱特性,参考专题图件和统计资料,建立解译标志(见表 6-4)。

表 6-4　吉林西部土地利用/土地覆盖遥感解译判读标志

类　型	影像解译特征(TM-4、TM-5、TM-3 假彩色合成)
11-水田	褐红或者暗红色,色调均匀,形状规则,边界清楚
12-旱地	暗红色、青灰色,或者青灰色夹淡红色,色调比较均匀,多呈方格纹理,形状规则,中间可清晰看见田埂和防护林
21-有林地	红褐色或者青灰色,人工林、防护林形状规则,条纹清楚,边缘清晰,一般分布于农田区
22-灌木林	褐色或者青灰色,色调不均匀,形状不规则
23-疏林地	褐色或者青灰色,色调不均匀,形状不规则,多与沙地相邻
31-高覆盖草地	红或者浅红色,色调均匀,边界明显,呈不规则片块状
32-中覆盖草地	多位于盐碱地的边缘或被盐碱地所包围,淡绿色稍微夹杂着一些暗红色,形状不规则,无纹理
33-低覆盖草地	多位于盐碱地的边缘或被盐碱地所包围,灰白或者淡灰色,形状不规则,无明显的纹理特征
41-42 水体	深蓝至蓝黑色,色调均匀,边缘清晰,湖泊多呈椭圆状,河流呈线状
46-滩地	浅红色,夹淡绿色,呈鳞状、扇状、条带状分布于河漫滩,河滩两侧的砂砾地则呈白色、灰白色
51-城镇用地	青白色、灰色,形状规则,与周围农田呈强烈反差,有线状交通线路与其相连
52-农村居民地	青白色、灰色,形状规则,边缘清楚,与周围农田呈强烈反差,但面积比较小
61-裸沙地	呈灰白色,色调较亮,条纹状、波状或者蜂窝状
63-盐碱地	白色或青白色,形状不规则。重盐碱地质地均匀,色调较亮,多与湖泊、泡子相邻;中、轻度盐碱地色调较浅,质地不均匀,边缘不整齐也不清楚,分布于低洼地带,多与草地相间
64-沼泽湿地	褐红、暗红色,色调不均匀,不规则形状,边界清楚比较清楚。分布在地势平坦低洼地区,多与河流、湖泊相邻,季节性积水或常年积水,表层生长湿生植物

5. 最小制图单元的选择

在描绘不同地物单元前,还必须选择最小制图单元(MMU)。最小制图单元是绘制的最小面积实体,它决定解译的详细程度。最小制图单元过大,所获得的解译结果会过于简单,不足以说明实际情况,或不能满足科研要求。最小制图单元过小,又会耗费大量的人力、物力和时间,其结果可能由于过于详细而降低可读性。同时,基于遥感影像的成像特征,过小的制图单元未必能准确反应研究区的实际情况。最小制图单元的选择主要根据解译的目的、精度要求和所用数据资料等情况决定。我们使用的 TM 卫星影像的分辨率为 $30m \times 30m$,即每个像元代表地表 $30m \times 30m$ 的面积。考虑精度要求,所选用的最小制图单元为 16 个像素,即在地表上小于 $14400m^2$ 的地块在解译结果中不会体现。

6.2.4　土地利用/土地覆盖预解译

预解译是指在室内按肉眼识别能力和分类要求,先对影像进行一定程度增强处理,然后根据解译标志,对影像上不同地类边界进行勾绘并标注地物代码,形成预解译图。预解译是目视解译的核心部分,得到的预解译图再经过地面实况验证和修改,达到精度要求后,就可以形成专题解译结果图件,并可提取各地类的空间分布信息。

6.2.5　解译结果校正及专题图件形成

在室内完成的预解译图件往往存在某些错误或者难以确定的类型,需进行野外实地调查与验证。作者进行了大量的地面路线勘察,利用 GPS 仪器进行定位检验,着重解决未知地区的解译成果是否正确,同时查阅了大量的相关文献资料,借助各种专题图件对解译图进行校正,最终形成了土地利用/土地覆盖解译图。

6.3　土地利用变化特征分析

土地利用/土地覆盖变化(LUCC)是目前区域性乃至全球环境变化的重要表现之一,成为全球变化研究的重要内容之一。由于自然因素及人类活动的影响,吉林西部的生态环境比较脆弱,突出的表现是土地覆盖的变化,如草地和湿地的退化、水体的萎缩、沙碱化土地的扩张等。

LUCC 不仅体现在数量、质量上的变化,还表现在土地利用空间格局上的变化。本研究以吉林西部 1989 年和 2004 年的 TM 卫星遥感数据为基础,应用动态度模型和景观格局指数对各种土地利用类型的数量变化、动态变化规律以及土地利用总体空间格局进行了分析。

6.3.1　解译结果分析

应用 ArcMap 软件,在遥感目视解译的基础上,形成了 1989 年和 2004 年两个时段的土地利用/覆盖遥感影像解译图如图 6-1、图 6-2 所示(见文后彩图)。解译结果如表 6-5 所示。

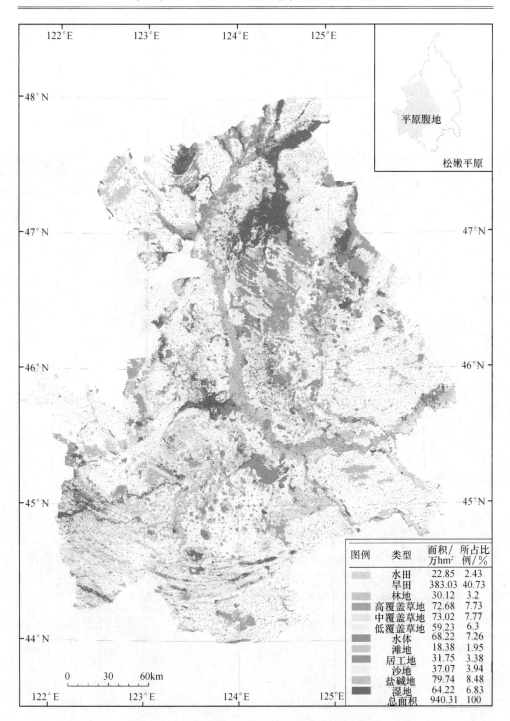

图例	类型	面积/ 万hm²	所占比 例/%
	水田	22.85	2.43
	旱田	383.03	40.73
	林地	30.12	3.2
	高覆盖草地	72.68	7.73
	中覆盖草地	73.02	7.77
	低覆盖草地	59.23	6.3
	水体	68.22	7.26
	滩地	18.38	1.95
	居工地	31.75	3.38
	沙地	37.07	3.94
	盐碱地	79.74	8.48
	湿地	64.22	6.83
	总面积	940.31	100

图 6-1　松嫩平原腹地 1989 年土地利用遥感解译图

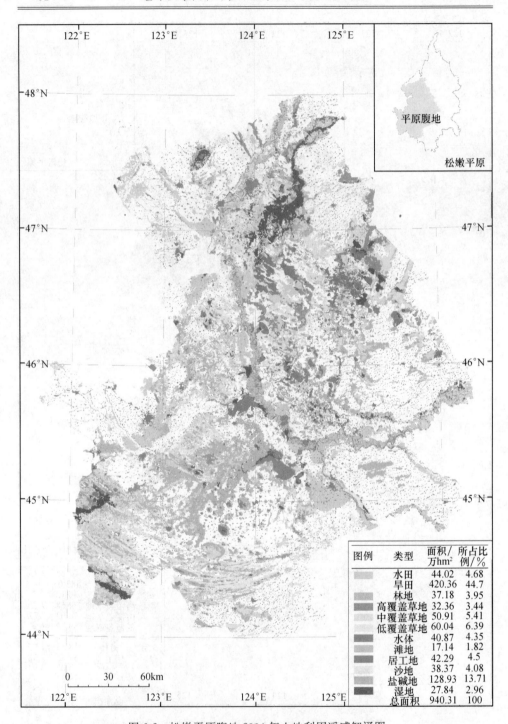

図例　类型　　面积/　所占比
　　　　　　　万hm²　例/%
水田　　　44.02　4.68
旱田　　420.36　44.7
林地　　　37.18　3.95
高覆盖草地　32.36　3.44
中覆盖草地　50.91　5.41
低覆盖草地　60.04　6.39
水体　　　40.87　4.35
滩地　　　17.14　1.82
居工地　　42.29　4.5
沙地　　　38.37　4.08
盐碱地　　128.93　13.71
湿地　　　27.84　2.96
总面积　　940.31　100

图 6-2　松嫩平原腹地 2004 年土地利用遥感解译图

表 6-5　吉林西部土地利用遥感解译结果

土地类型		1989年/万 hm²	占总面积比例/%	2004年/万 hm²	占总面积比例/%	变化总面积/万 hm²	变化比例/%
耕地	水田	11.28	2.40	22.7	4.84	11.42	101.24
	旱田	202.82	43.24	210.36	44.85	7.54	3.72
	合计	214.1	45.64	233.06	49.69	18.96	8.86
草地	高覆盖草地	23.2	4.95	9.72	2.07	−13.48	−58.10
	中覆盖草地	31.77	6.77	20.27	4.32	−11.5	−36.20
	低覆盖草地	29.31	6.25	26.97	5.75	−2.34	−7.98
	合计	84.28	17.97	56.96	12.14	−27.32	−32.42
林地	合计	14.88	3.17	24.95	5.32	10.07	67.67
水体	水域	26.26	5.60	14.61	3.11	−11.65	−44.36
	滩地	8.45	1.80	5.32	1.13	−3.13	−37.04
	合计	34.71	7.40	1.58	0.34	−33.1324	−95.45
城镇用地	合计	13.74	2.93	17.42	3.71	3.68	26.78
未利用土地	沙地	27.28	5.82	25.2	5.37	−2.08	−7.62
	光板盐碱地	57.41	12.24	83.08	17.71	25.67	44.71
	湿地	22.66	4.83	8.46	1.80	−14.2	−62.67
	合计	107.35	22.886198	116.74	24.89	9.39	8.75

　　从表 6-5 中可以看出,1989～2004 年的 15 年间,吉林西部土地利用的结构发生了很大变化,旱田、水田和盐碱地面积占总面积的比例有所上升;草地、水体和湿地有所下降。耕地(包括旱田和水田)和草地仍然是土地利用结构中的主要地类(见图 6-3)。吉林西部土地利用地类结构日趋不合理,生态环境整体质量在向恶化方向发展。

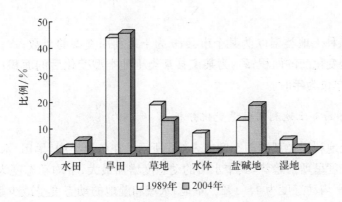

图 6-3　吉林西部主要地类所占比例

6.3.2 土地利用数量变化分析

为了更加直观、准确地反映土地利用的变化趋势及程度,采用土地数量变化模型,定量地描述某个区域内土地利用类型面积的变化速率。

1. 土地数量变化模型

土地资源数量变化可以用土地利用动态度来表示,它包括单一土地利用动态度和综合土地利用动态度。

1) 单一土地利用动态度

单一土地利用类型动态度,表达的是某研究区一定时间范围内某种土地利用类型的数量变化情况,其表达式为

$$K = \frac{Z_{ib} - Z_{ia}}{Z_{ia}} \frac{1}{T} \times 100\% \tag{6-1}$$

式中,K 为研究时段内单一土地利用类型动态度;Z_{ia} 为某一土地类型研究初期的面积;Z_{ib} 为某一土地类型研究末期的面积;T 为变化的时间间隔,单位为年。

动态度是一个相对值,表示研究期间各地类的变化(增加或减少)幅度或快慢。动态度的大小不仅与期间变化面积有关,还与研究初期的数值有较大关系,因此,动态度大并不意味着变化的绝对面积大。

2) 综合土地利用动态度

综合土地利用动态度代表某个区域内所有土地利用类型的综合变化速率,它反映了某个地区土地利用类型整体的稳定性,该模型公式为

$$IR_j = \left\{ \frac{\sum\limits_{i}^{n} |Z_{ijb} - Z_{ija}|}{\sum\limits_{i}^{n} Z_{ija}} \right\} \frac{1}{T} \times 100\% \tag{6-2}$$

式中,i 为某种土地类型;j 为某个市县;n 为土地利用类型的个数;Z_{ija} 为某市县某类土地类型变化前的面积;Z_{ijb} 为某市县某类土地类型变化后的面积;T 为变化的时间间隔,单位为年时。

2. 吉林西部土地利用数量变化分析

各种土地利用类型的动态度如表 6-6 所示。在各地类中,旱田、水田、林地、盐碱地的动态度呈增加趋势,其中水田的动态度增加最大,平均动态度为 6.75%;其次是林地,平均动态度为 4.51%。草地、水域和湿地的动态度呈减少趋势,其中水域的动态度减少最多,平均动态度为 −6.36%;其次草地,平均动态度为 −2.16%。在 3 种草地类型中,高覆盖草地严重退化,动态度减少最多,其值为

—3.87%。沼泽湿地的平均动态度为—4.18%。

表 6-6　吉林西部主要土地利用类型面积变化动态度（1989～2004 年）

地 类	耕 地			林地	草地				水域	未利用土地			
	旱田	水田	合计		高覆盖	中覆盖	低覆盖	合计		沙地	盐碱地	湿地	合计
变化面积 /万 hm²	7.54	11.42	18.96	10.07	—13.48	—11.5	—2.34	—27.32	—14.78	—2.08	25.67	—14.2	9.39
年变化面 积/万 hm²	0.50	0.76	1.26	0.67	—0.90	—0.77	—0.16	—1.82	—0.99	—0.14	1.71	—0.95	0.63
动态度/%	0.25	6.75	0.59	4.51	—3.87	—2.41	—0.53	—2.16	—6.36	—0.51	2.98	—4.18	0.58

　　吉林西部在 15 年内主要地类呈现"两增三减"的变化规律。"两增"是指耕地和盐碱地增加，"三减"是指草地、水域和湿地减少。这与人类对水、土和生物资源的过量开发和全球性气候向干暖化发展有关。

6.3.3　土地利用空间转化规律分析

1. 分析测算模型

　　对区域 LUCC 的数量、结构等方面进行总量分析，准确、科学地测算土地利用动态变化程度和速率，有助于从总体上把握区域土地利用动态演变的趋势与特点。但是，土地利用空间区位的固定性与独特性决定了只有对区域土地利用变化进行定位化、定量化的空间分析，才能更为准确地描述区域土地利用的动态演变过程。常用的数量分析和动态度分析两种测算模型均不能完全涵盖和刻画土地利用变化的空间过程。前者忽略了土地利用空间区位的固定性与独特性，没有考虑土地利用动态变化的空间过程及相关属性。后者虽然是一种基于 GIS 空间分析技术的测算模型，但仅考虑了土地利用动态变化的空间转移过程，忽略了新增过程，低估了那些转移慢、增长快的土地利用类型。

　　应用转移矩阵可全面、具体地刻画区域土地利用变化的结构、特征与各用地类型变化的方向。转移矩阵的数学形式为

$$[S_{ij}] = \begin{bmatrix} S_{11} & S_{12} & \cdots & S_{1j} & \cdots & S_{1n} \\ S_{21} & S_{22} & \cdots & S_{2j} & \cdots & S_{2n} \\ \vdots & \vdots & & \vdots & & \vdots \\ S_{i1} & S_{i2} & \cdots & S_{ij} & \cdots & S_{in} \\ \vdots & \vdots & & \vdots & & \vdots \\ S_{n1} & S_{n2} & \cdots & S_{nj} & \cdots & S_{nn} \end{bmatrix} \tag{6-3}$$

式中，S 代表面积；n 代表土地利用的类型数；i, j 分别代表研究期初与研究期末的土地利用类型。在具体应用中，通常用表格形式来表示该矩阵。

　　为了更为准确和精细地测算各土地利用类型的动态变化程度,本节应用土地利用动态变化的空间分析测算模型。该模型区别于传统测算方法,通过对不同时期土地利用图的叠合运算及空间统计分析,将土地利用变化的空间过程定量化、定位化地细分为未变化部分、转移部分及其去向、新增部分及其来源,这样可以将土地利用动态变化速率看做是转移速率和新增速率之和。该模型可以更好地反映出土地利用各类型间动态转化的程度和速率。具体的计算公式如下:

$$ZYS_i = [(BM_{(i,t1)} - WBM_i)/BM_{(i,t1)}]/(T_2 - T_1)100\% \qquad (6\text{-}4)$$

$$XZS_i = [(BM_{(i,t2)} - WBM_i)/BM_{(i,t1)}]/(T_2 - T_1)100\% \qquad (6\text{-}5)$$

$$BHS_i = ZYS_i + XZS_i \qquad (6\text{-}6)$$

式中,ZYS_i 为第 i 种土地利用类型在监测期间的转移速率;XZS_i 为新增速率;BHS_i 为变化速率;n 为区域内土地利用类型的分类数,$i \in (1,\cdots,n)$;$BM_{(i,t1)} - WBM_i$ 为在监测期间转移部分的面积,即第 i 种土地利用类型转化为其他非 i 类土地利用类型的面积总和;$BM_{(i,t2)} - WBM_i$ 为监测期间新增部分的面积,即非 i 类土地利用类型转化为 i 种土地利用类型的面积总和;$BM_{(i,t1)}$ 为监测期初第 i 种土地利用类型的面积;$BM_{(i,t2)}$ 为监测期末第 i 种土地利用类型的面积;WBM_i 为监测期间第 i 种土地利用类型未变化部分的面积;T_1 为监测期初;T_2 为监测期末。

2. 土地利用类型动态转化的空间分析

　　为了分析各土地利用类型间的相互转化关系和转化的数量,首先利用 GIS 软件 ArcGIS 8.3 中 ArcInfo 的"AddItem"命令分别对 1989 年和 2004 年两个时段的遥感解译图添加一个相同的属性字段,然后应用"calc"命令对这个属性字段赋以当年的地类代码值;应用 ArcToolBox 工具下的 Overlay 模块,对 1989 年和 2004 年土地利用遥感解译图进行空间叠加及图形分析,得到 1989~2004 年各地类间转化关系图。应用"statistics"命令提取各种土地利用类型之间转化的面积,从而建立 1989~2004 年土地利用类型空间转移矩阵,结果如表 6-7 所示。

　　从表 6-7 可以看出,吉林西部土地利用空间格局发生了很大的变化,主要表现在以下几个方面。

　　1) 耕地的变化

　　(1) 水田。1989~2004 年 15 年间,由其他地类转化成水田的面积为 12.32 万 hm²,主要来源于湿地、水域、旱田、草地(高、中、低覆盖草地)和滩地,转化率分别为 24.76%、22.73%、18.34%、21.43% 和 12.74%。1989~2004 年的 15 年间,由水田转化成其他地类的面积为 0.9 万 hm²,转化成旱田和盐碱地的转化率分别为 36.7% 和 63.3%。

表6-7　吉林西部1989～2004年土地利用转移矩阵

（单位：万hm²）

地类序号	地类	I 水田	II 旱田	III 林地	IV 高草	V 中草	VI 低草	VII 水域	VIII 滩地	IX 居民用地	X 沙地	XI 盐碱地	XII 湿地	面积减少合计	总面积变化
1	水田		0.33									0.57		0.9	11.42
2	旱田	2.26		1.32	0.23	0.13	0.11			3.68	1.2	0.37		9.3	7.52
3	林地		3.34		0.16	0.58	0.5				0.72			5.3	9.97
4	高草	0.87	2.34	2.3		5.97	3.88	0.23			0.16	1.43	0.64	17.82	-13.5
5	中草	0.91	5.18	2.99	0.61		5.92				1.54	5.13		22.28	-11.34
6	低草	0.86	2.75	2.51	0.64	0.85					1.7	8.42		17.73	-2.32
7	水域	2.8			0.46	1.99	1.55		2.08		0.39	4.91	0.9	15.08	-11.64
8	滩地	1.57	1.13				0.01	1.15			1.49			5.35	-3.11
9	居民地													0	3.68
10	沙地		1.75	6.15	0.08	0.2	0.73	0.21	0.16					9.28	-2.08
11	盐碱地						0.55	0.19						0.74	25.6
12	湿地	3.05			2.14	1.22	2.16	1.66				5.51		15.74	-14.2
	面积增加合计	12.32	16.82	15.27	4.32	10.94	15.41	3.44	2.24	3.68	7.2	26.34	1.54		

注：表中横向的罗马数字表示1989年的地类，纵向阿拉伯数字表示2004年的地类。所有数据均为各地类从1989年向2004的变化数值。单一地类的自身转化数值在此图表中不作体现，而以对角线填充。表中的灰色区域代表从A地类转化为B地类的动态度几率为0，即没有发生此种转化情况。

（2）旱田。旱田的转化较为复杂，大多数地类参与了转化为旱田的转移。1989～2004 年期间，由其他地类转化成旱田的面积为 16.82 万 hm^2，主要来源于中覆盖草地、林地、低覆盖草地、沙地和滩地，转化率分别为 30.79％、19.86％、16.35％、13.91％、10.4％和 6.72％。旱田主要转化成了居民用地、水田、林地和沙地。1989～2004 年，旱田转化成其他地类的面积为 9.3 万 hm^2，低于其他地类转化成旱田的面积，总面积呈增加趋势。

2）林地的变化

1989～2004 年，由其他地类转化成林地的面积为 15.27 万 hm^2，其中沙地的转化率最大，为 40.28％，其次为草地和旱田，转化率分别为 51.08％和 8.64％。随着生态建设力度的加大，在通榆—长岭一线的沙带区植树造林，是沙地转化成林地的主要原因。林地的转移去向主要是旱田，1989～2004 年转化成旱田的贡献率为 63％。

3）草地的变化

（1）高覆盖草地。1989～2004 年由其他地类转化成高覆盖草地的面积为 4.32 万 hm^2，由高覆盖草地转化成其他地类的面积为 17.82 万 hm^2。

高覆盖草地的增加主要来源于湿地，1989～2004 年湿地转化成高覆盖草地的面积为 2.14 万 hm^2，其贡献率为 49.54％。高覆盖草地转移去向主要为中、低覆盖草地，旱田，林地和盐碱地。1989～2004 年，高覆盖草地转化成中、低覆盖草地，旱田，林地和盐碱地的转化率为 33.5％、21.77％、13.13％、12.91％和 8.02％。

（2）中覆盖草地。中覆盖草地主要由高覆盖草地、水域和湿地转化而来。1989～2004 年期间，由其他地类转化成中覆盖草地的面积为 10.94 万 hm^2，其中高覆盖草地的贡献率为 54.57％，水域和湿地的贡献率为 18.91％和 11.15％。中覆盖草地主要转化成了旱田、盐碱地、林地和低覆盖草地。1989～2004 年，中覆盖草地转化成旱田、盐碱地、林地和低覆盖草地的转化率分别为 23.25％、23.03％、13.42％和 13.11％。

（3）低覆盖草地。1989～2004 年，低覆盖草地主要由高、中覆盖草地，湿地和水域转化而来，贡献率分别为 25.18％、18.95％、14.07％和 10.06％。低覆盖草地主要转化成了盐碱地，转化面积为 8.42 万 hm^2，转化率为 15.51％。

草地的空间转移规律反映了吉林西部生态环境恶化的主要方式，体现在湿地（水域）→高覆盖草地→中覆盖草地→低覆盖草地→盐碱地的转化过程。

4）水域、湿地的变化

（1）水域。1989～2004 年，由其他地类转化成水域的面积为 3.44 万 hm^2，主要来源于湿地和滩地；由水域转化成其他地类的面积为 15.08 万 hm^2，主要转化为盐碱地、水田和草地，减少量远远大于增加量，总面积减少。1989～2004 年期间，水域转化成盐碱地的面积为 4.91 万 hm^2。由于研究区降雨稀少，蒸发量大，多数靠降雨补给的泡沼干涸，土壤板结，碱斑遍布。

（2）湿地。湿地增加主要来源于高覆盖草地和水域，减少的湿地主要转化为盐碱地、水田、草地和水域。1989～2004 年，由高覆盖草地和水域转化成湿地的面积为 1.54 万 hm^2，远低于由湿地减少的面积。15 年间共有 5.51 万 hm^2 的湿地退化成盐碱地，5.52 万 hm^2 的湿地退化成草地，其中高、中、低覆盖草地比例为 38.77：22.1：39.13。

水域、湿地→草地→盐碱地的转化形式是吉林西部生态环境恶化的主要体现。

5）盐碱地的变化

从盐碱地的空间转移变化规律来看，1989～2004 年由其他地类转化成盐碱地的面积为 26.34 万 hm^2，主要由低覆盖草地、湿地、中覆盖草地、水域和高覆盖草地转化而来，贡献率分别为 31.96%、20.92%、19.48%、18.64% 和 5.43%。

基于转移矩阵计算了各地类的转移速率和新增速率以及空间动态变化速率，如表 6-8 所示。

表 6-8　吉林西部土地利用动态变化率（1989～2004 年）

土地类型		未变化面积/万 hm^2	转移部分				新增部分				变化面积/万 hm^2	变化速率/%
			面积/万 hm^2	转移比例/%	转移度/(万 hm^2/a)	转移速率/%	面积/万 hm^2	转移比例/%	新增速度/(万 hm^2/a)	新增速率/%		
耕地	水田	10.4	0.9	0.8	0.1	0.5	12.3	10.3	0.8	7.3	13.2	7.8
	旱田	193.5	9.3	7.8	0.6	0.3	16.8	14.1	1.1	0.6	26.1	0.9
	合计	203.9	10.2	8.5	0.7	0.3	29.1	24.4	1.9	0.9	39.3	1.2
草地	高覆盖草地	5.4	17.8	14.9	1.2	5.1	4.3	3.6	0.3	1.2	22.1	6.4
	中覆盖草地	9.3	22.3	18.6	1.5	4.7	10.9	9.2	0.7	2.3	33.2	7.0
	低覆盖草地	11.6	17.7	14.8	1.2	4.0	15.4	12.9	1.0	3.5	33.1	7.5
	合计	26.3	57.8	48.4	3.9	4.6	30.7	25.5	2.0	2.4	88.5	7.0
林地	合计	9.7	5.3	4.4	0.4	2.4	15.3	12.8	1.0	6.8	20.6	9.2
水体	水域	11.2	15.1	12.6	1.0	3.8	3.4	2.9	0.2	0.9	18.5	4.7
	滩地	3.1	5.4	4.5	0.4	4.2	2.2	1.9	0.1	1.8	7.6	6.0
	合计	14.3	20.4	17.1	1.4	3.9	5.7	4.8	0.4	1.1	26.1	5.0
建设用地	合计	13.7	0.0	0.0	0.0	0.0	3.7	3.1	0.2	1.8	3.7	1.8
未利用土地	沙地	18.0	9.3	7.8	0.6	2.3	7.2	6.0	0.5	1.8	16.5	4.0
	光板盐碱地	56.7	0.7	0.6	0.0	0.1	26.3	22.0	1.8	3.1	27.1	3.1
	湿地	6.9	15.7	13.2	1.0	4.6	1.5	1.3	0.1	0.5	17.3	5.1
	合计	81.7	25.8	21.6	1.7	1.6	35.1	29.4	2.3	2.2	60.8	3.8
区域总体		349.5	119.5	100.0	8.0	1.7	119.5	100.0	8.0	1.7	239.0	3.4

由表 6-8 可以看出,虽然耕地的转移面积是所有地类中最多的,但是,草地整体退化数量要远高于耕地,达到了 57.8 万 hm²,约是旱田减少的 6 倍,占区域总转移面积的 48.4%。从转移速率来看,草地的转移速率也是最快的,高覆盖草地的转移速率达到了 5.1%/a,高于全区的转移速率。湿地和水体的转移速率仅次于草地,分别为 4.6%/a 和 3.9%/a。

新增面积排在前三位的是盐碱地、旱田和低覆盖草地,分别占新增总面积的 27.1%、16.8% 和 12.9%。从新增速率来看,林地、水田和盐碱地相对较高,滩地由于其基数小,虽然只增加了 2.2 万 hm²,但速率却很高。耕地的新增面积虽然最多,但其基数大,新增速率仅为 1.2%/a。

从整体的变化速率来看,林地、水田和低草是最为活跃的三个地类,其次是高草、中草和滩地。低覆盖草地在自身大量退化为盐碱地的同时,高、中覆盖草地的退化使其面积得到增加,因此,其变化速率较高。而盐碱地的变化面积虽然很大,但是其转化主要是单向的,其整体的变化速率并不高。建设用地的变化速率最低,是吉林西部最为稳定的地类。

变化速率的高低反映了某土地利用类型其动态变化的活跃性,变化速率越高,说明该种地类变化幅度越大,对自然或人为因素的影响较"敏感";相反,变化速率越低,该种地类变化幅度越小,在生态环境的演变中相对较稳定。变化速率较高的地类又分两种情况,水田、滩地和盐碱地属于"高速扩展型",草地和水域属于"高速衰减型",说明吉林西部生态环境演变的一个突出特点为水域大面积萎缩、草地退化、土地盐碱化。

6.4　土地利用景观空间格局变化分析

以定量分析的方法研究土地利用变化与景观空间格局的时空动态变化是土地利用变化与景观生态学研究的重要问题。土地利用景观格局的变化会引起不同土地景观单元间能量、物质及营养成分的变化,也会引起上述生态过程及系统功能的变化。因此,深入研究吉林西部土地利用格局动态,对维持区域生态平衡,改善区域生态环境,加强土地资源的保护,制止不合理的土地开发利用活动及实现土地资源利用的可持续发展都具有重要的意义。

地球表层或者特定区域都是由各类景观单元组成的空间镶嵌体。在景观格局研究中,常常把镶嵌体类型视为土地利用类型,也就是说用一定级别的土地覆盖类型表述景观中的镶嵌体类型。因此,在景观生态学中空间镶嵌体与土地利用/土地覆盖类型可视为同义语,景观空间格局即为土地利用/土地覆盖空间格局。本书在土地利用解译图的基础上,建立了 12 种景观斑块类型,基于 1000m×1000m 的栅格单元,采用 GIS 和景观生态学景观指数相结合的方法,对吉林西部 15 年来的土地利用景观格局动态变化进行分析,以揭示其空间格局的变化规律。

6.4.1　景观格局指数

景观格局指数分为斑块水平指数(面积、形状、边界特征)、斑块类型指数(平均面积、平均形状指数等)和景观水平指数(多样性指数、均匀度指数等)。本研究从景观格局指数角度对景观空间分布及其变化规律进行研究。

1. 密度大小及其差异指标

1) 斑块个数

$$\mathrm{NP} = n \tag{6-7}$$

NP(NP≥1)在类型级别上等于景观中某一斑块类型的斑块总个数;在景观级别上等于景观中所有的斑块总数。

NP 反映景观的空间格局,经常被用来描述整个景观的异质性,其值的大小与景观的破碎度有很好的正相关性,一般规律是 NP 大,破碎度高;NP 小,破碎度低。NP 对许多生态过程都有影响,如可以决定景观中各种物种及其次生种的空间分布特征;改变物种间相互作用和协同共生的稳定性。而且,NP 对景观中各种干扰的蔓延程度有重要的影响,如某类斑块数目多且比较分散时,则对某些干扰的蔓延(虫灾、火灾等)有抑制作用。

2) 斑块密度

$$\mathrm{PD}_i = N_i/A \times 10000 \times 100$$
$$\mathrm{PD} = N/A \times 10000 \times 100 \tag{6-8}$$

式中,N_i 是类型 i 的斑块数目;N 是景观中的斑块总数;A 是总的景观面积。PD为每 100hm^2 上斑块的个数。

斑块密度指数反映的是景观的完整性和破碎化。斑块密度越大,破碎化越严重。缩小某一类型生态环境的总面积和每一个斑块的面积,影响种群大小和灭绝速率,也影响种群散布和迁移速率。

3) 斑块平均面积

斑块平均面积 MPS 是景观中某类景观要素斑块面积的算术平均值,反映了该类景观要素斑块规模的平均水平,用于描述景观粒度,在一定意义上揭示景观破碎化程度。MPS 的计算公式如下:

$$\mathrm{MPS}_i = \frac{1}{N_i} \sum_{j=1}^{N_i} A_{ij} \tag{6-9}$$

式中,MPS 为某类斑块平均面积;N_i 为第 i 类景观要素的斑块总数量;A_{ij} 为第 i 类景观要素的第 j 个斑块的面积。MPS 代表一种平均状况,在景观结构分析中反映两方面的意义:一方面,景观 MPS 值的分布区间对图像或地图的范围以及景观中最小斑块粒径的选取有制约作用;另一方面,MPS可以表征景观的破碎程度,如作者认为在景观级别上一个具有较小 MPS 值的景观比一个具有较大 MPS 值的景观更破碎,同样在斑块级别上,一个具有较小 MPS 值的斑块类型比一个具有较大 MPS 值的斑块类型更破碎。

4) 最大斑块指数(LPI)

$$LPI = \frac{\max(a_{ij})}{A} \times 100 \qquad (6\text{-}10)$$

最大斑块指数 LPI(0＜LPI≤100)是某一景观要素的最大斑块占整个景观面积的比例,LPI 有助于确定景观的规模或优势类型等。LPI 决定着景观中的优势种、内部物种的丰度等生态特征;其值变化可以改变干扰的强度和频率,反映人类活动的方向和强弱。

2. 边缘指标

$$ED = \frac{\sum\limits_{k=1}^{m} e_{ik}}{A_i} \times 10000$$

$$ED = \frac{E}{A} \times 10000 \qquad (6\text{-}11)$$

式中,e_{ik} 表示第 i 类斑块第 k 个斑块的周长;A_i 表示第 i 类斑块的总面积。

边界密度(edge density,ED)是指单位面积上斑块周长,由景观中所有斑块边界总长度除以斑块总面积,单位是 m/hm^2。它反映了土地类型斑块形状的简单程度。边界密度越小,单位面积上边界长度的数量越小,形状越简单。反之,形状越复杂。

3. 多样性指数

这里采用香农多样性指数(SHDI):

$$SHDI = -\sum_{i=1}^{m} (P_i \ln P_i) \qquad (6\text{-}12)$$

式中,$P_i = N_i/N$

SHDI(SHDI≥0)在景观级别上等于各斑块类型的面积比乘以其值的自然对数之后的和的负值。SHDI＝0 表明整个景观仅由一个斑块组成;SHDI 增大,说明斑块类型增加或各斑块类型在景观中呈均衡化趋势分布。

SHDI 是斑块的丰富度和面积分布均匀程度的综合反映,当不同斑块类型即斑块丰富度增加或者不同斑块面积分布得越均匀的时候,SHDI 的值也相应增加。SHDI 对景观中各斑块类型非均衡分布状况较为敏感,即强调稀有斑块类型对信息的贡献,这也是与其他多样性指数不同之处。一般认为,景观多样性导致景观稳定性。景观生态学中的多样性与生态学中的物种多样性有紧密的联系,一般呈正态分布。

4. 聚散性指数

1) 蔓延度指数

$$\mathrm{CONTAG} = \left\{ 1 + \frac{\sum\limits_{i=1}^{m} \sum\limits_{k=1}^{m} \left[\left(P_i \frac{g_{ik}}{\sum\limits_{k=1}^{m} g_{ik}} \right) \ln \left(P_i \frac{g_{ik}}{\sum\limits_{k=1}^{m} g_{ik}} \right) \right]}{2\ln m} \right\} \times 100 \quad (6\text{-}13)$$

式中,$0 < \mathrm{CONTAG} \leqslant 100$;$g_{ik}$ 是斑块类型 i 和斑块类型 k 之间所有邻接的栅格数目(包括景观 i 中所有邻接的栅格数目);P_i 是景观类型 i 的景观百分比;m 是景观中所有类型的数目。

蔓延度指数 CONTAG 以栅格邻接为基础,概括景观里不同斑块类型的团聚程度信息。蔓延度值受到斑块间散布和分散程度的影响,一般来说,高蔓延度值说明景观中的某种优势斑块类型形成了良好的连接性;当景观类型分散程度越大,蔓延度的值越小。Graham 等曾用蔓延度指标进行生态风险评估。

2) 散布与并列指数

$$\mathrm{IJI} = - \sum\limits_{k=1}^{m} \sum\limits_{i=1}^{m} \left[\left(\frac{E_{ik}}{E} \right) \ln \left(\frac{E_{ik}}{E} \right) \right] \Big/ \left\{ \ln \left[\frac{1}{2} m(m-1) \right] \times 100 \right\} \quad (6\text{-}14)$$

IJI($0 < \mathrm{IJI} \leqslant 100$),单位为％。IJI 在斑块类型级别上等于与某斑块类型 i 相邻的各斑块类型的邻接边长除以斑块 i 的总边长再乘以该值的自然对数之后的和的负值,除以斑块类型数减 1 的自然对数,最后乘以 100 是为了转化为百分比的形式。IJI 在景观级别上计算各个斑块类型间的总体散布与并列状况。IJI 取值小时表明斑块类型 i 仅与少数几种其他类型相邻接;IJI＝100 表明各斑块间比邻的边长是均等的,即各斑块间的比邻概率是均等的。

IJI 是描述景观空间格局最重要的指标之一。IJI 对那些受到某种自然条件严重制约的生态系统的分布特征反映显著,如山区的各种生态系统严重受到垂直地带性的作用,其分布多呈环状,IJI 值一般较低;而半干旱区中的许多过渡植被类型受制于水的分布与多寡,彼此邻近,IJI 值一般较高。

6.4.2　土地利用景观格局分析

采用与 ArcGIS 结合比较密切的景观格局分析软件 FRAGSTATS 对上述景观格局指标进行计算。FRAGSTATS 是由美国俄勒冈州立大学森林科学系开发的一个景观格局分析软件,该软件可以计算出 59 个景观指标。这些指标被分为 3 组级别,分别代表 3 种不同的应用尺度:①斑块水平(patch-level)指标,反映景观中单个斑块的结构特征,也是计算其他景观水平指标的基础;②斑块类型水平(class-level)指标,反映景观中不同斑块类型各自的结构特征;③景观水平(landscape-level)指标,反映景观的整体结构特征。由于许多指标之间具有高度的相关性,只是侧重面有不同,因而使用者在全面了解每个指标所指征的生态意义及其所反映的景观结构侧重面的前提下,可以依据各自研究的目标和数据的来源与精度来选择合适的指标与尺度。

应用 ArcGIS 中的 ArcToolbox 工具,将景观生态图转换成 FRAGSTATS 所能接受的栅格文件格式(ArcInfo GRID),其格网单元为 $1000m \times 1000m$。采用 FRAGSTATS 软件,计算吉林西部景观水平景观指数和斑块类型水平景观指标。

1. 景观水平景观指数分析

景观指数可以度量和监测景观结构特征随时间的变化。这里选择斑块数(NP)、斑块密度(PD)、斑块平均面积(MPS)、最大斑块指数(LPI)、多样性指数(SHDI)、边界密度(ED)、蔓延度指数(CONTAG)7 个指标对吉林西部土地利用景观格局动态变化进行分析。通过计算,得出 4 个时段的景观水平景观格局指数(见表 6-9)。

表 6-9　吉林西部景观水平景观指数表

年　份	NP	PD	LPI	MPS	ED	CONTAG	SHDI
1989	3643	0.0778	14.0777	1285.6	6.3568	31.6481	1.9987
2004	3297	0.0705	17.8842	1419.17	5.8568	44.7726	1.7134

由表 6-9 可以看出,1989～2004 年间,吉林西部景观格局发生了很大的变化。斑块数和边界密度呈减少趋势,斑块数由 3643 块减少为 3297 块,边界密度由 1989 年的 6.3568 减少为 2004 年的 5.8568;斑块密度呈逐年降低的趋势,由 0.0778 降低到 0.0705,表明区域景观整体趋于完整化,景观破碎化程度在降低,景观格局边界形状总体上趋于规则和简单。

最大斑块指数在 1989～2004 年期间呈逐年增加的趋势,表明吉林西部优势景观类型呈现蔓延的趋势。

蔓延度值越大说明景观中有少数团聚的大斑块组成,反之则由一些小斑块构成。15 年来,蔓延度指数呈逐年增加的趋势,由 1989 年的 31.6481 增加到 2004 年的 44.7726,说明吉林西部景观斑块之间的连接性良好,斑块之间团聚程度增加,同时也揭示了景观的破碎化程度的降低。

吉林西部 15 年来景观类型均为 12 类,景观丰度没有发生变化,而景观多样性指数呈逐年降低的趋势,景观多样性指数由 1989 年的 1.9987 逐年降低到 2004 年的 1.7134,这表明不同景观斑块的面积分布趋于不均匀发展,其原因是由于盐碱地和耕地景观斑块占地面积比例增加,而其他非优势地类所占面积比例降低所致。

　　2. 类型水平景观指数分析

　　为了分析各景观类型的景观格局变化趋势,这里选择了斑块类型水平景观指标,斑块数、斑块平均面积、最大斑块指数、边界密度和散布与并列指数等 5 项指标对各类景观格局动态变化趋势进行分析,1989 年和 2004 年两个时段的斑块类型水平景观格局指数如表 6-10 所示。

表 6-10　吉林西部类型水平景观指数

类　型	斑块数		斑块平均面积		最大斑块指数		边界密度		散布与并列指数	
	1989 年	2004 年	1989 年	2004 年	1989 年	2004 年	1989 年	2004 年	1989 年	2004 年
水田	82	65	1375.61	3492.31	0.9456	1.3571	0.275	0.413	67.05	68.227
旱田	266	250	7624.81	8414.4	14.0777	17.8842	2.599	2.053	87.875	86.769
林地	305	469	487.87	531.98	0.1473	0.2971	0.451	0.891	63.147	70.298
高草	248	167	935.48	582.04	0.4911	0.1603	0.698	0.352	80.956	81.509
中草	563	405	564.3	500.49	0.1708	0.0983	1.182	0.802	80.347	76.165
低草	492	584	595.73	461.82	0.0903	0.1988	1.739	1.09	80.327	70.917
水域	433	212	606.47	689.15	0.837	0.7031	0.848	0.394	85.857	82.758
滩地	52	48	1625	1108.33	0.6662	0.2757	0.191	0.131	68.017	65.54
居民地	205	291	670.24	829.52	0.0769	0.1517	0.238	0.338	54.959	53.455
沙地	169	231	1614.2	1081.55	2.3424	0.9511	0.878	0.926	84.812	74.144
盐碱地	579	488	991.54	1813.97	1.5331	8.5681	2.035	2.466	77.43	83.81
湿地	249	87	910.04	972.41	0.9203	0.3937	0.772	0.246	90.06	86.463

　　各类型水平景观指数分析如下:

　　(1) 斑块数。由表 6-10 可以看出,吉林西部水田和滩地的斑块数较少,低覆盖草地、中覆盖草地和盐碱地的斑块数较多。说明水田和滩地景观格局分布比较集中,草地和盐碱地分布比较分散。从变化趋势上看,水田、旱田、盐碱地的斑块数减小,但总面积增加,表明以上地类连片分布;高覆盖草地、中覆盖草地、水域和湿地的斑块数也均呈减小趋势;居民地斑块数变化稍有增加。

　　(2) 斑块平均面积。旱田的斑块平均面积最大,说明旱田是该区的主要景观类型,且旱田的斑块平均面积呈逐年增加的趋势,斑块数呈逐年减少的趋势,表明旱田破碎化程度降低,斑块趋于完整化。水田和旱田有同样的变化趋势。盐碱地斑块平均面积呈增加趋势,而斑块数呈减小趋势,总面积增加,表明盐碱地出现连片分布的现象,破碎化程度降低。

　　(3) 最大斑块指数。最大斑块的大小对于生态系统中的物质迁移,如土壤和养分的流失影响很大。1989~2004 年 15 年间,旱田和盐碱地的最大斑块面积最大,且呈逐年增加的趋势,表明旱田和盐碱地连片分布,破碎化程度降低。水域和湿地的最大斑块指数呈逐年减小的趋势,表明水域和湿地逐年萎缩。高、中覆盖草地总体趋势是最大斑块指数减小,其平均斑块面积也呈现减小趋势,表明高、中覆盖草地的破碎化程度增加。

(4)边界密度。旱田和盐碱地的边界密度值最大,说明旱田和盐碱地在景观中所占的比重大,为优势地类。旱田、高覆盖草地、中覆盖草地、低覆盖草地、水域、滩地和湿地的边界密度值逐年减小,形状逐渐趋于规则、简单,表明其受到人类活动的干扰强。

(5)散布与并列指数。IJI反映各个斑块类型间的总体散布与并列状况,是描述景观空间格局最重要的指标之一。由表6-10可以看出,在吉林西部,旱田、高覆盖草地、水域和湿地的IJI值均较大,表明这些斑块与其他类别斑块相邻的概率比较均等;居民地的IJI值较小,这也说明建设用地斑块与其他斑块相邻的概率是不均等的,相比较而言,斑块面积也比较小。从景观图上看,居民地仅散布于耕地、林地和草地这些类型基质的斑块之中。15年间,水田、林地和盐碱地的IJI值逐年增加,说明随着社会经济发展和技术水平的提高,这几种景观开发方式也有了不少的改变,提高了斑块与各类斑块相邻的概率;与之相反,中覆盖草地、低覆盖草地、水域和湿地的IJI值降低,表明斑块类型仅与少数几种其他类型景观相邻接。

6.5　主要地类典型斑块变化分析

为了更加直观地了解吉林西部主要地类景观的空间格局以及斑块形状特征的变化特点,这里选取了典型区域的典型地类,通过对比1989年和2004年的解译图,从微观角度揭示某一地类斑块形状的演变过程以及整体分布的变化趋势,具体如图6-4所示。

(1)盐碱地。根据盐碱地发展变化的特点,这里选取了3组盐碱地来研究在1989~2004年间的变化情况。图6-4中3块盐碱地分别位于大安西北部、大安中部和通榆东南部。第一幅主要表明盐碱地的边界和形状趋于规则化;第二幅中盐碱斑块呈发散型趋势向外扩张,盐碱地经过一个由小斑块到大斑块、由距离较远到相互靠拢、形状由较为复杂到较为规则的变化过程;第三幅中盐碱地斑块受边界条件的限制呈内敛型扩张,从图6-4中可以很清晰地看出盐碱地斑块间由于其扩张所引起的"岛屿"面积的不断缩小。

(2)湿地。图6-4(d)中区域位于通榆县西北部向海湿地的一部分,从图中可以看出,东北部的湿地斑块已经完全消失,西北部分的斑块或消失、或转化为零散分布的小斑块,这种现象很清楚地说明了湿地的退化情况,而中部的斑块由于人为干扰的加强使得斑块形状趋于规则化。

(3)高覆盖草地。高覆盖草地典型地段两个时间段的变化见图6-4(e),选取的区域位于通榆西北角。从图中可以看出,高覆盖草地面积大量减少,一些先前面积较大的斑块退化为许多面积较小的斑块,甚至完全消失,而原本面积较小的斑块有相当一部分也完全消失,使得斑块与斑块之间的间隔越来越大,同时,斑块整体的边界也变得越来越不规则。

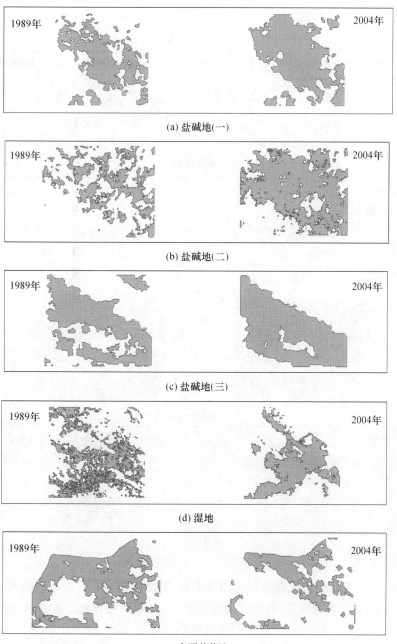

(a) 盐碱地(一)

(b) 盐碱地(二)

(c) 盐碱地(三)

(d) 湿地

(e) 高覆盖草地

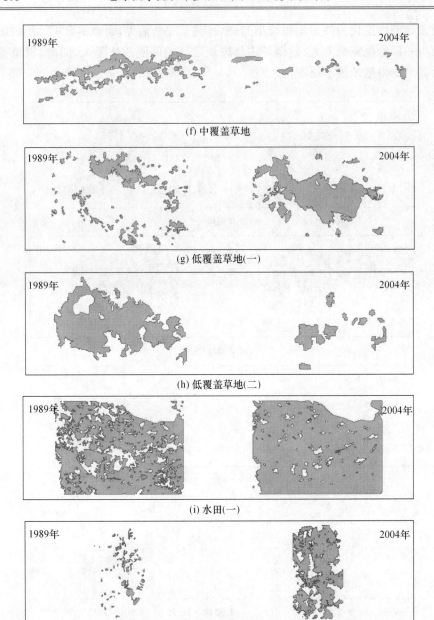

图 6-4　吉林西部主要地类斑块变化对比图

（4）中覆盖草地。该典型区域位于长岭县的中部。从图 6-4（f）中可以看出，中覆盖草地面积大量减少，斑块大量萎缩消失，斑块的破碎化程度加大，分离度增大，这些斑块稳定性较差，极易受到周边斑块的影响。

（5）低覆盖草地。低覆盖草地的变化主要体现为两种不同的退化趋势，一是低覆盖草地面积在某些区域减少的同时,许多面积较小的斑块逐渐消失,使得区域斑块的形状趋于规则化,如图 6-4(g)中的低覆盖草地(一)中周边斑块的变化情况,同时,由于大范围的高、中覆盖草地退化,使得低覆盖草地呈连片发展,这在长岭东部表现得十分显著;另外一种情况是低覆盖草地面积进一步退化为盐碱地,使得大片低覆盖草地减少,斑块破碎化,见图 6-4(h)中的低覆盖草地(二),该区域位于通榆东部与长岭、乾安交汇处。

(6)水田。这里选取了两组水田区域来说明 1989~2004 年间水田的变化情况。水田(一)所示区域包括宁江南部、前郭北部地区。从图 6-4(i)中可以看出,1989 年水田呈零星分布状态,而到 2004 年水田在原来的基础上大面积地扩张而基本上形成一个带"孔筛"的整体,这是人类大规模开发水田的结果。水田(二)区域位于前郭北部,进一步从更加微观的角度说明水田在人类活动不断增强的影响下所发生的规则化演变情况,该区域位于镇赉东北角。从图 6-4(j)中可以看出,虽然此区域的面积没有发生什么大的变化,但斑块的边界形状趋于简单化,整体形状也变得越来越规则。

综上所述,吉林西部各主要地类斑块的变化规律如下:

(1)各地类中耕地(水田和旱田)的破碎化程度减少,耕地斑块形状趋于简单化、规则化,这是因为水田和旱田都与人类活动密切相关,主要受人为活动所控制,其形状边界较规则。

(2)草地数量减少的幅度较大,同时从草地的重、中、轻组成结构上来看,尤其是中覆盖草地和低覆盖草地,它们的破碎化程度和斑块分离度增加明显,表明了原来成片的草地斑块有向小面积的、形状复杂的斑块方向发展。

(3)盐碱地斑块由原来较为破碎的状态向成片相连的方向发展,大面积的盐碱斑块数量增加迅速,而且大面积盐碱地斑块内部的岛状空洞越来越少,盐碱地整体的形状趋于简单,从复杂不规则形状向简单规则形状发展,由分散状态向集中连片状态发展,这种成片出现的盐碱地不易治理,而且对西部的生态环境的负面影响很大。

6.6 典型草场土地利用变化分析

吉林西部平原分布着许多著名的草场,这些草场对于保护区域生态环境,发展畜牧业生产发挥了重要的作用。近年来,随着整个生态环境的恶化,草场沙化、盐碱化和退化(三化)较为严重,昔日水草丰盛的大草原,如今草质下降,碱斑密布。据资料统计,20 世纪 50 年代初期,吉林西部有草原 200 多万 hm^2,到 1986 年退化到 180.02 万 hm^2。根据遥感影像的解译可知,2004 年吉林西部草地面积已经减少到了 56.96 万 hm^2,其退化速率十分惊人。吉林西部所增加的光板盐碱地有 56.7% 是来源于草地的退化。作为一个相对独立的小的区域生态系统,其退化的规律有其自身的特点。为此,本书选取大安市姜家甸草场作为典型区,从面积变化、退化速率、景观空间格局以及空间动态转化等 4 个方面研究草场土地利用变化的特点和规律。

姜家甸草场位于大安市的中部,是吉林西部的主要草场之一,也是土地盐碱化的重灾区。近年来,该草场出现了严重的退化现象,其主要表现为草地盐碱化和退化。

6.6.1 草场面积变化分析

通过对卫星遥感数据解译,作者获取了姜家甸草场 20 世纪 80 年代、90 年代和 2001 年 3 个时段各类草地及盐碱地的面积(见表 6-11)。12 年间,无论在草地面积上还是在草场质量上都发生了很大的变化。

表 6-11　姜家甸草场 TM 遥感解译结果

代码	地类	80 年代 占总面积的百分比/%	90 年代 占总面积的百分比/%	2001 年 占总面积的百分比/%
1	高覆盖草地	47.77	40.53	33.29
2	中覆盖草地	26.00	34.03	27.04
3	低覆盖草地	22.95	20.27	31.20
4	盐碱地	3.28	5.17	8.48
	区域总面积	100.00	100.00	100.00

12 年间,无论在草地面积上还是在草场质量上都发生了很大的变化。20 世纪 80 年代,姜家甸草场主要以高覆盖草地为主,其比例约占总面积的 50%,盐碱地所占比例为 3.28%,草地盐碱化程度不高。90 年代高覆盖草地的面积仍然最大,但所占比例下降以及中覆盖草地所占比例的迅速上升,使草场质量明显下降,同期的盐碱地面积比例也上升了近两个百分点。随着吉林西部整体生态环境的恶化,草场退化更趋严重,2001 年姜家甸草场高覆盖草地的比例已经下降到总面积的约 33%,同时,低覆盖草地所占比例迅速上升,几乎与高覆盖草地的面积持平,草地质量严重下降。值得注意的是,有近 10% 的草场已经被盐碱斑地所覆盖,草场退化是吉林西部盐碱化发展的一个十分重要的因素。

从图 6-5 中可以看出,姜家甸草场的 4 种主要地类的变化趋势可分为两种情况:一种情况属于单一变化趋势,包括高覆盖草地和盐碱地;而另一种为复杂变化趋势,主要体现在中覆盖和低覆盖草地。在单一变化趋势中,高覆盖草地面积的直线下降和盐碱地面积的直线上升形成了鲜明的对比,反映了姜家甸草场草地退化的总体趋势,即优质草地的退化与盐碱化加剧。中覆盖草地与低覆盖草地的变化则较为复杂,其面积有升有降,究其原因主要是由于草地退化的渐进过程所决定的。高覆盖草地先是退化成中覆盖草地,而后才退化为低覆盖草地,低覆盖草地在退化为盐碱地的同时也可由中、高覆盖草地转化而来,这就使这两种草地类型的变化复杂化。

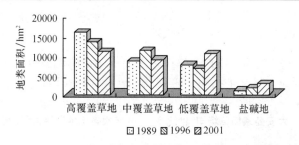

图 6-5　姜家甸草场各地类面积数量变化图

6.6.2　变化速率分析

姜家甸草场在 3 个时段 4 种地类(高、中、低覆盖草地和盐碱地)的变化速率见表 6-12。

表 6-12　姜家甸草场各地类面积变化速率表

| 代码 | 地　类 | 90 年代较 80 年代变化 | | | 2001 年较 90 年代变化 | | | 2001 年较 80 年代变化 | | |
		变化面积/hm²	变化比例/%	动态度/(%/a)	变化面积/hm²	变化比例/%	动态度/(%/a)	变化面积/hm²	变化比例/%	动态度/(%/a)
1	高覆盖草地	−24.15	−15.01	−2.14	−23.92	−17.87	−3.57	−47.58	−30.20	−2.52
2	中覆盖草地	26.66	31.08	4.44	−23.09	−20.55	−4.11	3.56	4.15	0.35
3	低覆盖草地	−8.76	−11.56	−1.65	36.09	53.92	10.78	27.35	36.13	3.01
4	盐碱地	6.25	57.72	8.25	10.93	64.00	12.80	17.17	158.66	13.22

在监测期间内,各地类的变化速率有较大差异,其中盐碱土的动态度最大,年均增长 13.22%。这一速率是很惊人的。虽然到 2001 年,大安姜家甸草场光板盐碱地的面积占总面积的不到 10%,但其发展速度较快,治理工作十分紧迫。从动态度的结果来看,草场退化也十分明显,高覆盖草地以年均 2.52% 的速度在减少,伴随而来的是低覆盖草地年均 3.01% 的增长率,草场质量日益下降。

6.6.3　空间动态转化分析

土地利用构成及其在研究期间内数量、格局的变化是各土地利用类型间此消彼长、相互竞争的结果,各类型间的相互转化反映了土地利用变化的内在过程。仅从面积数量的变化上很难反映土地利用变化的真实过程,因此,掌握各土地利用类型间的相互转化的方向和数量,有利于揭示土地利用变化的动态演变规律。

作者对 3 个时段的土地利用遥感解译图进行了两期空间叠加,即将 20 世纪80 年代和 90 年代进行叠加,90 年代和 2001 年进行叠加,研究了土地类型转化的数量和方向,据此来分析各种土地利用类型在两个时段内的不同演变规律。

1. 第一时段（20 世纪 80～90 年代）

通过对 20 世纪 80 年代和 90 年代姜家甸草场遥感影像解译图的叠加,获取了这一时段内姜家甸草场各土地利用类型的动态变化情况（见表 6-13）。

表 6-13　大安姜家甸草场 20 世纪 80～90 年代各土地利用类型动态变化表

（单位：hm²）

地　类		各地类面积增加值				面积减少合计	总面积增减
		高覆盖草地	中覆盖草地	低覆盖草地	盐碱地		
地类面积减少	高覆盖草地	110.270	41.690	4.743	0.156	46.589	−24.147
	中覆盖草地	16.206	44.799	23.147	1.585	40.938	26.657
	低覆盖草地	5.818	24.872	34.361	10.649	41.339	−8.757
	盐碱地	0.418	1.033	4.692	4.678	6.143	6.247
面积增加合计		22.442	67.595	32.582	12.390		0

在此时间段内,大安姜家甸草场高覆盖草地转化为其他地类面积共 46.589hm²,接受其他地类转化而来的面积共 22.442hm²,共计减少 24.147hm²。其中高覆盖草地转化为中覆盖草地的面积为 41.690hm²,占其转化去向面积的 89.48%,而由中覆盖转化为高覆盖草地的面积仅为 16.206hm²,可见由高覆盖草地向中覆盖草地的转化是高覆盖草地面积减少的重要原因。

中覆盖草地转化为其他地类面积共 40.938hm²,接受其他地类转化而来的面积共 67.595hm²,面积合计增加 26.657hm²。中覆盖草地主要转化为高覆盖草地和低覆盖草地,这两种转化分别占中覆盖草地转化去向面积百分比的 39.59% 和 56.54%;而接受其他地类的转化部分大都来源于高覆盖草地和低覆盖草地。从中覆盖与高覆盖草地、中覆盖与低覆盖草地的动态转化关系可以看出,由高覆盖草地向中覆盖草地的转化占优势,而中覆盖草地和低覆盖草地的相互转化基本上保持动态平衡。

低覆盖草地转化为其他地类面积共 41.339hm²,接受其他地类转化而来的面积共 32.582hm²,面积合计减少 8.757hm²。其中低覆盖草地主要转化为中覆盖草地和盐碱地,这两种转化占低覆盖草地转化去向面积百分比分别为 60.17% 和 25.76%;而接受其他地类的转化部分大都来源于中覆盖草地。同期,低覆盖草地转化为盐碱地的面积为 10.649 hm²,占盐碱地面积增加来源百分比为 85.95%,可见低覆盖草地的进一步退化是盐碱地面积增加的最主要原因。

2. 第二时段（20 世纪 90 年代～2001 年）

通过对 20 世纪 90 年代和 2001 年姜家甸草场遥感影像解译图的叠加,作者获取了这一时段内姜家甸草场各土地利用类型的动态变化情况(见表 6-14)。

表 6-14　大安姜家甸草场 20 世纪 90 年代～2001 年各土地利用类型动态变化表

(单位:hm²)

地　类		各地类面积增加值				面积减少合计	总面积增减
		高覆盖草地	中覆盖草地	低覆盖草地	盐碱地		
地类面积减少	高覆盖草地	86.849	27.663	16.612	2.753	47.028	−23.927
	中覆盖草地	21.784	49.851	35.871	4.885	62.54	−23.094
	低覆盖草地	1.27	11.427	41.889	12.36	25.057	36.096
	盐碱地	0.047	0.356	8.67	7.996	9.073	10.925
面积增加合计		23.101	39.446	61.153	19.998	0	

在此时间段内,姜家甸草场高覆盖草地转化为其他地类的面积共计 47.028hm²,接受其他地类的转化面积 23.101hm²,面积合计减少 23.927hm²。其中,高覆盖草地主要转化为中覆盖草地和低覆盖草地,占高覆盖草地转化去向面积百分比分别为 58.82% 和 35.32%;接受其他地类转化而来的面积中最主要的是中覆盖草地,占转化来源面积的 94.30%,与 20 世纪 80～90 年代高覆盖草地与中覆盖草地的动态转化值对比可知,高覆盖草地转化为中覆盖草地的面积大大减少,而与此同时,中覆盖草地由于人工保护和自然恢复的原因转化为高覆盖草地的面积有所增加。

中覆盖草地转化为其他地类的总面积为 62.54hm²,同时接受其他地类的转化面积共 39.446hm²,面积合计减少 23.094hm²。其中主要转化为高覆盖草地和低覆盖草地,它们所占中覆盖草地转化去向面积百分比分别为 34.83% 和 57.36%;转化为中覆盖草地的主要是高覆盖草地和低覆盖草地,它们所占中覆盖草地增加来源面积百分比分别为 70.13% 和 28.97%。在这种动态转化关系中,由中覆盖草地向低覆盖草地的转化以及由高覆盖草地向中覆盖草地的转化占优势,表明大安姜家甸草场质量正逐渐地下降。

低覆盖草地转化为其他地类的面积共 25.057hm²,接受其他地类的转化面积共 61.153hm²,面积合计增加 36.096hm²。其中转化去向地类主要是中覆盖草地和盐碱地,占低覆盖草地转化去向面积百分比分别为 45.60% 和 49.33%;而转化来源地类主要是高覆盖草地和中覆盖草地,它们所占低覆盖草地增加来源面积百分比分别为 27.16% 和 58.66%。高覆盖草地和中覆盖草地的退化是低覆盖草地面积增加的主要原因。

对比分析草地之间,以及草地与盐碱地之间的动态转化可知,中覆盖草地转化为低覆盖草地以及盐碱地转化为低覆盖草地占优势,综上所述,可以得出如下规律:

(1)低覆盖草地在人工保护和自然恢复作用下,在一定区域范围内有转化为中覆盖草地的可能,但从整体趋势来看,中覆盖草地退化为低覆盖草地仍居主导地位。

（2）在低覆盖草地继续退化成为盐碱地的同时，有大面积的盐碱地在自然恢复作用下逐渐演变为低覆盖草地。

（3）从盐碱地面积增加来源百分比来看，由低覆盖草地转化而来的盐碱地占其面积增加部分的 84.89%，可见低覆盖草地是盐碱地面积增加的最主要来源。

（4）低覆盖草地转化为耕地的面积为 0.299hm²，仅占低覆盖草地转化去向面积的 1.33%，表明低覆盖草地不是人类对草原进行开垦的重点。

6.7　生态景观格局优化研究

景观格局是指大小和形状不一的景观斑块在空间上的排列，它决定着资源和物理环境的分布形式和组合，是各种生态过程在不同尺度上作用的结果。景观格局分布的合理程度直接影响土地资源的持续利用，进而影响区域可持续发展。近20 年来，吉林西部土地利用景观格局结构和功能遭到破坏，生态环境日益恶化，已成为区域可持续发展的障碍。进行景观格局优化，调整或构建新的景观格局，增加景观的异质性和稳定性，可以改善受威胁或受损生态系统的功能，为区域可持续发展提供保障。

目前，关于景观格局优化的研究尚处于探索阶段，没有准确的定义，缺少完善的研究方法，其主要原因是在景观尺度上的格局和过程的时空动态演变规律缺乏定量描述。元胞自动机模型在解决一系列技术难点的前提下，能够进行景观格局优化研究。本节针对吉林西部的生态环境问题，利用元胞自动机模型构建景观格局优化模型，进行生态景观格局优化。

6.7.1　元胞自动机在生态景观格局优化中的应用

景观格局优化从本质上说是利用景观生态学原理解决土地合理利用的问题。随着景观生态学原理日益向 LUCC 研究领域渗透，景观格局优化成了土地利用规划的核心内容。传统的景观格局优化方法直接来自于土地利用格局优化，如定性与定量相结合法、线性规划、灰色线性规划、多目标决策优化、目标规划法和系统动力学模型等，这些方法虽然各有优点，但是缺乏定量的空间处理功能，难以刻画景观要素在空间的分布状况。为了体现景观生态学对格局优化的要求，人们越来越求助于空间直观模型。

景观格局优化的方法经历了由定性分析评估到定量计算、由静态优化到动态模拟、由固定条件下的孤立寻优到可变条件下的趋势分析、由数量配置为主到预测空间变化的过程，定量、可变、动态的空间模拟将是景观格局优化方法研究的主要方式。目前，关于景观格局与景观过程作用机理的研究仍处于探索阶段，进行景观格局优化设计缺少强有力的机理性研究支持。

在景观格局优化过程中,对动态的空间模拟提出了越来越高的要求,但是,空间模拟却迟迟得不到景观尺度上定量化规律的有力支持,使得传统"自上而下"的优化思路难以依靠模型实现自动化。要在目前景观生态学的基础研究水平上解决这个矛盾,只有采纳复杂性科学所倡导的复杂性研究方法——"自下而上"的构模方法,针对特定的生态过程,将生态过程结合到景观格局分析中。

在"自下而上"的构模方法中,元胞自动机具有天然优势。基于元胞自动机的空间直观模型不关心景观尺度上定量化的规律,而是直接在较低的一个尺度上,从景观组成单元入手,模拟它们的状态和局部相互作用,即能在总体上表现景观格局的演变过程,这是基于元胞自动机的空间直观模型在模拟景观空间格局与过程相互作用的研究中被广泛应用的主要原因。

6.7.2　景观格局空间优化模型的创建

针对吉林西部的生态环境问题,在元胞自动机模型的基础上,依托 MATLAB 7.2 平台创建了吉林西部景观格局空间优化(landscape pattern spatial optimitation,LPSO)模型。

1. LPSO 模型优化目标和模型结构

近 50 年来,吉林西部土地利用发生了巨大变化,土地的退化、沙化和盐碱化,打破了原有的生态系统平衡,破坏了景观格局的结构合理性和稳定性,降低了景观的生态功能和效益,制约了社会经济的可持续发展。因此,本书构建的 LPSO 模型优化的目标在于调整旱田、草地和林地景观的数量和空间分布格局,增加草地和林地的数量和质量,提高景观格局空间结构的合理性,增强系统的稳定性,以期达到生态、经济和社会综合效益最大的目的。

吉林西部景观格局优化 LPSO 模型结构包括输入、输出和元胞自动机优化三个模块,如图 6-6 所示。该模型采用 MATLAB 7.2 编程实现,数据的输入和输出在 ArcGIS 环境中实现。

2. 数据模块和优化模块

本模型所需要的数据分为宏观和微观两部分。宏观包括各类土地利用合理的面积范围以及土地利用空间兼容性指数。微观部分主要包括土地利用现状图和土地利用适宜性图。土地利用现状图和适宜性图均采用栅格格式,即 GRID 格式,再利用 ArcToolBox 工具箱将 GRID 格式数据转化成 ASCII-GRID 格式。所有的空间数据都统一到相同的投影坐标系(Albers Conical Equal Area)和空间范围。土地利用合理的面积范围在模型中直接应用。土地利用景观空间兼容性指数采用一个 $n×n$ 的二维矩阵表示(n 为实际研究中土地利用景观的类型数)。

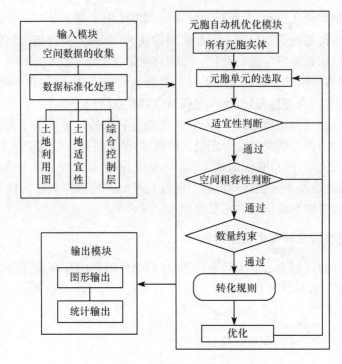

图 6-6　LPSO 模型结构

模型结果的输出格式为 ASCII-GRID 格式,然后再利用 ArcToolBox 工具箱将 ASCII-GRID 格式数据转化成 GRID 格式,在 ArcGIS 中进行可视化与进一步的空间分析。

利用元胞自动机进行区域土地利用格局优化,是从土地利用现状出发,通过土地利用方式的转化来实现的,其实质就是通过在元胞自动机模型中加入一些规则条件来控制模拟过程,使元胞的转化按预定的方向发展,从而实现土地利用格局优化。

1) 元胞

元胞是元胞自动机的最基本的组成部分,在 LPSO 模型中,元胞等同于 GIS 中的栅格,在 GIS 中直接将 GRID 格式文件转化成 MATLAB 识别的 ASCII 栅格数据格式,栅格大小为 $1000\text{m} \times 1000\text{m}$,将元胞空间划分为四方网格形式,每个栅格单元都有唯一的标识码和一组属性构成。

2) 状态

在元胞的状态中只强调其单元属性中的景观类型,即元胞的状态定义为优化前的景观类型和优化后的景观类型。本节只对旱田、林地和草地进行优化,其他景观不参加优化。因此,只强调旱田、林地和草地的状态,其他地类给以一定的标志加以区别。

3）邻居

元胞及元胞空间只表示了系统的静态成分，为将"动态"引入系统，必须加入演化规则。在元胞自动机中，这些规则是定义在空间局部范围内的，即一个元胞下一时刻的状态决定于本身状态和它的邻居元胞状态。因而，在指定规则之前，必须定义一定的邻居规则，确定哪些元胞属于该元胞的邻居。本节采用标准的摩尔邻居（Moore），一个元胞的东、南、西、北、东北、西北、东南、西南方向相邻的 8 个元胞构成该元胞的邻居。

4）转化规则

根据元胞当前状态及其邻居状态确定下一时刻该元胞状态的动力学函数，即状态转化规则。转化规则是元胞自动机模型的核心，它决定了元胞自动机的动态转化过程。转化规则集中体现了空间实体之间的相互作用。根据研究区实际情况及存在的主要环境问题，LPSO 模型主要考虑以下几个规则：

（1）土地利用适宜性规则。元胞按其土地利用适宜性中的最适宜土地利用类型转化，土地适宜性等级低的土地利用类型向等级高的土地利用类型转化。

（2）空间相容性规则。优化后的土地利用空间格局在空间上能相互兼容，否则不予优化。

（3）土地利用优先规则。当某一元胞的几种土地利用适宜性等级相等时，根据实际情况按其中的某一土地利用类型优先发展。本节主要根据退耕还林还草、植树造林等国家政策，定义林地＞草地＞旱田的顺序确定优先规则，即在同等条件下，林地具有优先使用权，其次是草地，最后为旱田。

（4）数量控制规则。即优化后林地、草地和旱田各用地类型在某一合理用地数量范围内。

5）元胞转化及转化函数

在元胞的状态和邻居构型及转化规则确定的前提下，元胞的状态变化可表示为

$$S_i^{t+1} = f(S_i^t, B_i^t, C_{i,j}^t, D_i^t, E, N_{i,j}^t)$$

式中，S_i^{t+1} 是元胞 i 在 $t+1$ 时刻的状态；S_i^t 是元胞 i 在 t 时刻的状态；B_i^t 是元胞 i 在 t 时刻的土地利用适宜性等级；$C_{i,j}^t$ 是元胞 i 在邻居范围内的空间兼容性状态；D_i^t 是元胞 i 在 t 时刻的土地利用优先状态；E 为各类土地利用类型的面积数量约束；$N_{i,j}^t$ 是以元胞 i 为中心的，在 t 时刻元胞 j 的状态；f 是转化函数；t 是时间。

3. 模型的实现

本模型采用 MATLAB 7.2 编程工具，采用面向对象"自下而上"的建模方式，共编写程序代码 400 余行，从底层构建了 LPSO 模型。利用 MATLAB 平台开发 LPSO 模型能够直接利用 GIS 空间数据，简化模型的数据接口与集成，可根据特定

的研究需要修改任意参数,对模型做进一步的修改和补充。

6.7.3　生态景观格局优化

本研究利用构建的 LPSO 模型对吉林西部土地利用景观格局进行优化研究。

1. 数据预处理

将采用多因子评价模型(multi-criteria evaluation,MCE)方法得到的高、中、低覆盖草地适宜性图,在 GIS 软件中采用 OVERLAY 模块中 maximum 命令叠加,得到草地适宜性图;对旱田、草地和林地适宜性图进行分级处理,分成 5 个等级,即Ⅰ级(很不适宜),Ⅱ级(不适宜),Ⅲ级(一般适宜),Ⅳ级(适宜)和Ⅴ级(很适宜)。林地、草地和旱田的适宜性等级图如图 6-7~图 6-9 所示(见文后彩图),各等级面积如表 6-15 所示。结合吉林西部实际情况,得到景观类型空间相容性参数(见表 6-16)。

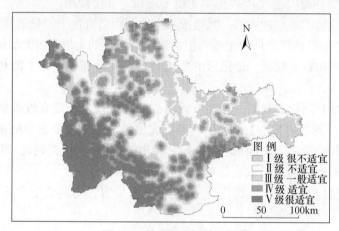

图 6-7　林地适宜性等级图

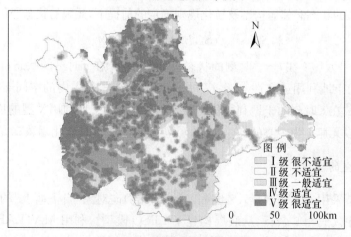

图 6-8　草地适宜性等级图

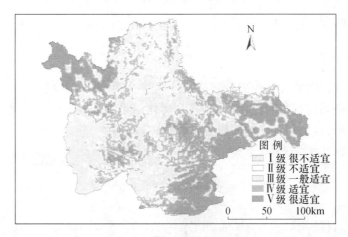

图 6-9　旱田适宜性等级图

表 6-15　吉林西部旱田、林地和草地适宜性等级面积（单位:万 hm²）

景观类型	很适宜	适宜	一般适宜	不适宜	很不适宜
旱田	112.05	84.18	75.71	73.52	123.6
林地	119.09	77.17	75.11	122.78	74.91
草地	123.57	145.08	104.31	84.23	11.87

表 6-16　吉林西部景观类型空间相容性参数

类　型	水田	旱田	林地	草地	水域	滩地	居民地	沙地	盐碱地	湿地
水田	1	1	−1	1	1	1	−1	−1	1	1
旱田	1	1	1	1	−1	−1	1	1	1	−1
林地	−1	1	1	1	−1	−1	1	−1	−1	−1
草地	1	1	1	1	1	1	−1	1	1	1
水域	1	−1	−1	1	1	1	1	1	1	1
滩地	1	−1	−1	1	1	1	1	1	1	1
居民地	−1	1	−1	−1	1	1	1	−1	1	1
沙地	−1	1	1	1	1	1	−1	1	1	1
盐碱地	1	1	−1	1	1	1	−1	1	1	1
湿地	1	1	−1	1	1	1	−1	1	1	1

注:1代表相容,−1代表不相容。

　　数量控制是转化规则之一。根据退耕还林还草的国家政策,对旱田、林地和草地的面积进行约束控制。旱田面积(x_1)减少,林地(x_2)和草地(x_3)面积增加,其现状面积约束为:$x_1 < 210.36$ 万 hm²,$x_2 > 24.95$ 万 hm²,$x_3 > 56.9$ 万 hm²。旱田、草地和林地还受到土地适宜性面积的约束,即 $x_1 < 196.23$ 万 hm²,$x_2 < 268.65$ 万

hm^2，$x_3 < 196.26$ 万 hm^2。

2. 结果分析

依托本节构建的吉林西部景观格局空间优化模型（LPSO 模型），对研究区土地利用景观格局进行空间优化研究，得到优化结果如图 6-10 所示（见文后彩图）。优化前后旱田、林地和草地的面积对比如表 6-17 所示。

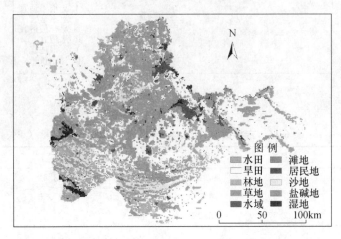

图 6-10　吉林西部土地利用格局优化图

表 6-17　优化前后面积对比表　　　　　　（单位：万 hm^2）

时间	旱田	林地	草地
现状（2004 年）	210.36	24.95	56.90
优化后	183.94	33.20	75.07
变化	−26.42	8.25	18.17

由图 6-10 和表 6-17 可以看出，通过景观格局优化调整后，农、林、牧用地比例由原来的 7.2∶0.9∶1.9 调整为 6.3∶1.1∶2.6，结果较为理想，对研究区而言，是一个比较合理的生态景观结构。旱田面积减少 26.42 万 hm^2，林地面积增加 8.25 万 hm^2，草地面积增加 18.17 万 hm^2，充分体现了退耕还林还草的国家政策。增加的林地位于研究区西南部的长岭、通榆一带，该区林地适宜性为非常适宜和适宜的等级。然而半个世纪以来，由于人口增加、砍伐森林、扩张耕地，林地景观受到破坏。优化后，实施退耕还林，进行水土保持、防风固沙，保护该区的生态环境。增加的草地主要集中在研究区的中部地区镇赉、长岭和大安境内，这些地区原为天然羊草草场，由于同样的原因，弃草为田，导致草地退化甚至消失，现有的较大的姜家

甸草场和腰井子草场面积也减少很多。实施退耕还草,恢复草地生态景观对于改良退化土地,改善生态环境质量有积极作用。

　　利用 MATLAB 平台开发 LPSO 模型,直接利用 GIS 空间数据,简化了模型的数据接口与集成,具有很高的开放性和灵活性,并且能较准确地进行景观格局优化。

第7章　土地盐碱化研究

松嫩平原是我国最大的平原之一,也是我国土地盐碱化、盐碱荒漠化发展最迅速、危害最严重的地区。松嫩平原的盐碱土为世界三大盐碱土带之一,近半个世纪以来该区土地盐碱化发展速度很快,20世纪50年代盐碱化土地面积为114.97万 hm²,占全区土地面积的24.45%,以轻度盐碱化为主。2001年盐碱化面积达166.85万 hm²,占全区面积的35.49%,以中、重度盐碱化为主,而且碱斑面积扩大、连片,形成大面积的盐碱裸地。吉林西部位于松嫩平原的西南部,生态环境十分脆弱,是土地盐碱化的重灾区。由于人口压力以及经济发展,一方面人们大量开垦草原,种植粮食,另一方面畜牧业发展过程中严重超载放牧,草地利用强度过大,导致草原"三化"现象日趋严重。此外,气候干暖化也使得水域萎缩和湿地退化,并进一步退化成盐碱地。

吉林西部土地盐碱化研究始于20世纪30年代,专家们从不同角度对盐碱土的分布、成因进行了大量的研究,取得了进展。然而,通过作者近年的研究发现,在西部地区,有许多问题还有待于深入探讨,如第四纪环境演变对土地盐碱化、沙化的影响,土地盐碱化形成的地质因素,西部地区盐碱土时序剖面的建立,原生盐碱土的分布、成因与次生盐碱土形成的关系,盐碱荒漠的发展趋势及预警,以及盐碱化土地的综合修复技术等。

7.1　盐碱土及其分类

在国内的其他地区,人们主要是研究土壤盐渍化问题。土壤盐渍化主要是因为潜水位过高,潜水蒸发将盐分留在土壤中而形成的。松嫩平原的盐碱土具有地方性特点,这在国内乃至世界是不多见的。盐碱化土壤的分类属于土壤分类的一部分,是按照全国土壤分类的原则和要求进行的。该分类既要考虑盐碱土的发生学特点,还考虑形成盐碱土的地球化学作用和可溶盐含量的比例。

根据成土过程将盐碱化土壤划分为盐土、碱土和盐碱化土。按不同的土类,如黑钙土、淡黑钙土、草甸土、盐土和碱土,还可分为若干亚类(见表7-1)。在土层剖面中,碱化层的厚度和部位有很大的变化,按照埋藏深度可分为表层碱土(0~2cm)、浅位碱土(2~7cm)、中位碱土(7~15cm)、深位碱土(15~30cm)和很深位碱土(>30cm)。碱土层厚度最小1~2cm,最大可达80~100cm。在个别地区见到140cm的超厚碱土层,如洮南市大通乡。

表 7-1　吉林西部盐碱化土壤类型及分布

类	属	种	分　布
盐碱化黑钙土	中度碱化黑钙土	深厚层中度碱化黑钙土 厚层中度碱化黑钙土 中层中度碱化黑钙土	扶余、前郭、大安、洮南、长岭
	轻度碱化黑钙土	深厚层轻度碱化黑钙土 厚层轻度碱化黑钙土 中层轻度碱化黑钙土 薄层轻度碱化黑钙土 破皮黄轻度碱化黑钙土	扶余、前郭、大安、洮南、长岭
盐碱化淡黑钙土	轻度碱化淡黑钙土	厚层轻度碱化淡黑钙土 中层轻度碱化淡黑钙土 薄层轻度碱化淡黑钙土 破皮黄轻度碱化淡黑钙土	洮南、通榆、长岭
	轻盐中碱化淡黑钙土	中层轻盐中碱化淡黑钙土 薄层轻盐中碱化淡黑钙土 破皮黄轻盐中碱化淡黑钙土	通榆、长岭、前郭、大安
盐碱化草甸土	轻度盐碱化草甸土	厚层轻度盐碱化草甸土 中层轻度盐碱化草甸土 薄层轻度盐碱化草甸土	镇赉、大安 前郭、长岭 乾安、通榆
	中度盐碱化草甸土	厚层中度盐碱化草甸土 中层中度盐碱化草甸土 薄层中度盐碱化草甸土	长岭、前郭 大安、乾安 通榆、洮南
盐土	草甸盐土	苏打草甸盐土 硫酸盐氯化物草甸盐土	乾安、大安 乾安、大安
碱土	草甸碱土	白盖苏打盐化碱土 浅位苏打草甸碱土 中位苏打草甸碱土 深位苏打草甸碱土 超深位苏打草甸碱土	通榆、乾安 前郭、长岭 大安、洮南 扶余、白城市

7.2　盐碱土的成因分析

7.2.1　盐碱土形成的地质因素

1. 地质因素

　　吉林西部位于松辽断陷盆地的西北部边缘,该盆地于侏罗纪末、白垩纪初形成了统一的内陆湖盆,沉积了巨厚的白垩系地层,以砾岩、砂岩、泥页岩等为主组成了多旋回地层,自下而上,由粗到细。由于晚白垩世湖水自盆地内退出,该区缺失老新近系地层。新近纪水面扩大,形成了现今的松嫩盆地,沉积了大安组(Nd)和泰康组(Nt)地层。

该区的第四系沉积物主要来自大兴安岭山地的白垩纪和新近纪地层,由中生代安山岩、粗面岩、凝灰岩、燕山期花岗岩和新近系玄武岩等碎屑物组成,在水的淋溶、搬运作用下,为盆地提供了大量的易溶性盐类,例如含有钠、钾、钙、镁等的碳酸盐、硫酸盐、氯化物,以及硅酸盐、磷酸盐和氟化物等。在构造-气候旋回期,在干燥环境下,上述成分高度富集、浓缩,在湿润条件下稀释、淡化,这是导致盆地内盐分富集的地质因素。

2. 地形地貌

地形地貌对第四系沉积物类型的分布,粒径的大小,地表水、地下水的运动和埋藏条件起了控制作用,从而对土地盐碱化的形成有重要影响。吉林西部的地貌可分为低山丘陵区、台地区、平原区、沙丘沙垅区 4 种类型。低山丘陵区位于该区西北部,海拔 300~350m,相对高差 280m,为大兴安岭褶皱带的边缘,出露地层为中生代的安山岩、新近纪玄武岩、燕山期花岗岩,第四纪地层不发育,水土流失严重,没有盐碱化发生。

台地包括西北的大兴安岭山麓台地和东南部的黄土台地。山麓台地分布于洮儿河左岸的北大岗(白城、镇赉)和蛟流河右岸的德龙岗(洮南),主要为冲洪积扇区,海拔 240~250m,高差 20~30m,砂砾石层较厚,土层薄。黄土台地分布较广,包括乾安、长岭分水岭台地,大赉、扶余黄土台地,王府及太平山黄土台地。台地海拔 160~200m 或 200~250m,个别为 270m,为中更新世和晚更新世的黄土状沉积物,其底部为早更新世的砂砾石层。台地内土壤层一般较厚,土质较好,很少发生盐碱化。台地边缘水土流失现象比较严重。

平原区是吉林西部主要的地貌类型,草场和耕地主要分布在平原区。它包括第二松花江河漫滩、嫩江河漫滩、洮儿河冲积扇区倾斜平原、霍林河-洮儿河冲积扇波状平原、中部微起伏平原、前郭冲积平原、北部低平原和长岭波状高平原。松、嫩河漫滩最低为130m,长岭波状高平原最高,为180~200m。洮儿河、霍林河中下游的冲积平原及洼地,都是盐碱化严重的地区。

沙丘沙垅区主要分布于吉林西部地区的西南部,面积很大,包括通榆南部和长岭西部,海拔 180~210m。沙丘沙垅由西至东呈弧形分布,多行沙垅近似平行排列,形成垅、谷相间波状起伏的地形。在谷地的低洼处,形成许多碱水湖,湖泡周围盐碱化土地的分布越来越广,甚至吞噬了谷中的耕地,可以长岭县西部的十三泡为代表。

3. 盐分的淋溶搬运与聚集

吉林西部除降水所形成的地表径流外,还接受来自西北部山区的地表径流,它们从风化壳中淋溶出大量的可溶盐,随着地表径流部分渗入地下,将盐分补给潜水。大部分汇入闭流湖泊中,在蒸发、浓缩作用下形成矿化度较高的咸水湖。气候干旱,湖水干涸,盐分全部聚集于表土中,加重了土地的盐化,并且在风力的作用下,碱尘不断向四周扩散。少数外流湖泊,如月亮泡、查干泡,在洪水期排入江河,因此,为淡水湖。地表径流对盐分起了搬运作用,而湖泊成为盐分聚集的场所。某些湖泊的水化学成分如表 7-2 所示。

表 7-2　松嫩平原西部湖泊水环境化学特征

化学成分	查干泡	月亮泡	韩福元泡	小西米泡	十三泡	大布苏泡
pH	8.4	7.51	7.64	9.46	9.47	9.4
K^-/(mg/L)	3.14	2.07	2.07	5.42	10.53	2.8
Na^-/(mg/L)	297.3	59.6	59.6	1210.53	647.6	243.5
Ca^{2-}/(mg/L)	17.06	31.86	31.86	7.82	17.84	40
Mg^{2-}/(mg/L)	15.73	12.88	12.88	14.34	13.74	84
Cl^-/(mg/L)	145.57	18.08	18.08	420.08	580.67	2674.2
HCO_3^-/(mg/L)	501.02	237.98	237.98	1465.7	444.22	2644.35
CO_3^{2-}/(mg/L)	60.17	0	0	495.77	92.43	2099.9
SO_4^{2-}/(mg/L)	46.28	28.82	28.82	88.86	164.74	1303.5
F^-/(mg/L)	7.49	0.22	1.2	17.5	3.4	9.2
总硬度/(mg/L)	2.16	54.54	132.61	78.56	101.08	8.91
总碱度/(mmol/L)	11.92	58.05	195.16	2028.62	518.41	1133.5
矿化度/(mg/L)	887	116.25	403.62	3732.33	1990.86	38569
水化学类型	HCO_3^- · Cl^--Na^-	HCO_3^- · Na^--Ca^{2-}	HCO_3^- · Na^--Ca^{2-}	CO_3^{2-} · HCO_3^--Na^- · Mg^{2-}	Cl^- · CO_3^{2-} · HCO_3^--Na^+	CO_3^{2-} · HCO_3^--Na^+ · Mg^{2+}

4. 蒸发浓缩和吸附交替作用

蒸发浓缩作用在吉林西部地区很明显,突出表现在湖泡面积的变化上。许多湖泡由于强烈的蒸发作用和缺乏地表水的补给,导致湖泊缩小、甚至湖涸,在湖滨或湖心形成一层较厚的白色盐碱粉面,农民在干涸的湖面刮盐、碱或硝。

盐碱耕地在强烈的蒸发作用下,使地表返盐,形成一层疏松的白色碱壳。在人为作用下,草地的覆盖度减小,加速地面蒸发和返碱,碱斑面积不断扩大。潜水位提高也可促使盐碱向地表聚积。不论是地表水蒸发还是潜水被蒸发,都是导致盐分在水或土中积累的直接原因。从美国 TM 卫星影像图中可以清楚地看出,盐碱土主要分布于河流高阶地、低阶地、低河漫滩、冲湖积平原洼地及湖泡周围,显然这与地表水、土壤的蒸发浓缩有关。

吸附交替作用是一种重要的土壤地球化学作用,它是土壤吸收阳离子的一种重要的方式。土壤的阳离子交换量是土壤所能吸附的阳离子总量,它包括 K^+、Na^+、Ca^{2+}、Mg^{2+} 和 H^+ 等交换性离子。土壤的阳离子交换量可作为衡量土壤肥力高低的一个重要指标,交换量越大,土壤的肥力越低。因此,可将阳离子交换量作为土壤改良、合理施肥的重要依据。阳离子交换量又是衡量土壤碱化程度的一个重要指标,即碱化度。碱化度以土壤交换性 Na^+ 占阳离子交换量的百分数来表示。通常,当碱化度为 5%~10%时,碱土的性状已明显表现出来;当土壤吸收的 Na^+ 占交换性阳离子总量的 15%~20%时,土壤已具有典型的柱状碱性土性状。土壤的碱化度越高,对生物的毒性越大,越难治理。

7.2.2　气候因素与盐碱化

1. 干旱高温

吉林西部地区历来干旱,干燥度为 1.0~1.4。强烈的蒸发作用使潜水中的盐分大量聚积于地表,促使土地盐碱化。近 50 年来,该地区气候干旱的趋势非常明显,旱灾出现的频率和强度增大。20 世纪 50~70 年代,旱灾的面积较小,灾情较轻。80~90 年代,旱灾的面积明显扩大,灾情很重,这个时间界线很明显。1999~2001 年连续 3 年大灾,以 2001 年最为严重,大安的年降雨量为 270mm,有的乡镇为 140~200mm,长岭的降雨量为 300mm,最低的乡镇仅为 180mm,洮南西部降雨量仅为 110mm,许多乡镇绝收。

吉林省气象研究所的研究表明,近 40 年来气温呈现明显升高的趋势,冬季年均气温上升了 2℃。在旱灾严重的夏季,地面(10cm)的极端最高瞬时温度可达 50℃,致使地面蒸发强烈,作物缺少水分被高温烘烤而枯死。地面蒸发的强度与地面植被覆盖率有密切的关系,草地植被的演替和覆盖率对地表蒸发、盐分的聚集有直接影响。

2. 洪水冲刷与盐分堆积

吉林西部地区少雨干旱,暴雨集中,水灾频繁发生。近 50 年来,较大的洪水发生过 14 次,其中 1998 年为特大洪水。水灾的直接经济损失是冲毁房屋、道路、桥梁,淹没农田,谷物减产。但是水灾对农业生态环境的破坏,却较少引起人们的重视。

在河流上游,洪水冲刷土地,造成水土流失,在中下游泥沙堆积,其厚度为 0.2~1.0m 不等,同时还产生盐碱的堆积,尤其是在湖泡、洼地,水的矿化度和碱度显著提高。当洪水汇入高度盐碱化的低平原、低漫滩,经浸泡水呈棕红色,草根腐烂。被淹没的草地在 1～2 年基本上死亡。洼地滞水时间一般为数月至一年,1998 年的特大洪水,洼地滞水时间长达两年。当地表滞水被蒸发干涸后,大量的盐碱成分富集于土中,使碱化面积不断扩大,形成大面积的光板碱地。在霍林河下游的乾安、大安地区,受盐碱灾害最重,1998 年特大洪水后,盐碱土的面积增加了 2.3%。

3. 风力搬运与盐分堆积

吉林西部风蚀作用十分强烈,有的地区一次大风可剥蚀 2～5cm 的沙碱土层,亦可堆积 5～10cm 厚的沙碱土层。在春夏之交,农田被风蚀和沙埋的现象常常发生。在重盐碱地,或是湖泡周围的碱地,经大风吹扬,碱尘漫天,随西北风、西风、东南风四周飘扬,向轻盐碱土地扩散。近年来,土地特别干旱,盐碱光板地的面积不断扩大,风的搬运、堆积作用越来越强烈。有的村屯每年有 5%～10% 的土地被碱尘覆盖,其厚度为 2～10cm,在碱尘流动峰面的前沿地带,碱尘堆积厚度达 20～30cm。每一次大风之后,农民要清除农田中堆积的碱尘方能耕作。近 10 年来,碱尘的吹扬、堆积作用已成为西部土地盐碱化迅速扩展的重要因素。盐碱灾害使农民失去耕地和草地,背井离乡者日多。

近年来,碱尘的吹扬和堆积作用频繁发生,扩散的面积越来越大,形成"碱尘暴"。

4. 冻融作用对土地盐碱化的影响

吉林西部的盐碱化土地与其他地区盐渍土不同,它的形成与灌溉关系不大。因为,除前郭灌区和洮北灌区外,大部分地区无水灌溉,只有少量的水浇地。由于干旱频繁发生,近年来水浇地的面积增加较快,但未发现对盐碱化发展有何影响。

吉林西部土地的盐碱化主要发生在潜水位低于 3m 的地区,但是在潜水埋深 5m 左右的地区也经常有盐碱化发生。研究表明,这与土层的冻融作用有关。通常土壤层的积盐期分为春季积盐期和秋季积盐期。然而,在该区还有一个冻融积盐期,它始于头年的冬季(11 月),结束于次年的初夏(6 月)。由于结冻使土壤冻层与非冻层之间的地温产生一定差异,此时土壤中的水盐明显地向冻层运移,引起土壤毛细管水分向冻层移动,盐分随之上升,随冻层逐渐增厚,而逐渐向下发展,潜水位处于下降状态,水盐在冻层中大量累积,这是冬季"隐蔽"积盐的过程。

春季,气温回升,冻层开始自上而下融化,直至全部融化。吉林西部春季(3～5 月份)的降水量为 49mm,占全年总降水量的 11.5%,而蒸发量高达降水量的 5 倍以上。地表蒸发逐渐强烈,使冬季悄悄累积于结冻层中的盐分向地表强烈聚集,近似"爆发"的程度,这一过程直至冻层化通为止。在冻层没化通之前,它像一块连续不断的大隔水层,隔断了冻层之上土壤水分与冻层之下潜水的联系。所以说春季强烈积盐与潜水位没有直接的联系,用潜水临界深度来解释春季强烈积盐是不符合实际情况的。秋季(9～11月)降水减少,蒸发量增加,此时潜水位才对土壤积盐作用产生直接的影响。

7.2.3　社会经济因素与盐碱化

社会经济因素对吉林西部土壤的次生盐碱化起到了关键作用。半个世纪以来,吉林西部经济是在一个较低的水平上发展,并以消耗自然资源、破坏生态环境为代价。在经济技术落后的情况下,人口的迅速增长,对基本生活资料需求的扩大,迫使人们去掠夺有限的自然资源。对吉林西部而言,首当其冲的是草地资源,滥垦、过牧、伐薪、采药等行为导致草原碱化、沙化和退化,草原面积缩小。对已被开垦的耕地,人们采用广种薄收、粗放经营、用养脱节的生产方法,使土地盐碱化、贫瘠化,最终导致地力枯竭。在1958～1981年的23年中间,有1/3的草地被垦为农田,1/3的草原退化,几乎失去了产草能力。目前,在已有的耕地中有近70%的耕地变为中、低产田。

7.2.4　碱土的成因与危害

1. 碱土的成因

关于碱土的形成有两种主要的观点,俄罗斯土壤化学家(盖德罗伊茨)认为碱土起源于盐土,当土壤溶液中含有大量的钠盐时,Na^+与被土壤胶体所吸附的Ca^{2+}发生相互的交换作用,交换出来的Ca^{2+}被淋洗到土层的下部,形成$CaCO_3$沉淀,这便是土壤的碱化过程。

研究表明,这一吸附交替过程与Na^+的浓度有关,当$Na^+/(Ca^{2+}+Mg^{2+})$比值接近于1时,交换作用很难进行,当该值不小于4时,则可强烈进行。但是,在土壤长期受盐水浸泡的条件下,Na^+浓度不需很高也可形成重碱化土。

在吉林西部倾斜平原的冲洪积物中,发现十多种属于碱性岩石的卵砾石,如粗面岩、玄武岩、凝灰岩。有的岩石碎屑在蒸馏水中浸泡后,pH高达11～12。还有燕山期的花岗岩碎屑,其中含有许多硅铝酸盐矿物,如斜长石($Na(AlSi_3O_8)$)、钠长石($NaAl(Si_3O_8)$)、霞石($NaAlSiO_4$)、方钠石($Na_2(AlSiO_4)_6Cl_2$)等,它们在分解淋溶作用下,Na^+富集于含碳酸的天然水中,以斜长石为代表,其分解反应式如下:

$$2Na(AlSi_3O_8) + 2CO_2 + 3H_2O \Longrightarrow 2Na^+ + 2HCO_3^- + H_4Al_2Si_2O_9 + 4SiO_2$$

上述作用使天然水中富集Na^+,并使水呈碱性反应。

土壤学家威廉斯主张碱土的生物成因说。该学说认为,碱土化过程是草原土壤自身发展的结果,是由草原上的蒿类及禾本类植物的参与所造成的。由于草原气候干燥,草原植物为了吸收水分,具有很长的根系,它们通过生物循环,每年将土壤中的盐类带到土壤表层,其中包括钠、钾的硫酸盐和氯化物。这些植物残体经矿物质化后,在土壤中留下许多钙盐和钠盐,在雨季,这些盐类随水流渗入较深的土层中。钙盐的溶解度较低,便以 $CaCO_3$、$CaSO_4$ 的形式沉淀于土壤下部。钙盐的沉淀使土壤溶液中钠的浓度增大,随着钠盐含量的增加,引起草原植被组成的改变,艾属植物及其他耐盐碱植物成为优势物种。这些植物的灰分富含钠、钾,而缺少钙、镁,这一过程周而复始,促使土壤的碱化。

碱土的生物成因说虽然有其理论根据,但是在对我国草原的实际情况进行分析比较后,便可发现,草原土壤不一定都向碱化方向发展,松嫩草原土壤的碱化现象在全国其他地区并不多见,钠的富集主要是盆地外围地区钠盐补给和盆地内钠盐被浓缩、富集的结果。

2. 碱土的物理性质及危害

碱土具有一些特殊的物理性质。碱土在干燥时板结、坚硬、结壳,在湿润时膨胀、泥泞,透水性极差,这都是土壤中交换性钠离子含量增加的结果。交换性钠离子对土壤饱和水的传导有抑制作用,随着交换性钠离子的浓度增加,土壤的吸水速度、水力传导度、饱和持水量、渗透率、土壤水的毛细上升高度以及土壤水分的有效性等均大大降低。由于碱化土壤的分散作用,土壤中的黏粒下移,沉淀到碱化层,使碱化层致密、不透水,往往形成暗褐色块状或粒状的碱土,碱土的容重增加为 $1.4 \sim 1.5 g/cm^3$,通气孔隙下降至 $10\% \sim 20\%$。

碱化度的高低对碱土的性质有重要影响,碱化度高的土壤较碱化度低的土壤更容易干燥,因为前者影响土壤中水分的传递。碱化度高影响植物对营养元素(Zn、Ca 等)的吸收,影响土层中微生物的数量及活性,抑制芽孢菌、氨化菌和固氮菌的生长,在荒漠化碱土中几乎没有固氮菌,碱化土壤影响种子发芽和幼苗的生长。所以,碱化土壤的物理性质恶劣,肥力极低,亟待改良。

碱化土壤经过脱碱化过程可变为轻度碱化土或非碱化土,所以碱化土是可逆的。碱土在受到淡水长时间的浸泡或冲洗后,吸附性复合体中的 Na^+ 逐渐被 H^+ 所取代,其中的铝硅酸盐受到破坏,被分解为最简单的矿物 SiO_2、$Fe(OH)_3 \cdot nH_2O$、$Al_2(OH)_3 \cdot 2H_2O$。白色的 SiO_2 在表层土中,所以,脱碱化土壤呈灰色或白色。

7.3　土地盐碱化动态变化规律研究

吉林西部盐碱土资源在土地资源中占有较大的比例,近 20 年来,盐碱土的面积不仅迅速扩张,程度还在加重,从而对西部整个土地资源的利用产生影响。因此,对盐碱土资源作进一步的分类、分级评价和预测,已成为一项迫在眉睫的任务。

　　在吉林西部1989～2004年间土地利用变化的空间转移矩阵中,将盐碱地的相关转化提取出来,通过分析盐碱化过程中各地类的贡献率大小,找到盐碱地的主要来源,从而揭示吉林西部土地盐碱化的发展变化规律。

　　吉林西部1989～2004年间盐碱地的面积增加了15.47万 hm²,在新增盐碱地面积的来源中,低覆盖草地和水域占有绝对比重,分别为37.36%和44.8%,其次是湿地,占10.4%,如图7-1和表7-3所示。这表明吉林西部盐碱土的增加面积主要来源于退化的草场和水域干涸的退水之地,同时,湿地的退化也正逐渐成为盐碱地增加的重要来源。因此,保护湿地资源,遏制湿地盐碱化趋势刻不容缓。

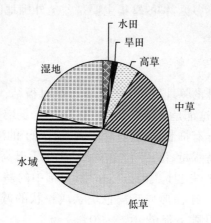

图 7-1　盐碱地新增来源构成

表 7-3　吉林西部 1989～2004 年盐碱地新增来源构成

地类	水田	旱田	高草	中草	低草	水域	湿地	面积增加合计
新增面积/万 hm²	0.57	0.37	1.43	5.13	7.87	4.72	5.51	25.6
所占比例/%	2.2	1.4	5.6	20.0	30.7	18.4	21.5	100

　　盐碱地增加的空间分布情况,如图7-2所示(见文后彩图)。1989年,吉林西部盐碱地主要集中在大安、镇赉西南部、乾安北部、长岭西北部以及通榆的东北部等地区。1989～2004年,由于自然和人为因素的综合作用,使得中低覆盖草地、湿地、水体和部分滩地逐渐转化为盐碱地,到2004年盐碱地的分布区域明显扩大,如大安、通榆、镇赉中西部、乾安中北部、长岭西部、洮南中部和东部以及前郭的西南部。其中盐碱地增加较为显著的地区有通榆、乾安、镇赉和洮南。从盐碱地增加来源看,除镇赉是以中覆盖草地和水域转化为盐碱地为主外,其他地区主要是由中、低覆盖草地转化为盐碱地。

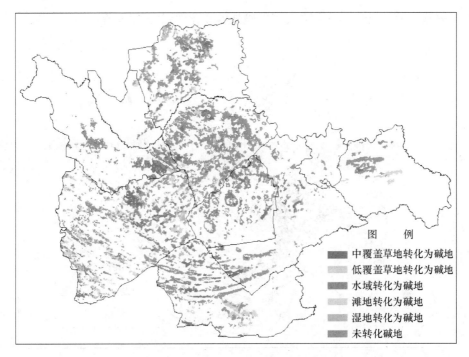

图 7-2　2004 年吉林西部各土地类型转变为盐碱地的空间分布图

7.4　土地盐碱化趋势预测

7.4.1　盐碱地变化驱动因素分析

盐碱地的发展是多重因素共同作用的结果,很多学者利用相关性分析或者回归模型进行土地盐碱化的驱动机制分析,本节利用逻辑斯谛回归模型进行盐碱地变化驱动因素分析。

逻辑斯谛回归拟合的方程为

$$\mathrm{Log}\left(\frac{P_i}{1-P_i}\right) = \beta_0 + \beta_1 X_1 + \beta_2 X_2 + \cdots + \beta_n X_n \qquad (7\text{-}1)$$

式中,P_i 表示每个栅格可能出现某土地利用类型 i 的概率;X 表示每个备选驱动因素。运用逻辑斯谛逐步回归对每一栅格可能出现盐碱地的概率进行诊断,筛选出对盐碱土分布格局影响较为显著的因素,并确定它们之间的定量关系和作用的相对大小,通常采用 Pontius 提出的 ROC 方法进行检验。

7.4.2　盐碱地变化自变量的生成

利用 ArcGIS 软件的空间分析功能,将 1989 年和 2004 年土地利用现状图进行逻辑或运算,得到 1989～2004 年盐碱地的变化图,如图 7-3 所示。

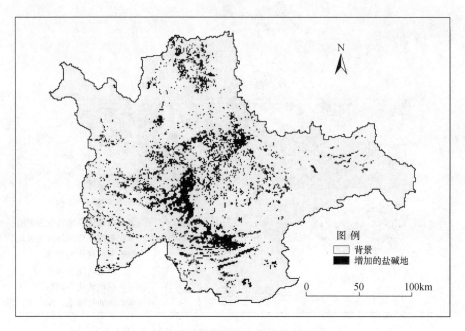

图 7-3　吉林西部盐碱地变化图

7.4.3　因变量的选取与生成

结合研究区特点,选取自然、社会和地类因子作为备选的驱动力因子。自然影响因子包括 DEM、降雨量、蒸发量、积温、日照时数、地下水埋深、到水系的距离;社会影响因子包括人口密度和到城镇距离;地类因子包括到盐碱地的距离、草地的距离、湿地的距离和水田距离。以上各因子在 ArcGIS 软件下成图,如图 7-4～图7-15 所示(见文后彩图)。

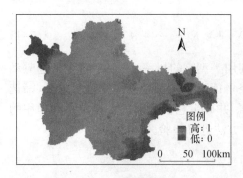

图 7-4　DEM 标准化图

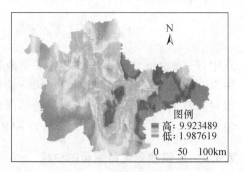

图 7-5　地下水埋深图

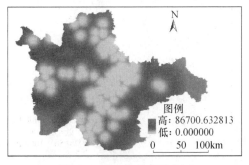

图 7-6　到面状水系距离图

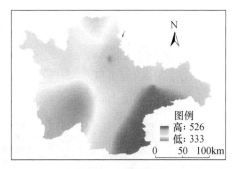

图 7-7　降雨量图

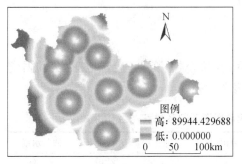

图 7-8　到乡镇距离图

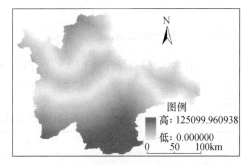

图 7-9　到线状水系距离图

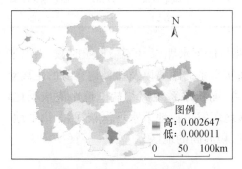

图 7-10　人口密度分布图

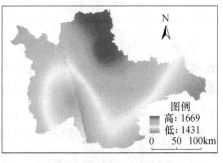

图 7-11　蒸发量分布图

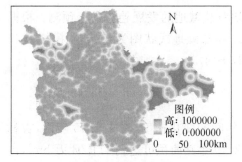

图 7-12　草地距离图

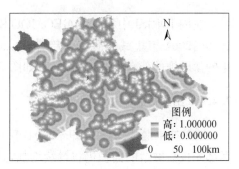

图 7-13　湿地距离图

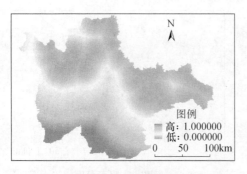

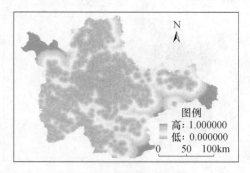

图 7-14　水田距离图　　　　　　图 7-15　盐碱地距离图

7.4.4　回归分析结果

应用 IDRISI 中相应的 LOGISTICREG 模块,对自变量(盐碱地变化)和因变量(影响因素)进行回归分析,回归结果如表 7-4 所示。

表 7-4　盐碱地及其驱动因子回归系数表

驱动因子	地下水埋深	降雨量	积温	乡镇距离	日照	人口密度	线状水系
系数	−2.52	−0.21	3.49	−0.15	1.4	2.49	−0.09
驱动因子	蒸发量	草地距离	湿地距离	水田	盐碱地距离	DEM	面状水系距离
系数	3.06	−3.01	−4.14	0.05	−2.21	−8.03	−4.26

由表 7-4 可以看出,盐碱地的变化主要与地下水埋深、积温、日照时数、人口密度、蒸发量、到草地的距离、湿地的距离、面状水系的距离以及盐碱地自身的距离有关,而且与地下水埋深、草地距离、湿地距离、面状水系距离和盐碱地距离成反比,与人口密度、蒸发量和日照成正比,即盐碱地多发生在地下水埋深较浅,距离草地、湿地和面状水域较近,人口密度较大,蒸发、积温高的地区。

7.4.5　盐碱地发展趋势预测

应用 IDRISI 中相应的 GEOMOD 模块对盐碱地的发展趋势进行预测。根据 1989～2004 年盐碱地的变化趋势,以 2004 年盐碱地线状图为起始年,模拟 2019 年的盐碱地的分布情况,模拟结果如图 7-16 所示。

7.4.6　结果分析

(1) 如果继续保持 1989～2004 年 15 年间的变化速度,在未来 15 年内,吉林西部光板盐碱地的面积仍将继续增加,到 2019 年其面积可达到 111.04 万 hm²,占全区总面积的 23.67%。盐碱土新增来源主要为水域和低覆盖草地,中、高覆盖草

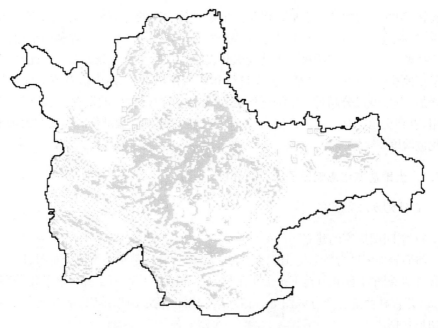

图 7-16　2019 年吉林西部盐碱地模拟结果图

地所占比重很小,说明随着草地植被覆盖率的下降,草地退化为盐碱土的比率增加。保护草地资源,增加草场的植被覆盖率,是抑制盐碱土发展的有效措施。

(2)吉林西部盐碱土与其他地类之间的转化基本上是单向的。研究数据表明,吉林西部在 1989～2004 年间盐碱土面积共增加 25.6 万 hm^2,新增来源主要为水域和低覆盖草地,而同期盐碱土转化为其他地类的面积仅为 0.74 万 hm^2,即盐碱土的自然恢复能力很差。如果按照现在的发展趋势,盐碱土的自然恢复速度远远小于其他地类退化为盐碱土的速度,为单向转化。因此,该区必须采取物理、化学、生物等工程措施,改善盐碱土的周边环境,加强盐碱土的自然恢复能力,同时做好对草地、湿地以及水域的保护和合理规划等工作。

7.5　土地盐碱化危险度评价

关于盐渍土的研究与治理一直受到各国研究者的高度重视。一些学者借助于应用化学、物理化学的新技术、新方法研究盐渍土形成的过程和演变规律,提出了改良利用措施。此外,在盐渍土的测试和诊断方法、水盐运移、盐渍土的预测和预报、盐渍土的改良与管理等方面也开展了大量的研究,积累了丰富的经验和文献资料。但是,目前尚未见到有关土地盐碱化危险度评价方面的文献报道。

近 20 年来,吉林西部平原土地盐碱化发展的速度很快,对生态环境造成了较大破坏,制约了农牧业的发展。但是土地盐碱化发展的速率是不均一的,有的地区严重,有的地区轻微,甚至,有些地区从未发生过盐碱化。为了合理利用土地资源,预防盐碱化的发生,查明该区土地盐碱化发生的危险程度十分必要。因此,作者提出了土地盐碱化危险度的概念。在自然和人为作用下,土地中盐碱成分的含量不断增加,当盐碱成分超过一定的阈值时,开始对作物(生物)的发育、生长产生抑制作用,直到土地完全失去生产能力,这里将土地可能发生盐碱化的程度称为土地盐碱化危险度。

7.5.1　土地盐碱化影响因子的空间分析

1. 研究方法

1) 空间图形库的建立

将原始地图进行数字化,图件包括1∶40万吉林西部土壤类型分布图、1∶50万吉林省地貌图、1∶10万地下水潜水采样点分布图、1∶50万吉林省盐碱化分布图、1∶50万吉林西部行政分区图等。输入后的图形经过图形编辑,最终建立研究区的图形数据库。

2) 属性数据库的建立

利用地理信息系统把空间数据和属性数据统一,建成空间数据库,使其既能定位图形单元的空间位置,又能体现和反映地理属性特征,即按照预先制定好的分类系统对地理实体进行量化,并进行分类系统的特征编码,以便于计算机识别和处理。土壤状况空间数据库包含成土母质、类型标志码;地貌状况空间数据库包括地貌类型、地貌类型标志码;地下水状况数据库包含水化学成分、潜水埋深;盐碱化类型空间数据库包含盐碱化程度等(见表7-5);行政区域数据库包含社会经济资料,如人口、粮食产量等。

表 7-5　吉林西部属性数据编码表

地貌编码	地貌类型	地貌编码	地貌类型
1	水域	11	平坦的河流低阶地
2	侵蚀小起伏低山	12	高河漫滩
3	侵蚀剥蚀高丘陵	13	低河漫滩
4	起伏的冲洪积台地与高阶地	14	河漫滩
5	倾斜的冲积洪积扇平原	15	平沙地
6	起伏的河流高阶地	16	固定沙丘
7	倾斜的河流高阶地	17	半固定沙丘
8	平坦的河流高价地	18	湖积平原
9	河谷平原	19	湖积冲积平原
10	平坦的冲积扇平原		

续表

潜水埋深编码	潜水埋深分级指标/m	Na⁻浓度编码	Na⁻浓度分级指标/(mgN/L)
1	0～2	2	20～40
2	3～5	3	40～60
3	＞6	4	60～80
土壤质地编码	土壤质地类型	5	80～100
1	黏壤土	6	100～120
2	砂质壤土	7	120～140
3	砂质黏壤土	8	140～160
4	壤土	9	160～180
5	砂质黏土	盐碱化程度编码	碱斑所占比例
6	壤质黏土	1	＜15%
7	壤黏土	2	15%～30%
8	紧砂土	3	30%～50%
Na⁻浓度编码	Na⁻浓度分级指标/(mgN/L)	4	＞50%
1	0～20		

注:1mgN/L=$\frac{1}{2}$mmol/L。

3）空间数据的坐标转换与配准图

由于原始地图的比例尺和投影方式的不同,为了今后进行图形的多边形叠置,需要把欲叠置的地图要素,根据控制点按统一的投影方式,进行空间变换。只有经过空间转换后,具有统一地理坐标的数字化地图才能进行空间多边形叠置分析。

4）多边形的空间信息分析

几何分析、网络分析以及地理变量的多元分析等,这些功能为研究提供了便捷的手段。地理信息系统中常用的空间数据结构是矢量和栅格数据结构,矢量数据结构可以精确地表示现象和实体的空间分布特征、制图的精度。因此,这里主要采用矢量多边形的数据结构建立数字化地图。

多边形叠置分析的实质是把两层或多层要素(面状要素)进行叠加产生一个新的要素层,把原来的要素合成新的要素,新的要素综合了原来两层或多层要素所具有的属性(见图 7-17)。叠加分析是为了对新要素的属性按一定的数学模型进行

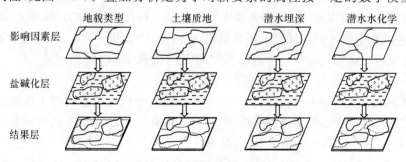

图 7-17 多边形叠加示意图

计算分析,从而得出我们所需要的结果。总的来看,叠加分析是把同一地区、同一比例尺、同一投影方式的地图,经过空间配准,叠置起来,产生新要素层,综合分析和评价新要素之间的相互作用和相互联系。如将地貌类型图与盐碱化图相叠加,便产生了新的空间关系图层,在这个新图层中,集成了原来两个图层的属性关系,通过统计分析,便可得到各地貌单元中盐碱化的发生率及轻重程度。

空间叠加分析一般按如下的步骤进行:多边形叠置采用两两叠置方法,即每次的叠置只能在两个多边形文件上进行。将两幅图叠置好后,把叠置好的图与另一副原图进行叠置,产生新的叠置图,再和其他的原图中待叠置的原图进行叠置。如此继续,直到叠置完所有的多边形文件,便得到最终的图层文件。

5) 数字地形(DTM)模型分析

DTM 模型是一种用数字描述地理现象的新方法,传统方法是以等值线来表示,它不能直观地反映自然地形,更主要的是它作为数据存储不便于计算机作进一步的分析。DTM 模型则不同,它将二维的点、线、面赋予了特殊的属性,即高程,使其变为三维的表面模型。把高程换成其他数据,如地下水的埋深、水化学离子浓度等,就成为其他非地形性质的三维表面模型。DTM 模型可以把离散的数据点进行网格化处理,并生成栅格文件。DTM 模型能够进行平面等值线、网格立体图、彩色立体等值线的绘制,进行坡度、坡向分析和蓄积量表面计算等,用途很广泛。

2. 影响因子分析

通过对环境要素的空间叠加分析功能来研究土地盐碱化与地貌因素、土壤质地、潜水埋深及潜水钠离子浓度等因素的关系,并形成各种数字化图件。

1) 土地盐碱化与地貌因素的空间叠加分析

将地貌类型与盐碱化土壤进行空间叠置,分析地貌类型与土壤盐碱化的相互关系。吉林西部的 19 个地貌单元中有 8 个单元有盐碱化现象,各地貌单元按盐碱化土地面积的百分数排序。平坦的河流低阶地占盐碱化总面积的 36.4%,高河漫滩为 16.47%,低河漫滩为 18.58%,沙丘间洼地占 10.76%,湖积洪积平原为 5.91%,湖积平原为 6.88%,低平沙地为 5.98%。在其他类型的地貌单元,如低山丘陵、冲洪积平原、河流高阶地、河谷平原、河漫滩、沙丘和沙垄等,没有或几乎没有盐碱化土地。这些地貌单元不利于水、土中盐分的聚集。

2) 土地盐碱化与土壤质地的空间叠加分析

将土壤质地图与土地盐碱化图进行空间叠置,分析土壤质地与土地盐碱化的相互关系。在 8 种不同质地的土壤中,都有盐碱化发生。黏质土的盐碱化发生率最高,为 32.49%;其次是壤质黏土,盐碱化发生率为 17.11%;砂质壤土盐碱化发生率为 15.18%;壤土为 12.05%;盐碱化发育较轻的是黏壤土,盐碱化发生率为

8.76%；沙土为 9%；盐碱化发育最轻的是砂质黏壤土和壤黏土，盐碱化发生率分别为 3.9% 和 1.51%。因为土壤机械组成的差异，影响土壤中的水盐运移，黏质土（重壤质-黏土，也包括偏黏的中壤质）的毛细管孔径小，潜水毛细管上升运动的速度慢，在强烈蒸发的情况下，水中盐分随潜水上移不断在土壤中积累；黏壤土、壤土的毛细管孔径适中，土壤毛细管水上涨的速度既快又高，地下水位以上，剖面为轻壤质的地下水临界深度要求最大，土壤极易发生盐碱化；沙土、砂质黏壤土的毛细管孔径相对较大，地下水通过毛细管上升的速度虽快，但上升的高度小，所以该类土壤盐碱化程度较轻。虽然土壤质地对盐碱化有直接的影响，但是，还要考虑多种因素的综合作用，尤其是地貌、微地貌的影响。

3）土地盐碱化与潜水埋深的空间叠加分析

潜水埋深对盐碱化的影响更加直接，有时起到决定性的作用。将潜水埋深图与土地盐碱化图进行空间信息叠加，可以发现，土地盐碱化程度一般随潜水埋深的变小而加重。中、重度苏打盐土及碱化盐土多分布在潜水埋深小于 2m 的区域内，它们借助于土壤的毛细管作用，进行着现代积盐过程。重盐碱土多集中在矿化度较高的咸水泡沼周围，呈环带状分布。随着潜水埋深的增加，土壤全盐量逐渐减少。在山前倾斜平原、河流高阶阶地，以及黄土台地，由于潜水埋藏较深，一般为 3～5m 或大于 5m，盐碱化很少发生。

4）土地盐碱化与潜水钠离子浓度

将土地盐碱化分布图与潜水钠离子浓度分布图进行叠加分析，结果表明，水土中钠离子的浓度是构成碱化度的重要因素，它们对土地盐碱化的轻重程度起着控制的作用。

将上述环境因素与土地盐碱化分布图进行叠加分析，可得出一系列的相关图片，为土地盐碱化危险度评价打下了基础。

7.5.2　评价指标及评价单元

1. 土地盐碱化危险度评价指标及分级

根据吉林西部平原的实际情况，将土地盐碱化发生的危险程度划分为安全、较安全、较危险、危险和极危险 5 个等级，按不同地区土地盐碱化易发生的程度相应地划分为不会发生、不易发生、较易发生、容易发生和极易发生 5 个级别。上述分级可以同时表述某一地区土地盐碱化发生的危险程度和发生的难易程度。

通过生态环境调查、TM 卫星影像图解译和综合分析，作者发现土地盐碱化发生的危险程度与地貌类型、土壤质地、潜水碱化度和人为开发强度等因素密切相关，还表现在作物减产率、牧草减产率等方面。对这些环境指标进行筛选、量化和分级，给出了吉林西部平原土地盐碱化危险度分级表（见表 7-6）。这些量化指标也可用来进行土地盐碱化危险度评价。

表 7-6　土地盐碱化危险程度分级

类别				分级指标						
盐碱化危险度	盐碱化易发生程度	地貌类型	土壤质地	土壤全盐量/%	土壤碱化度/%	潜水矿化度/(g/L)	潜水埋深/m	人为开发强度/%	作物减产率/%	草量减少率/%
安全	不会发生	低山丘陵、河流高阶地、沙丘	沙土或砂壤土	<0.1	<3	<0.5	>6	<50	0~5	0~5
较安全	不易发生	低平沙地、岗地、洪积扇	砂质壤土	0.1~0.2	3~5	0.5~1	6~4	50~70	5~10	5~10
较危险	较易发生	沙间洼地,冲积洪积平原	壤土	0.2~0.4	5~15	1~2	4~3	70~80	10~20	10~25
危险	容易发生	河漫滩、湖积平原	壤(砂)质黏土	0.4~0.6	15~30	2~3	3~1	80~90	20~40	25~50
极危险	极易发生	平坦河流低阶地、低洼地	黏土	0.6~0.8	>30	>3	<1	>90	>40	>50

　　为了保证土地盐碱化危险度评价结果的可靠性,从待评价的数据中随机选取 30 个样本,采用灰色关联度模型对上述诸因素与土地盐碱化的关联度进行计算和检验。

　　灰色关联分析的基本原理是,设有 x_i 和 x_j 两条曲线,记 $\Delta\gamma_{ij}(t)$ 为在 t 时间上 x_i、x_j 的绝对差,$\xi_{ij}(t)$ 为在 t 时间上 x_i、x_j 的关联系数,则 γ_{ij} 为两条曲线的关联度,分别有

$$\Delta\gamma_{ij}(t) = |x_i(t) - x_j(t)|, \qquad i,j \in \{1,2,3,\cdots,n\}; t \in \{1,2,3,\cdots,n\}$$

$$\xi_{ij}(t) = \frac{\min\Delta\gamma_{ij}(t) + k\max\Delta\gamma_{ij}(t)}{\Delta\gamma_{ij}(t) + k\max\Delta\gamma_{ij}(t)}$$

式中,k 为介于 $[0,1]$ 区间上的灰数。关联度 γ_{ij} 是关联系数的算术平均值,用下式表示:

$$\gamma_{ij} = \frac{1}{n}\sum_{t=1}^{n}\xi_{ij}(t)$$

灰色关联度模型的计算结果显示了土地盐碱化与上述 6 项指标的关联度均很

大,γ_{ij} 在 0.86～0.91 之间分布,说明所选择的土地盐碱化危险度评价指标是正确的(见表 7-7)。

表 7-7　关联度分析结果

评价因子	地貌类型	潜水埋深	土壤全盐量	潜水矿化度	土壤质地	人为开发强度
关联度值(γ)	0.87	0.88	0.91	0.91	0.89	0.86
关联度(γ_{ij})	一般:$0.5 \leqslant \gamma_{ij} < 0.7$		较大:$0.7 \leqslant \gamma_{ij} < 0.85$		大:$0.85 \leqslant \gamma_{ij} \leqslant 0.10$	

2. 评价单元生成及信息提取

评价单元确定及其信息获取是评价的基础,对于专题图,每一个图件都只包含了单一的信息,为了实现对土地盐碱化危险度的综合评价,必须将多图层的信息综合在一个图层中,利用地理信息系统的叠加分析可以实现这一目的。

具体研究过程包括:将原始基础图件如地貌图、土壤图、地下水水位埋深图、地下水水化学图和土地盐碱化分布图等图形输入,并使其数字化。利用地理信息系统把空间数据和属性数据统一,建成空间数据库,使其既能定位图形单元的空间位置,又能体现和反映地理属性特征,即按着预先制定好的分类系统对地理实体进行量化。通过分类系统的特征编码,可以识别地理要素,便于计算机识别和处理。需要建立土壤状况空间数据库,包含成土母质及其类型标志码;地貌状况空间数据库,包括地貌类型及其地貌类型标志码;地下水状况数据库,包含水化学成分、潜水埋深两项;盐碱化类型空间数据库,包含盐碱化程度,以及类型标志码等。然后根据不同的目的,采用多边形叠置分析方法进行图层叠置和矢量化,通过图形编辑功能形成各种专题数字图件,例如,将地貌图与盐碱土分布图进行叠加,便可生成地貌类型与土地盐碱化关系图,将土壤类型图与盐碱土分布图进行叠加,可生成土壤质地与土地盐碱化关系图等。通过对专题图层的叠加,最终形成了生态环境综合图件,并建立了空间图形库和相应的属性库。

在这个综合图件中包含了数千个评价单元,而每一个评价单元都涵盖了地貌、土壤质地、潜水埋深、潜水化学成分、盐碱化轻重程度等属性。我们可以通过 GIS 从生态环境综合图中提取进行土地盐碱化危险度评价所需的数据。由于评价单元众多,可以随机提取一定量化的典型的样本评价单元提取评价数据。通过数字化图件可以有效地开展土地盐碱化与环境因素关系的研究。

本项研究将地貌图、土壤类型图、土壤质地、潜水埋深、潜水化学成分及盐碱土分布图进行叠加,生成了 1785 个单元,将其作为危险度评价的单元,在每个单元中都包含了上述图层中的属性信息。通过综合图层从每个评价单元中提取评价数据,也可从众多的评价单元中选择典型的训练样本单元(数据)供评价模型使用。

7.5.3　评价模型——人工神经网络的建立及应用

1. 模型结构与功能

经多边形叠加形成最终图层,其中包含了多种影响土地盐碱化的因素,他们之间的作用复杂,呈非线性关系,采用一般的方法很难阐明在各评价单元中,各要素对土地盐碱化的贡献率,这里选用多阶层人工神经网络-误差反向传播法,即人工神经网络模型(ANN-BP 模型),该模型具有评价、预测、预警、规划、决策等多方面的功能。

人工神经网络(artificial neural network)是指用大量与自然神经系统细胞相类似的人工神经元联结而成的网络,是应用工程技术、计算机手段模拟生物神经网络的结构和功能,实现知识并行分布处理的人工智能系统。它具有较高的建模能力和对数据良好的拟合能力,是一种模拟人脑机能的非线性系统,能够处理非线性的问题。它不需要强加某种理论框架来迎合实际问题的途径去建立输入输出关系,也不用假定各种苛刻的前提条件。只需输入实际样本值,网络就能通过自适应的学习机制来确定各变量复杂的非线性关系。

ANN-BP 模型的结构,通常由 3 层或 3 层以上的神经网络所构成,即输入层、中间层(隐含层)和输出层。输入层为 5 个节点,中间层为 9 个节点,输出层为一个节点。输入层 5 个节点分别代表土壤质地、地貌、潜水埋深、矿化度和社会经济压力。输出层则代表盐碱化发生的危险度(见图 7-18)。

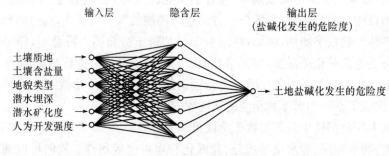

图 7-18　ANN-BP 模型结构

2. 模型训练

网络的执行过程分网络训练过程和模式识别过程。网络训练过程由正向传播、反向传播、记忆训练和学习收敛 4 个步骤组成。在正向传播过程中,输入信息从输入层经中间层逐层处理,并传往输出层,每层神经元的状态仅影响下一层神经元的状态,如果输出层没有得到期望的输出值,则转入反向传播,将输出值与期望值间的误差信息沿原路返回。通过修改各神经元的权值,减少误差,然后再循环进行,直至网络误差收敛到满意的值内为止。

经过学习训练的网络还需进行性能测试或检验,训练结束后,即可得到稳定的网络结构。继而进入模型识别过程,即将待识别样本的输入值输入学习训练好的神经网络模型中,利用已获得的稳定网络结构对样本进行识别。

为了进行样本训练,采用模糊聚类的方法对样本单元进行聚类,将土地盐碱化易发生的程度分为 5 类,即难发生盐碱化、较难发生盐碱化、易发生盐碱化、较易发生盐碱化、极易发生盐碱化的单元,分别代表安全、较安全、较危险、危险、极危险。作者在全区选择了 120 个典型的空间样本进行网络训练,其样本数据如表 7-8 所示。

表 7-8　人工神经网络样本简表

样本序号	地貌类型	土壤质地类型	钠离子含量/(cmol/kg)	潜水埋深/m	社会经济压力(级别)	盐碱化程度(级别)
1	36	6	80	<2.5	5	5
2	30	2	80	<2.5	4	5
3	36	5	80	<2.5	3	5
4	32	7	80	<2.5	5	5
5	30	7	80	<2.5	4	5
19	31	7	80	<2.5	5	5
20	32	7	80	<2.5	4	5
21	39	2	100	2.5~3.5	5	4
22	39	5	100	2.5~3.5	3	4
31	37	5	100	<2.5	4	4
32	30	6	100	3.5~5	5	4
33	32	5	100	3.5~5	3	4
40	31	2	100	3.5~5	4	4
41	35	8	100	3.5~5	2	4
43	31	0	80	2.5~3.5	5	3
44	32	7	60	<2.5	3	3
48	32	6	60	<2.5	2	3
49	32	5	40	3.5~5	3	3
50	32	7	40	3.5~5	2	3
51	32	6	40	<2.5	3	3
56	32	7	60	<2.5	4	3
57	32	6	60	5~10	2	3
61	32	6	60	5~10	3	3
62	32	7	60	5~10	1	3

样本序号	地貌类型	土壤质地类型	钠离子含量/(cmol/kg)	潜水埋深/m	社会经济压力(级别)	盐碱化程度(级别)
63	15	6	40	5～10	2	2
64	15	6	60	5～10	3	2
69	37	5	20	3.5～5	3	2
76	37	3	40	3.5～5	2	2
77	29	3	40	3.5～5	2	2
78	29	5	40	3.5～5	3	2
84	36	6	100	3.5～5	2	1
85	32	4	100	3.5～5	4	1
86	32	4	100	3.5～5	3	1
90	31	4	120	3.5～5	2	1
91	36	8	120	3.5～5	1	1
92	31	8	120	3.5～5	3	1
93	32	3	60	5～10	4	1
98	30	8	100	<2.5	3	1
99	30	2	60	<2.5	2	1
104	36	5	40	3	3	1
105	36	2	40	3	2	1
107	39	5	40	3	2	1
115	40	4	120	4	3	1
119	40	8	120	4	3	1
120	40	8	120	4	2	1

注:本表数据从120个样本中选出,避免样本数据全部罗列。

3. 模型检验

随机选取20个评价单元,输入模型进行检验,同时将这20个评价单元的实际盐碱化状况共同列于表7-9中,分析该模型的精度。从表7-9中可以看出,模型运算结果与实际情况相差极小,精度高达95%。因此,该模型完全可以应用于土地盐碱化危险度评价。

表7-9 人工神经网络模型精度检验数据表

模拟结果	5	5	4	5	4	3	2	5	1	2	3	5	5	4	2	1	3	4	5	3	1
实际状况	5	5	4	4	4	3	2	5	1	2	3	5	5	4	2	1	3	4	5	3	1
模型精度											95%										

4. 模型运算及图形数字化

将新图层中的各评价单元提取的信息,即各样本中的评价指标值,通过耦合模块输入 ANN-BP 模型中进行运算,这样便得到土地盐碱化危险度评价的数据文件。经耦合模块将该数据文件输回到 GIS 中,借助于 GIS 中的信息空间管理、模型分析和图形编辑等功能形成图形文件,输出后便是吉林西部土地盐碱化危险度评价数字图。该图反映了危险度的分区,各区的土地面积和各区土地所占全区土地面积的百分比。

7.5.4　评价结果分析

将从吉林西部平原土地盐碱化与形成要素综合图中各评价单元提取的数字信息输入已建立的 ANN-BP 模型进行模拟,可得到土地盐碱化危险度评价结果的数据文件,并纳入数据库进行管理。将数据文件输回至 GIS 中,借助于 GIS 中的信息空间管理、模型分析和图形编辑等功能形成并输出土地盐碱化危险度评价结果的图形文件,即吉林西部平原土地盐碱化危险度评价数字图,如图 7-19 所示。该图反映了危险度的级别和分区,以及各分区土地面积占全区土地面积的百分比,利用 GIS 统计分析功能可求出不同危险程度的土地面积(见表 7-10)。

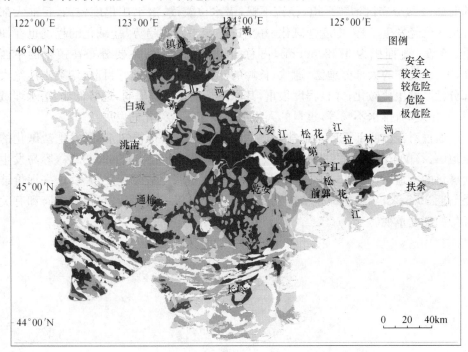

图 7-19　吉林西部土地盐碱化危险度评价数字化图

表 7-10　吉林西部平原土地盐碱化危险度评价结果

分级	危险度	面积/km²	比例/%
1	安全	5155.90	10.97
2	较安全	5242.55	11.15
3	较危险	11241.48	23.92
4	危险	15608.75	33.21
5	极危险	9752.50	20.75
	合计	47001.18	100

　　从评价结果可以看出,该区 1 级土地的面积为 5155.90km²,占吉林西部平原总面积的 10.97%,主要分布在通榆、长岭的沙丘、沙垄顶部及嫩江、松花江沿岸。2 级土地面积为 5242.55km²,占总面积的 11.15%,主要分布在低山丘陵的洮南市西北部及洮儿河冲积扇顶部、前郭的东南部、扶余的南部,该类地区潜水埋藏深,地表径流通畅。3 级土地面积为 11241.48km²,占总面积的 23.92%,主要分布在洮儿河两岸,嫩江、松花江沿岸阶地,如镇赉、大安、扶余等,此外还有长岭县东南部。3 级土地具有盐碱化发生的潜在条件,如果出现植被破坏、不合理灌溉造成潜水位上升等情况,便有可能发生盐碱化。4 级土地面积为 15608.75km²,占总面积的 33.21%,主要分布在洮南市的南部、通榆县东北部、乾安东部、前郭西部及长岭县的北部,4 级分布区地势平坦,径流不畅,潜水位较浅,潜水矿化度较高,目前大部分地区已经发生了轻、中度盐碱化,并呈进一步扩展的趋势,盐碱化的程度也在加重。5 级土地面积为 9752.50km²,占总面积的 20.75%,主要分布在镇赉的中西部,大安、乾安的大部分地区,通榆、长岭的沙丘-沙垄间洼地。目前,该类土地绝大部分已经发生盐碱化,并且程度很重,其原因是生态环境脆弱,地势低洼,潜水埋藏浅,矿化度高,排水不畅等,过量的人为活动加速了盐碱化的发展。

　　通过对吉林西部平原土地盐碱化危险度的定量评价得知,不易发生盐碱化的土地(1、2)仅占总面积的 22.12%,较危险的盐碱化土地(3)占 23.92%,容易发生盐碱化的土地(4,5)占 53.96%。可见该区土地盐碱化危险程度很大,这一评价结果与近 20 年来,土地盐碱化快速发展的实际情况相一致,应引起各级政府和有关部门的高度重视。

第8章　土壤地球化学研究

8.1　土壤类型与分布

吉林西部平原土地生态环境由东南向西北呈逐渐变化趋势,如降水递减、气温递增,植被由森林草甸草原到草甸草原,成土母质由黏质转变为沙质,土壤 pH 和石灰含量递增等。结合 1988 年《白城土壤》,应用 MAPGIS 软件绘制了吉林西部地区 20 世纪 80 年代土壤类型分布图,如图 8-1 所示(见文后彩图)。从图中可以看出,土壤的分布规律也相应由东南向西北呈规律性变化。东南部为波状台地,是森林和草甸草原的过渡带,土壤形成主要受腐殖质积累的影响,为该区唯一的黑土分布区;中部为微波状起伏台地及高平地,气候较东部偏干旱,具有典型的草甸草原特

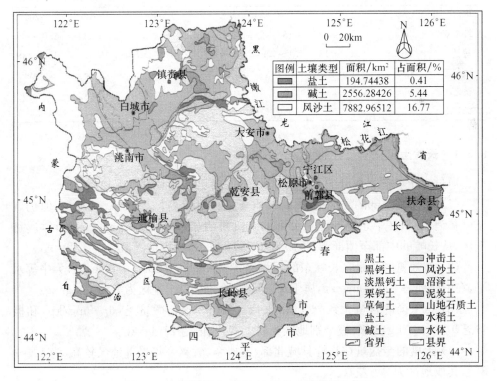

图 8-1　吉林西部 20 世纪 80 年代土壤类型分布图

点,是黑钙土和淡黑钙土的主要分布区;在该区西北部大兴安岭东麓山前台地上,因气候更干旱,为栗钙土的主要分布区;在低平原和江河沿岸则分布着盐土、碱土、冲积土、草甸土、沼泽土、泥炭土、风沙土等,呈带状或点片状穿插于全区各主要土类中。

8.2　土壤化学成分的水平分布

为了研究土壤有机质、有效氮、速效磷、速效钾、全盐量、碱化度、总碱度等化学成分的水平分布规律,作者将各类土壤测试组分进行了综合分析,并将其与全国第二次土壤普查中土壤养分的分级标准(见表 8-1)相对比,得出各成分的水平分布规律,这对全面了解土壤的养分及盐碱成分的分布状态及进行农业生态建设和生态环境保护具有重要意义。下面以长岭和大安为例,分析其土壤化学成分的水平分布规律。

表 8-1　全国第二次土壤普查土壤养分含量分级标准

级　别	有机质/%	全氮(N)/%	全磷(P)/%	全钾(K)/%	有效氮 /(mg/kg)	速效磷 /(mg/kg)	速效钾 /(mg/kg)
1 丰富	>4	>0.2	>0.2	>3	>150	>40	>200
2 较丰富	3～4	0.15～0.2	0.15～0.2	2.0～3.0	120～150	20～39	150～199
3 适量	2～3	0.1～0.15	0.1～0.15	1.5～2.0	90～119	10～19	100～149
4 微贫乏	1～2	0.075～0.1	0.07～0.1	1.0～1.5	60～89	5～9	50～99
5 贫乏	0.6～1	0.05～0.075	0.04～0.07	0.5～1.0	30～59	3～4	30～49
6 极贫乏	<0.6	<0.05	<0.04	<0.5	<30	<3	<30

8.2.1　长岭土壤化学成分的水平分布规律

通过对土壤化学成分的分析可以看出,长岭县土壤具有以下规律:

(1) 在长岭东部的局部地区,有机质含量相对较高,为 1.5%～2.0%,但仍属于微贫乏水平;在中东部地区土壤中的有机质明显下降,为 0.75%～1.5%,属贫乏区;从长岭的中部至西部,有机质为 0.75% 以下,为极贫乏区。

(2) 有效氮的含量在长岭东部、西南部较高,其值为 100～120mg/kg,为中等水平,在中西部为 40～60mg/kg,属于贫乏状态;个别极贫乏地区为 20～40mg/kg。

(3) 速效磷的含量大致分为适量(12～15mg/kg)、微贫乏(6～9mg/kg)和极贫乏(0～3mg/kg)3 级,极个别地区为较丰富,其值为 21mg/kg。

(4) 土壤的全盐量在长岭县城北部、七撮乡、大兴乡等局部地区较高,为 4%～8%,其他地区为 2% 左右。

(5) 总碱度中西部明显高于东部,土壤类型为苏打盐土。碱化度在长岭有较明显的分界线,西部的土壤类型为苏打碱土-苏打重碱化土壤,中部为苏打中-弱碱化土壤,东部为苏打弱碱化土壤。

研究表明,长岭的土壤都处于养分缺乏和盐碱含量过高的状况,土壤中的钾并不缺乏,土壤环境质量东部要好于西部。

8.2.2　大安市土壤化学成分的水平分布规律

通过对土壤化学成分的分析可以看出,大安的土壤具有以下规律:

(1) 西北局部地区有机质含量较高,其值大于 3%,属于适量区,其他地区为 0.5%～2.0%,处于贫乏和极贫乏状态。

(2) 有效氮的含量分布与有机质相似,大部分为 60～90mg/kg、30～60mg/kg,分别属于微贫乏和贫乏区,少数地区范围值为 120～150mg/kg,属适量水平。

(3) 大部分地区的速效磷含量为 5～10mg/kg、0～5mg/kg,属贫乏-极贫乏区,个别地区大于 15mg/kg,为适量水平。

(4) 速效钾的含量大致分 3 级,高含量区大致呈北东—南西条带状分布,其数值分别为 140～180mg/kg、100～140mg/kg 和 40～100mg/kg,分别属于较丰富、适量和微贫乏状态,少数地区为 20～40 mg/kg,为贫乏区。

(5) 全盐量大于 5% 的地区,呈北东南西条带状分布,其他地区为 1%～4% 或小于 1%,全区表土层全盐量很高或较高,为苏打盐土、苏打重盐化土壤、苏打中盐化土壤。

(6) 总碱度的分布规律与全盐量比较相似,分为重、中、轻 3 级,分别为 60～90mg/100g、10～60mg/100g 和小于 10mg/100g。碱化度可分为 4 组,分别为 50%～80%、30%～50%、20%～30% 和 0～10%,与之相应的土壤类型为苏打碱土、苏打重碱化土壤、苏打中弱化土壤和苏打弱碱化土壤。苏打碱土和苏打重碱化土壤主要分布在大安的北、西、南 3 个地区,东北部碱性相对较轻,但也属于苏打弱碱化土壤。

总体看来,以长岭、大安为代表的吉林西部地区,表土层的全盐量、总碱度和碱化度都较高,可分为轻、中、重 3 级。轻度一级的面积约占 30% 左右,重度一级的面积在 20%～40% 之间波动。土壤中的有机质、有效氮,除少数地区外较高外,都处于极度缺乏的状态下,全磷和速效磷也属于缺乏和严重缺乏的状况,而钾的含量在碱土中相对富集,处于相对过剩的水平。

8.3　土壤化学成分的垂直分布

8.3.1　土壤化学成分剖面图的制作

调查发现,吉林西部地区在 2m 以内的土层中盐碱含量复杂多变,它们对地表作物和草被的生长有不同程度的影响,甚至形成一种潜在的盐碱灾害。只有通过土壤地球化学的勘探工作,才能揭示土层中盐碱成分的分布规律,为农业生态建设提出科学依据。

作者分别在大安、长岭、洮南、通榆等地开展了土壤采样和测试工作,共挖土壤剖面 50 个,深度一般为 1.6～2.0m。对剖面进行分层取样,每 20cm 取样一个,共取得单层土样 210 个。根据中国土壤学会农业化学专业委员会主编的《土壤农业化学常规分析方法》(1983 年)进行土壤养分和可溶盐的测试,项目包括 K^+、Na^+、Ca^{2+}、Mg^{2+}、Cl^-、SO_4^{2-}、HCO_3^-、CO_3^{2-}、NO_3^-、NO_2^-、pH、可溶盐含量 12 项。

将每个土壤剖面的测试数据分为阴、阳离子两组,即阳离子为 K^+、Na^+、Ca^{2+}、Mg^{2+},阴离子为 CO_3^{2-}、HCO_3^-、SO_4^{2-}、Cl^-。将测试数据绘制成土壤剖面图如图 8-2、图 8-3 所示(见文后彩图),剖面图的横坐标表示 100g 土壤中离子的浓度,纵坐标表示深度;左侧曲线图中横坐标为土壤全盐量(%),与土壤剖面的横坐标相平行,纵坐标为土壤采样深度,以 cm 表示。

8.3.2　土壤剖面的地球化学研究

通过对化验数据和土壤剖面图进行分析研究,可将土壤剖面全盐量分布的形态分为 T 字形、正梯形、倒梯形和柱形 4 种类型,具体土壤剖面分布及形态如表 8-2 所示。

1. T 字形剖面

T 字形剖面表示在表土层(20～30cm)中盐碱含量很高,往往为苏打盐土或苏打碱土,在其下部,土壤的盐碱含量很低,属于非盐土或轻盐土,表明土壤多处于盐碱化发展的轻度阶段。此类土壤有开发利用潜力,只要加强保护措施,土地质量不会恶化。以大安土壤剖面 F6 为例进行分析,取样地为大安市龙沼镇太平村西太平屯西北方向的荒地,土壤类型属于盐碱化淡黑钙土,剖面由上到下分 5 层,各层描述记录如下(见表 8-3):

S33-1:0～13cm,碱土层,有植物根系。

S33-2:13～25cm,暗黑色土壤层,夹有白钙土斑点。

S33-3:25～52cm,过渡带,颜色变浅、变黄,夹有断续黑斑沉积层,白钙土增多,且面积增加。

S33-4:52～90cm,有植物根系发育,土壤为粉砂状黄土,夹有大块状黄白土。

S33-5:90～118cm,为黄土层。

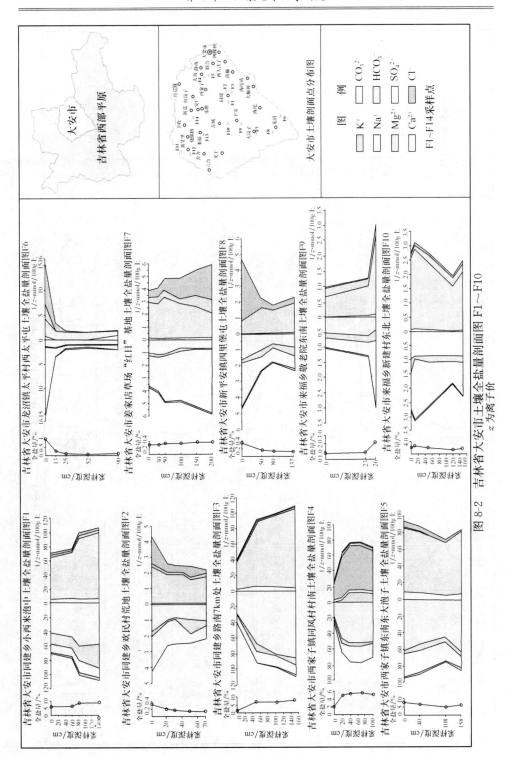

图 8-2　吉林省大安市土壤全盐量剖面图 F1~F10

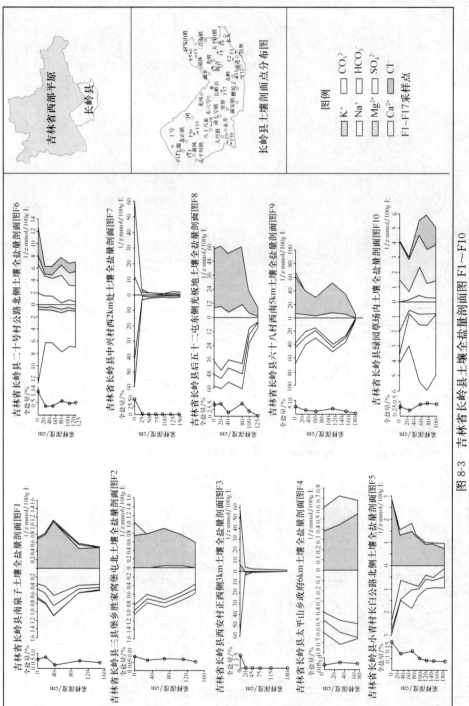

图 8-3 吉林省长岭县土壤全盐量剖面图 F1~F10
z 为离子价

表 8-2　土壤剖面分布及形态

剖面号	地　点	剖面形态	剖面号	地　点	剖面形态
	吉林省长岭县		F3	同建乡路南 7km 处	正梯形
F1	南泉子	倒梯形	F4	两家子镇同凤村村南	正梯形
F2	三县堡乡胜家窝堡屯北	倒梯形	F5	两家子镇东南东大泡子	柱形
F3	西安村正西侧 3km 处	柱形	F6	龙沼镇太平村西太平屯	T 字形
F4	太平山乡政府 6km 处	柱形	F7	姜家店草场"红日"基地	正梯形
F5	小青村长白公路北侧	倒梯形	F8	新平安镇四里堡屯	倒梯形
F6	二十号村公路北侧	柱形	F9	来福乡敬老院东南	正梯形
F7	中兴村西 2km 处	T 字形	F10	来福乡新建村东北	倒梯形
F8	后五十二屯东侧光板地	柱形	F11	大岗乡西大泡子荒地	柱形
F9	六十八村西南 5km 处	柱形	F12	龙沼镇江王泡子荒地	柱形
F10	绿园草场内	正梯形	F13	新艾里乡末开垦地	倒梯形
F11	巨宝山镇砂场	柱形	F14	新艾里乡民生村水田	柱形
F12	西安村水田北边的荒草地	T 字形		吉林省洮南市	
F13	号宝村东北 1.5km 处碱地	T 字形	S1	大通乡九家子屯西	T 字形
F14	东岭农场西南村林子	倒梯形	S2	大通乡新发堡南	T 字形
F15	东岭农场西南 1.5km 处	T 字形	S3	大通乡李荣屯南	倒梯形
F16	十三泡子光板地上	T 字形	S4	大通乡亲立屯	正梯形
F17	距六十八村正西 3.5km	倒梯形	S5	大通乡霍家段西	T 字形
	吉林省大安市		S6	大通乡富乐村一队	柱形
F1	同建乡小西米泡中	正梯形	S7	大通乡四海屯	T 字形
F2	同建乡欢民村荒地	倒梯形			

表 8-3　T 形剖面代表——大安 F6 剖面特征分析表

编号	深度 /cm	全盐量 /(mg/kg)	pH	可溶盐分/(mg/100g)							
				K^-	Na^-	Ca^{2-}	Mg^{2-}	Cl^-	SO_4^{2-}	HCO_3^-	CO_3^{2-}
S33-1	0～13	1032.99	9.79	1.97	316.99	29.09	1.7	290.34	150	220.88	20.7
S33-2	13～25	253.2	8.49	1.01	48.08	31.46	0.97	52.47	5.0	104.95	1.8
S33-3	25～52	141.19	8.57	0.8	11.97	22.84	1.46	1.64		91.52	1.8
S33-4	52～90	120.39	8.57	1.33	11.27	17.23	1.94	2.48		84.2	1.8
S33-5	90～118	147.99	8.84	1.81	18.14	18.84	2.68	2.13		101.9	2.4

　　从表 8-3 中数据可以看出,T 形剖面中全盐量和 pH 随深度增加而减小,表层全盐量很高,与下层相比减小幅度很大,越往下越趋于平缓。说明此类土壤的盐碱聚于表层,属于初期盐碱化阶段,可通过生物改良或更换表层土壤等措施进行治理。属于 T 形土壤剖面的有长岭土壤剖面 F7、F12、F13、F15、F16,大安土壤剖面 F6,洮南大通乡 S1、S2、S5、S7 等。

　　2. 正梯形剖面

　　正梯形,即土壤的盐碱含量由表层向下层呈现增高趋势,同时整个剖面盐碱含量均很高。这是一类盐碱化程度较重或很重的土壤,一般都属于低产田,或为盐碱撂荒地。正梯形以大安土壤剖面 F1 为例,取样地为大安市同建乡干涸的小西米泡,土壤类型属于草甸淡黑钙土(见表 8-4)。

S26-1:0～60cm,深灰色粉沙质淤泥。

S26-2:60～80cm,过渡层。

S26-3:80～140cm,潜育浅灰色粉沙质淤泥,局部夹有呈竖条深灰色冲积淤泥。

S26-4:140～225cm,中灰色淤泥质黏土,土质坚硬,呈蒜瓣结构。

表 8-4　正梯形剖面代表——大安 F1 剖面特征分析表

编号	深度 /cm	全盐量 /(mg/kg)	pH	可溶盐分/(mg/100g)							
				K^+	Na^+	Ca^{2+}	Mg^{2+}	Cl^-	SO_4^{2-}	HCO_3^-	CO_3^{2-}
S26-1	0～60	5319.27	10.05	4.17	298.91	846.49	182.34	79.14	70.0	3706.78	131.12
S26-2	60～80	5977.38	10.1	2.92	255.43	985.34	207.75	29.78	60.0	4299.87	135.92
S26-3	80～140	8052.67	10.08	2.45	328.9	1283.36	260.53	36.51	70.0	5939.39	131.12
S26-4	140～225	9268.63	10.1	3.02	471.04	1827.61	328.33	52.82	65.0	6362.85	157.53

正梯形剖面测试数据表明,全盐量数值很高,由表层向下层呈递增趋势,各类离子也按此趋势发展。pH 数值偏大,明显呈碱性,各层变化幅度不大。该类型的土壤往往盐碱化程度很重,不适合作物生长。属于正梯形的土壤剖面有长岭 F10,大安 F1、F3、F4、F7、F9,洮南大通乡 S4 等。

3. 倒梯形剖面

倒梯形剖面也属于盐碱含量较高的剖面,土壤质量较差或很差,呈现出上宽下窄的现象。倒梯形以长岭土壤剖面 F2 为例,取样地为长岭县三县堡胜家窝堡屯北玉米地,土壤类型为砂质黑钙土(见表 8-5)。

S15-1:0～30cm,顶层为厚约 10cm 的灰黑色黏土,下为灰黄色黏土,比较硬。

S15-2:30～110cm,以灰黄色粉砂土为主,中间见块状粉砂黏土。

S15-3:110～140cm,黄色粉砂黏土,夹斑点状灰黑色粉砂黏土,比较松散。

S15-4:140～200cm,为黄色粉砂土,比较松散。

表 8-5　倒梯形剖面代表——长岭 F2 剖面特征分析表

编号	深度 /cm	全盐量 /(mg/kg)	pH	可溶盐分/(mg/100g)							
				K^+	Na^-	Ca^{2+}	Mg^{2+}	Cl^-	SO_4^{2-}	HCO_3^-	NO_3^-
S15-1	0～30	87.54	7.9	0.55	2.15	18.24	2.31	0.71	15.0	44.54	4.0
S15-2	30～110	74.42	8.43	0.55	2.15	13.23	1.46	0.35	0	46.37	
S15-3	110～140	68.4	8.40	0.72	2.46	15.63	0.97	0.71	0	54.86	0.5
S15-4	140～200	48.53	8.28	0.61	1.92	8.62	1.94	0.71	0	34.17	0.5

　　倒梯形剖面与正梯形剖面的特征正好相反,各层全盐量呈逐层递减趋势,与 T 形剖面不同的是,这类剖面各层全盐量变化幅度平缓。属于倒梯形土壤剖面的有长岭 F1、F2、F5、F14、F17,大安 F2、F8、F10、F13,洮南大通乡 S3 等。通常具有这类剖面特征的土地为中度盐碱化土地,作物产量不高。

　　4. 柱形剖面

　　柱形剖面表示土壤的盐碱含量上下变幅不大,盐碱化程度较重,一般分布在微地形较高部位,呈较大片斑状分布,对耕作和作物生长发育不利。

　　柱形以长岭土壤剖面 F8 为例,取样地为长岭县后五十二屯东侧光板地,土壤类型为盐碱化草甸土(见表 8-6)。

　　S40-1:0～20cm,灰色黏土。

　　S40-2:20～40cm,浅灰色黏土。

　　S40-3:40～80cm,浅灰色黏土,夹有透镜状粉砂。

　　S40-4:80～100cm,粉砂质土,稍硬,有明显的白色砂层。

　　S40-5:100～125cm,粉砂质黏土,与下层有明显界线。

表 8-6　柱形剖面代表——长岭 F8 剖面特征分析表

编号	深度 /cm	全盐量 /(mg/kg)	pH	可溶盐分/(mg/100g)							
				K^-	Na^-	Ca^{2-}	Mg^{2-}	Cl^-	SO_4^{2-}	HCO_3^{2-}	CO_3^{2-}
S40-1	0～20	4473.67	10.09	1.72	226.19	759.72	136.11	41.12	20.0	3038.65	249.08
S40-2	20～40	4614.04	9.99	1.67	192.86	909.42	85.92	12.41	5.0	3128.95	277.29
S40-3	40～80	4282.1	9.96	2.0	266.67	728.25	86.04	6.74	5.0	3039.87	146.75
S40-4	80～100	4704.81	9.89	1.22	304.76	818.83	89.81	6.47	0	3056.95	336.41
S40-5	100～125	1618.7	9.85	2.33	161.9	196.79	65.38	5.67	0	1065.97	120.4

　　柱形剖面各土层全盐量和 pH 变化幅度不大,一般属于中或重度盐碱化土地,在吉林西部地区分布广,不易治理。属于柱形的土壤剖面有长岭 F3、F4、F6、F8、F9、F11,大安 F5、F11、F12、F14,洮南大通乡 S6 等。

　　在剖面样品中还有一种土壤剖面,其表土的碱化度并不很高,为 0.3％～0.5％或 0.5％～1.0％。但是在心土层碱化度很高,为 40％～60％、60％～80％,pH 在 10～10.5 左右。这是因为在水的参与下,通过脱盐作用逐渐形成的碱化层。这类碱土与前一类不同,它们分布于地形略高,而排水条件较好的地区,如长岭的 F6(柱形剖面)、大安的 F9(正梯形)等均属之。

　　总体上,在大安、长岭这 31 个剖面中,盐碱化程度轻、易治理的 T 形与正梯形剖面占 38.7％,中、重度盐碱化土地的代表剖面倒梯形和柱形剖面占 61.3％。从剖面样品分析看,吉林西部地区土地盐碱化程度较重,分布面积广,急需治理。

8.4　土壤化学成分的聚类研究

　　聚类分析是将一批样品或变量按照它们在性质上的亲疏程度进行分类的一种方法。根据分类对象的不同,聚类分析分为 Q 型和 R 型两大类,Q 型是对样本进行分类处理,R 型是对变量进行分类处理。在进行土壤化学成分的水平和垂直分布特征研究后,为了定量化地将土壤化学成分进行分类,研究其总体分布规律,本次采用 SPSS 软件包中的 Q 型聚类模型对研究区土壤营养成分和全盐量分别进行多因子和单因子系列聚类分析。

8.4.1　土壤测试数据的统计分析

　　在进行生态环境调查的基础上,作者在大安市和长岭县分别采集了有代表性的 83 个表土土样(30cm 以内),进行了土壤营养成分及可溶盐的有关项目的测试。营养成分包括有机质、全氮(N)、全磷(P)、全钾(K)、有效氮、速效磷、速效钾 7 项。可溶盐包括全盐量、总碱度、残余碳酸钠、碱化度、pH 等 18 项。对全部化验数据进行了统计,通过 SPSS 软件计算,获得了 12 项因子的最小值、中间值、最大值和均值,可供研究时参考(见表 8-7)。

表 8-7　吉林西部大安、长岭土壤样品化验结果

市县	分类	有机质/%	全氮/%	全磷/%	全钾/%	有效氮/(mg/kg)	速效磷/(mg/kg)	速效钾/(mg/kg)	总碱度/(mg/100g)	残余碳酸钠/(mg/100g)	全盐量/%	碱化度/%	pH
大安	最小值	0.20	0.025	0.017	1.90	9.6	0.4	65.5	0.59	0.07	0.08	10.65	7.72
	中间值	1.06	0.069	0.037	2.21	42.9	7.0	131.0	6.35	2.03	1.41	29.78	9.46
	最大值	3.59	0.21	0.063	3.32	186.8	34.0	186.8	107.00	12.54	8.96	90.84	10.39
	均值	1.27	0.082	0.038	2.22	52.8	8.8	124.1	27.55	3.32	2.58	40.54	9.24
长岭	最小值	0.20	0.021	0.013	1.96	18.80	0.4	41.6	0.38	0.03	0.04	3.82	6.26
	中间值	0.97	0.065	0.025	2.17	59.60	4.0	69.5	1.50	1.58	0.17	17.52	8.37
	最大值	1.96	0.126	0.042	2.43	163.8	72.0	207.9	96.55	72.50	12.20	99.39	11.59
	均值	1.02	0.069	0.026	2.19	61.22	76.0	75.9	14.79	6.43	1.43	46.25	8.61

续表

市县	分类	有机质/%	全氮/%	全磷/%	全钾/%	有效氮/(mg/kg)	速效磷/(mg/kg)	速效钾/(mg/kg)	总碱度/(mg/100g)	残余碳酸钠/(mg/100g)	全盐量/%	碱化度/%	pH
总体	最小值	0.2	0.021	0.013	1.9	9.6	0.4	41.6	0.38	0.03	0.04	3.82	6.26
	中间值	0.98	0.068	0.03	2.2	53.4	6	84.3	2.62	1.9	0.3	24.74	8.84
	最大值	3.59	0.207	0.063	3.3	15.9	34	207.9	107	12.54	12.0	94.77	11.59
	均值	1.14	0.075	0.032	2.2	54.2	7.5	99.2	20.29	3.11	1.92	31.64	8.89

通过对比大安和长岭土样中这 12 项因子的化验结果可以看出,除有效氮、速效磷、残余碳酸钠、碱化度以外,大安各项因子均值高于长岭。最大值和中间值通常也高于长岭,而最小值一般都出现在长岭。将大安和长岭与总体对照可以看出,长岭各项因子的最小值与总体最小值较吻合,大安各项因子最大值与总体最大值较吻合,说明土壤各因子的极大值多分布在大安,而极小值则多分布在长岭。

8.4.2 土壤养分聚类分析

运用 SPSS 软件分别对大安、长岭的土壤进行多因子和单因子聚类分析,得到图 8-4 和表 8-8、表 8-9。图中横坐标表示距离,本次研究聚类均采用最小方差法,距离测度方法采用欧几里得距离,纵坐标表示样本编号。

从聚类树形图可以得出,土壤养分的多因子聚类划分为 4 类。Ⅰ类属于适量,Ⅱ类属于微贫乏,Ⅲ类属于贫乏,Ⅳ类属于极贫乏,分别对应表 8-1 中的 3、4、5、6这 4 个级别,即该区无营养成分丰富和较丰富两类土壤。此外,还做了有机质与有效氮的聚类分析,结果表明两者多处于微贫乏和贫乏的状态。

表 8-8 中各因子的数值分别代表对应聚类结果中各级别的平均值,最后一行的"分级类别"对应表 8-1 中土壤养分含量分级。根据土壤养分多因子聚类结果,可将大安市土壤分为 4 类,各项因子的平均值按照分类呈现由高到低的变化顺序,对应土壤养分级别由适量到极贫乏变化。其中适量-微贫乏类占大安样品总数的40%,贫乏类占 15%,贫乏-极贫乏类占 10%,极贫乏类占 35%。长岭也相应分为4 类,土壤养分由微贫乏到极贫乏转变。其中微贫乏类占长岭样品总数的 16.3%,微贫乏-贫乏类占 44.2%,贫乏类占 23.25%,极贫乏类占 16.27%。

两市县各因子总体聚类结果分为 3 类,土壤养分由适量向贫乏转变,适量-微贫乏类占样品总数的 19.28%,微贫乏类占 38.55%,贫乏类占 42.17%。从全钾和速效钾聚类结果可以看出,两者均处于较丰富到适量状态,因而,在进行分级类别划分时没有考虑全钾和速效钾的影响。

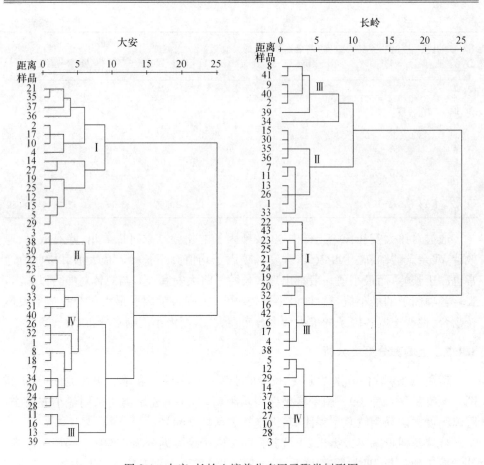

图 8-4　大安、长岭土壤养分多因子聚类树形图

表 8-8　土壤养分多因子聚类分析结果

分析因子	两市县总体(样品数:83)			大安(样品数:40)				长岭(样品数:43)			
	I (16)	II (32)	III (35)	I (16)	II (6)	III (4)	IV (14)	I (7)	II (19)	III (10)	IV (7)
有机质/%	2.04	1.13	0.89	1.98	0.93	0.81	0.6	1.81	1.15	0.642	0.42
全氮/%	0.127	0.076	0.063	0.120	0.064	0.057	0.049	0.113	0.073	0.055	0.033
全磷/%	0.048	0.041	0.033	0.050	0.044	0.031	0.022	0.033	0.027	0.023	0.020
全钾/%	2.25	2.22	2.21	2.52	2.28	2.21	2.14	2.296	2.177	2.168	2.086
有效氮/(mg/kg)	86.55	65.65	52.37	80.50	43.90	33.20	29.96	83.86	63.16	49.95	29.41
速效磷/(mg/kg)	14.51	9.43	4.95	20.17	9.67	8.25	2.99	22.89	6.91	4.68	2.76

续表

分析因子	两市县总体(样品数:83)			大安(样品数:40)				长岭(样品数:43)			
	Ⅰ(16)	Ⅱ(32)	Ⅲ(35)	Ⅰ(16)	Ⅱ(6)	Ⅲ(4)	Ⅳ(14)	Ⅰ(7)	Ⅱ(19)	Ⅲ(10)	Ⅳ(7)
速效钾/(mg/kg)	124.8	99.17	54.44	164.95	137.71	109.19	75.03	124.77	70.37	46.73	32.84
分级类别	3~4	4	5	3~4	5	5~6	6	4	4~5	5	6

表 8-9 土壤养分单因子分析结果

(a)

因子	两市县总体			大安			长岭		
	Ⅰ(28)	Ⅱ(24)	Ⅲ(31)	Ⅰ(10)	Ⅱ(11)	Ⅲ(19)	Ⅰ(7)	Ⅱ(18)	Ⅲ(18)
有机质/%	3.43	1.73	0.78	3.84	1.84	0.79	1.72	1.11	0.56
分级类别	2	4	5	2	4	5	4	5	6

(b)

因子	两市县总体			大安			长岭		
	Ⅰ(28)	Ⅱ(36)	Ⅲ(19)	Ⅰ(12)	Ⅱ(13)	Ⅲ(15)	Ⅰ(5)	Ⅱ(22)	Ⅲ(16)
有效氮/%	86.9	60.2	30.5	82.2	40.3	21.6	108.3	67.5	36.4
分级类别	4		5	4	5	6	3	4	5

有机质和有效氮的单因子聚类结果都分为 3 类,对有机质来说,大安的土壤处于较丰富到贫乏状态,25%的样品属于适量,27.5%的样品属于微贫乏,47.5%的样品属于贫乏。长岭处于微贫乏到极贫乏状态,16.28%的样品属于适量,41.86%的样品属于微贫乏,41.86%的样品属于贫乏。两市县总体处于较丰富到微贫乏状态,33.73%的样品属于较丰富,28.92%的样品属于微贫乏,37.35%的样品属于贫乏。

对有效氮来说,大安的土壤处于微贫乏到极贫乏状态,30%的样品属于微贫乏,32.5%的样品属于贫乏,37.5%的样品属于极贫乏。长岭处于适量到贫乏状态,11.63%的样品属于适量,51.16%的样品属于微贫乏,37.2%的样品属于贫乏。两市县总体处于微贫乏到贫乏状态,77.1%的样品属于微贫乏,22.9%的样品属于贫乏。

通过土壤养分聚类和背景资料分析可以得到以下结果:①在所有样品中,全钾和速效钾都处于较丰富或适量的状态,西部地区基本上不存在缺钾问题,这是因为在盐分富集的碱性环境中有利于钾的富集。②土壤中的有机质、全氮和有效氮除个别样品外均处于贫乏或极贫乏的状态。③结合聚类分级的样品数,可以看出,仅有 30%的样品处于适量和微贫乏状态,约有 70%样品处于贫乏和极贫乏的状态。④将分析结果与统计资料相比发现,土壤养分较 20 世纪 80 年代明显下降,由原来较丰富到适量下降为现在的微贫乏到贫乏,普遍下降 1~2 个级别。⑤通过聚类结果和野外考察结果相比较,样品化验数据的聚类结果与采样点的生态环境相一致。第Ⅰ类的样品多采自生态环境较好的草地和耕地,第Ⅲ、Ⅳ类样品多采自生态环境十分恶劣的沙碱土、荒地、盐碱地和盐碱光板地,第Ⅱ类的样品为两者的过渡环境,即碱地、沙地、林地、荒草地等。

8.4.3 土壤可溶盐的聚类分析

参加聚类分析的可溶盐项目包括全盐量、总碱度、残余碳酸钠、碱化度和 pH 共 5 项指标,除了进行多因子聚类分析外,还对全盐量和碱化度进行了单因子分析。聚类树形图如图 8-5 所示。因为可溶盐分类级别没有相关标准,根据经验将分类基准定为轻、中、重三级(见表 8-10 和表 8-11)。

表 8-10　可溶盐多因子聚类分析结果

分析因子	两市县总体(样品数:83)		大安(样品数:40)				长岭(样品数:43)		
	Ⅰ(55)	Ⅱ(28)	Ⅰ(16)	Ⅱ(9)	Ⅲ(11)	Ⅳ(4)	Ⅰ(28)	Ⅱ(6)	Ⅲ(9)
总碱度/(mg/100g)	5	59	1.90	5.76	49.71	94.33	1.23	13.01	58.13
残余碳酸钠/(mg/100g)	6.05	0.94	9.22	3.95	1.63	0.25	11.77	1.55	0.02
全盐量/%	4.64	0.63	7.83	4.26	0.77	0.32	5.63	1.12	0.14
碱化度/%	56.67	23.33	83.32	33.46	24.26	21.93	129.51	52.40	18.31
pH	10.11	8.9	10.03	9.11	7.68	7.05	10.05	9.90	7.87
分级	重	中	重	中			轻	重	中	轻

表 8-11　可溶盐单因子聚类分析结果

(a)

因子	两市县总体			大安			长岭		
	Ⅰ(23)	Ⅱ(21)	Ⅲ(39)	Ⅰ(20)	Ⅱ(11)	Ⅲ(9)	Ⅰ(17)	Ⅱ(10)	Ⅲ(16)
全盐量	9.78	4.71	0.43	7.57	4.26	0.61	4.47	1.22	0.25
分级	重	中	轻	重	中	轻	重	中	轻

(b)

因子	两市县总体			大安			长岭		
	Ⅰ(30)	Ⅱ(19)	Ⅲ(34)	Ⅰ(17)	Ⅱ(11)	Ⅲ(12)	Ⅰ(15)	Ⅱ(16)	Ⅲ(12)
碱化度	82.55	33.9	13.90	81.48	46.63	20.88	86.12	30.54	11.62
分级	重	中	轻	重	中	轻	重	中	轻

表 8-10 中Ⅰ、Ⅱ、Ⅲ、Ⅳ级别是聚类分析的分级结果,分别对应聚类树形图中的级别,表中数据代表各类别平均值。因为土壤中的营养成分与可溶盐含量呈反比关系,故土壤可溶盐的聚类分析结果与营养成分聚类分析结果相反,即Ⅰ、Ⅱ、Ⅲ、Ⅳ类分别为重、中、轻,其中Ⅲ和Ⅳ类都代表"轻"的级别,对应环境则为坏、中、好。大安按土壤可溶盐监测结果可以分为 4 类,Ⅰ类表示重度,土壤环境质量差,占大安样品总数的 40%;Ⅱ类表示中度,环境质量一般,占样品总数的 22.5%;Ⅲ

类与Ⅳ类表示轻度,环境质量好,占 37.5%。长岭分为 3 类,分别代表重、中、轻三级,各占 65.11%、13.95%和 20.93%。两市县总体多因子聚类分为两类,对应重和中两级,重度占总样品数的 66.27%,中度占 33.73%。综合以上分析,可以看出吉林西部土壤环境质量较为恶劣。

单因子聚类大安、长岭和两市县总体都分为 3 类,分别对应环境质量差、中、好。对全盐量而言,大安土壤环境质量差的样品占 50%,中等占 27.5%,好的占 22.5%;长岭土壤环境质量差的样品占 39.5%,中等的占 23.3%,好的占 37.2%。代表两市县总体土壤环境质量差的样品占 27.7%,中等的占 25.3%,好的占 47%。

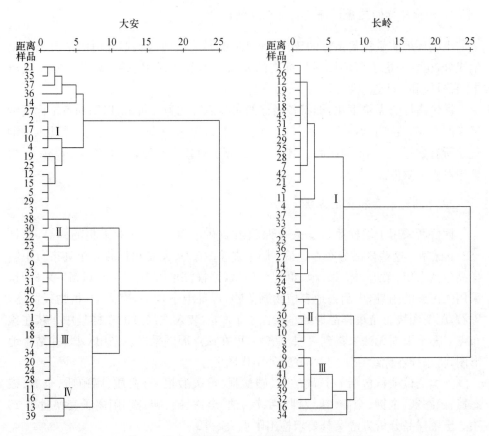

图 8-5　大安、长岭土壤可溶盐多因子聚类树形图

从土壤系列聚类分析可以得知吉林西部土壤退化现象十分严重,主要表现在以下几个方面:①土壤耕作层的颜色变浅,有机质含量平均下降 0.0352%/a。有机质是土壤肥力的基础,它的减少可使土壤结构破坏,促使水、气、热不协调,理化

性状恶化,肥力降低,构成农业发展的潜在危机。②土壤营养成分下降,有效养分失调。全氮、全磷和全钾平均分别下降 0.002%/a、0.0018%/a 和 0.032%/a。有效氮、磷处于贫乏或极贫乏的状态。③黑土层变薄,盐碱含量平均以 1.2%/a~2.0%/a 的速度积累。④土壤退化,地力衰竭,土地生产力下降,中、低产田的面积超过了 70%。土壤退化已使该区的土地资源处于不可持续的利用状态。

8.5　土壤环境质量评价

8.5.1　土壤环境评价指标的选择及数据采集

1. 评价指标的选择和评价指标无量纲化

土壤环境质量评价指标的选择,既要考虑影响该地区土壤环境的主要土壤化学成分,也要考虑土壤环境质量标准的要求。本节选择了总氟、总砷、钾盐、氯离子、有机质和 pH 这 6 项指标。

评价指标的无量纲化,即将各指标的实际值转化为评价值,以消除各指标量纲带来的影响。正向指标为:$y_i = x_i/x_0$,逆向指标为:$y_i = 1 - (x_i/x_0)$。通过无量纲化使所有数据在 0~1 的区间。其中,x_i 为评价对象实际值,$i = 1, 2, 3, \cdots, m$;x_0 为理想对象上限值。

2. 样品的采集和测试方法

评价所采用土壤样品数据来自课题组 2004~2008 年外业采集的样品,总计183 个样品。这些样品分布在通榆、洮南、乾安、镇赉、大安和长岭 6 个县市。土壤样品包括农田、菜地、林(果)地、草地等类型,采样深度控制在 0~20cm。采样时,采用无污染的用具,先刮去地表植物凋落物,保证上下均匀,弃去动、植物残留体,砾石,肥料团块。土壤样品原始重量大于 1000g,装入洗涤过的布样袋中。若在预布点采样范围内无法采集到表层土壤样,可在该点周围采样。采用 GPS 并结合地形图,将采样点标绘在 1:50000 野外工作图上。

土壤测试项目包括 pH、碳酸盐、碳酸根、重碳酸根、有机质、腐殖质、全氮、铵态氮、硝态氮、全钾、全磷、速效钾、钙、镁、钠、全铁、硒、砷、氟、阳离子交换量等 25项。土壤样品分析方法及其要求检出限见表 8-12。

表 8-12　土壤样品元素分析方法及检出限

编　号	元　素	要求检出限	实际检出限	分析方法
1	Cl^-	0.01mg/L	0.005mg/L	滴定法
2	SO_4^{2-}	0.01mg/L	0.005mg/L	比浊法

续表

编　号	元　素	要求检出限	实际检出限	分析方法
3	HCO_3^-	0.01mg/L	0.005mg/L	滴定法
4	CO_3^{2-}	0.01mg/L	0.005mg/L	滴定法
5	K^-	0.01mg/L	0.005mg/L	火焰光度法
6	Mg^{2+}	0.01mg/L	0.005mg/L	VOL
7	阳离子交换量	0.01mg/L	0.005mg/L	VOL
8	钙	0.01mg/L	0.0001mg/L	AAS
9	镁	0.01mg/L	0.001mg/L	VOL
10	钾	0.01mg/L	0.001mg/L	火焰光度法
11	钠	0.01mg/L	0.001mg/L	火焰光度法
12	全铁	0.01mg/L	0.001mg/L	AAS
13	砷	0.01mg/L	0.001mg/L	COL
14	F	0.01mg/L	0.005mg/L	ISE
15	pH	0.1mg/L	0.1mg/L	ISE
16	有机质	0.01mg/L	0.005mg/L	VOL
17	腐殖质	0.01mg/L	0.005mg/L	COL
18	As	0.001mg/L	0.001mg/L	AFS
19	Se	0.01μg/L	0.005μg/L	AAS
20	全氮	0.01mg/L	0.001mg/L	COL
21	铵态氮	0.01mg/L	0.001mg/L	COL
22	硝态氮	0.01mg/L	0.001mg/L	COL
23	全钾	0.01mg/L	0.001mg/L	火焰光度法
24	全磷	0.01mg/L	0.001mg/L	COL
25	速效钾	0.01mg/L	0.001mg/L	火焰光度法

注：AFS-原子荧光法；AAS-炉原子吸收法；ISE-离子选择电极法；VOL-容量法；COL-比色法。

8.5.2　评价方法

鉴于土壤环境的影响因素有很多，准确评价一个地区的土壤环境有一定难度，这里应用灰色系统理论的关联度分析方法，对该地区土壤质量进行评价研究。

灰色关联度分析模型建立的步骤如下：

1. 被评价对象数列和参考数列

参考数列（理想对象数列）为

$$x_0 = \{x_0(1), x_0(2), \cdots, x_0(n)\}$$

被评价对象数列为

$$x_i = \{x_i(1), x_i(2), \cdots, x_i(n)\}$$

2. 关联系数(ξ_i)

$$\xi_i(k) = \frac{\min\limits_{i}\min\limits_{k}|x_0(k)-x_i(k)| + \rho\max\limits_{i}\max\limits_{k}|x_0(k)-x_i(k)|}{|x_0(k)-x_i(k)| + \rho\max\limits_{i}\max\limits_{k}|x_0(k)-x_i(k)|}$$

为 x_0 与 x_i 在 k 点的关联度。公式中$|x_0(k)-x_i(k)|$表示 x_0 数列与 x_i 数列在 k 点的绝对差,$\min\limits_{k}|x_0(k)-x_i(k)|$为 x_0 与 x_i 在点 $k=1,2,\cdots,n$ 上的最小绝对差,也称一级最小差;$\min\limits_{i}\min\limits_{k}|x_0(k)-x_i(k)|$为因素 $i=1,2,\cdots,m$ 在点 $k=1,2,\cdots,n$ 上的最小绝对差,也称二级最小差;$\max\limits_{i}\max\limits_{k}|x_0(k)-x_i(k)|$为二级最大差,$\rho$ 为分辨系数,其取值在 0~1 之间,一般取 $\rho=0.5$。

3. 关联度(γ)

被评价类型与参考类型各指标的关联系数的平均值称为被比较数列 x_i 与参考数列 x_0 之间的关联度。计算曲线各点的关联系数之后,按下列公式:

$$\gamma_i = \frac{1}{n}\sum_{k=1}^{n}\xi_i(k)$$

可求得曲线 x_i 与曲线 x_0 之间的相对关联度 γ,此时所求得的仅是被评价类型与参考类型的等权关联度。但是,评价土壤类型的各项指标的重要性是不同的。因此,根据各项指标作用的大小,分别给以不同的权重 $W(k)$,按下列公式:

$$\gamma = \sum_{k=1}^{n}W(k)\xi_i(k)$$

式中,$i=1,2,\cdots,n$,求得被评价类型与参考类型的加权关联度,通过加权关联度大小的比较,可对土壤环境质量进行数量化的综合评价。

8.5.3　土壤环境质量评价结果分析

根据灰色系统理论中关联度分析原则,正向指标"参考对象"的质量在所评价的对象中是质量最高的,因此,被评价对象的关联度越大,与"参考对象"越接近,表明其质量较高;而逆向指标"参考对象"的质量在所评价的对象中是质量最差的,即关联度越小,其质量越差。考虑到在应用中易于对比的原则,在评价过程中将逆向指标进行了与正向指标不同的标准化处理。因此,最后评价结果为关联度越大,其质量越高。

由于关联度理论值在 0~1 之间,关联度越趋向于 1,就越接近于理想情况,其质量就越高,反之就越低,根据实际情况,将关联度在 0~1 之间人为划分为 5 个等级,即规定 $\gamma \geqslant 0.90$ 为一等,$0.475 \leqslant \gamma < 0.90$ 为二等,$0.45 \leqslant \gamma < 0.475$ 为三等,

$0.425 \leqslant \gamma < 0.45$ 为四等，$\gamma < 0.45$ 为五等，土壤等级划分情况见表 8-13。

表 8-13 土壤环境质量评价结果统计表

土壤质量等级	一等(优)	二等(良)	三等(中)	四等(差)	五等(劣)
对应关联度 γ	$\gamma \geqslant 0.900$	$0.475 \leqslant \gamma < 0.900$	$0.450 \leqslant \gamma < 0.475$	$0.425 \leqslant \gamma < 0.450$	$\gamma < 0.425$
土壤质量状况	土质疏松，养分含量丰富，全盐量低	土地有机质稍有降低，其他无明显变化	土地有机质降低，土地出现沙化、碱化、贫瘠化的现象，农作物的正常生长受到轻微影响	土地有机质明显降低，土地碱化、沙化、贫瘠化十分严重，影响到农作物的正常生长	土地退化已经十分严重，失去利用价值
土壤质量情况	无	21 个土样	41 个土样	71 个土样	50 个土样

用 MAPGIS 软件将研究区土壤质量评价结果在空间体现出来，得到研究区土壤质量评价图（见图 8-6）。从图中可以看出，研究区的土壤样品主要有二等、三等、四等和五等，无一等土壤。其中有 21 个土壤样品为二等土壤，占总样品数的 11.48%；有 41 个土壤样品为三等，占总样品数的 22.40%；有 71 个土壤样品为四等，占总样品数的 38.80%；有 50 个土壤样品为五等，占总样品数的 27.32%。土壤环境质量为五等的样品主要分布在乾安的东部和西南部，洮南的南部和西北部，

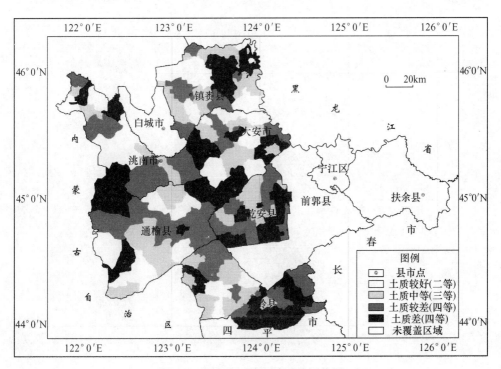

图 8-6 研究区土壤环境质量评价图

通榆的西南部和东北部,长岭的东南部,大安的西部、南部和中东部,镇赉的东部等地;四等土壤主要分布在乾安的中西部和东部,通榆的中北部,洮南的南部,长岭的西北部,大安的西北部和镇赉的南部和西部等地;三等主要分布在乾安的中部,通榆的中部和北部,洮南的北部,长岭的西南部,大安的中部和镇赉的西南部等地;二等主要分布在大安的西南部,通榆的南部,洮南的中部,镇赉的北部,长岭的中部等地。

综合分析表明,吉林西部土壤环境整体较为差,土壤退化现象普遍,土壤有机质平均含量比较低,呈微碱性,全盐量较高,土壤中 Cl^- 含量较高,土壤养分流失严重,有机质很低,已经影响了农作物的正常生长,土壤 pH 较高,土壤碱化以及土壤贫化较为严重。这主要受该区气候、地形、水文地质的影响。蒸发量大,降水量小,地势低洼,径流滞缓,潜水水位高,以蒸发排泄为主,使土壤呈碱性、沙化、碱化严重,有机质含量低。

第9章 生态环境质量评价与变化趋势研究

本研究以生态环境学的理论为基础，以系统论、控制论为指导，以行政区划分作为基本评价单元，将自然资源环境与社会经济环境作为一个生态环境系统，研究该系统中各子系统之间、子系统中各环境因子之间的相互关系，定量评价生态环境质量。

9.1 生态环境质量评价指标体系的建立

建立环境系统的评价指标体系，至关重要的是选择因子。被选择的因子应能全面地反映整个系统环境的特点、能突出区域生态环境问题，同时还应考虑对实际资料的掌握程度。根据吉林西部的具体情况，将该环境系统划分为气候资源子系统、水资源子系统、土地资源子系统、生物资源子系统和社会发展情况子系统五大部分，分别用 B_1、B_2、B_3、B_4、B_5 代表。这是一个大目标、多层次的复合系统，如图 9-1 所示。

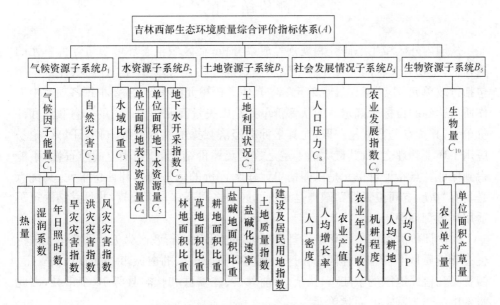

图 9-1 吉林西部生态环境评价指标体系

在评价指标体系中，各因子基准的制定主要考虑研究区的实际情况，同时参照吉林省和全国的情况。

气候资源子系统包括气候因子能量(C_1)和自然灾害(C_2)两个方面,在两个评价因子下面分别设了3个评价指标。气候因子能量包括热量、湿润系数和年日照时数,自然灾害包括旱灾灾害指数、洪灾灾害指数和风灾灾害指数。

水资源子系统包括水域比重(C_3)、单位面积地表水资源量(C_4)、单位面积地下水资源量(C_5)和地下水开采指数(C_6)。一般情况下,能够反映水资源系统状况的最佳指标是水质和水量。本次评价是以行政区为单元,各市县水质差别不大,因此,在评价中未采用水质因子。

在土地资源子系统中,分别用林地、草地、耕地、建设及居民用地的面积分别占国土资源面积的百分比来代表 C_7 的子因子,盐碱化面积及其变化速率还有土壤指数能够反映土地资源环境的质量问题,因此,在该系统中包含如图 9-1 所示的 7 个因子。

社会发展情况子系统包括人口压力(C_8)和农业发展指数(C_9)两个方面,其中人口压力由人口密度和人均增长率组成。农业发展程度则包括农业产值、农业年人均收入、机耕程度、人均耕地和人均 GDP6 个指标。

生物资源子系统中仅选择生物量(C_{10})作为该系统的评价因子,下设农业单产量和单位面积产草量两个有代表性的指标。

9.2　评价单元的生成

从国内外区域生态研究和规划等成果分析,在区域生态环境质量评价单元的选择上,主要有面状的矢量评价单元和点状的栅格评价单元两类。面状评价单元包括行政单元、小流域和景观单元等。具体评价单元的确定,主要根据各项目中工作所需达到的目标来确定。面状评价单元是以矢量面元作为评价的信息载体和评价单元,其优点是数据易获取,尤其是社会经济数据的获取较为方便,评价结论易应用于环境管理之中;其最大的不足是数据及评价结论的“精确空间位置性”不能得到保证。点状评价单元是以栅格单元作为评价的信息载体和评价单元,其优点是具有“精确空间位置性”;缺点是评价的区域之间不宜直接比较,并且其结论也不适用环境管理中。

本次评价的目的是为环境管理服务,因此,采用以行政区为矢量面状单元进行生态环境质量评价。吉林西部在行政上包括白城地区的白城市、洮南市、大安市、镇赉县和松原地区的宁江市、扶余市、前郭县、乾安县和长岭县等 10 个市县,因此将各市县作为基本的面状单元。

评价数据类型主要包括动态数据和静态数据两类。其中动态数据来源于遥感信息源,遥感信息源选取中国遥感卫星地面站接收的美国 Landsat 卫星的 TM 影像数据。静态数据主要来源于社会统计资料。为了反映 20 世纪 80 年代末至 21 世纪初的生态环境质量的变化情况,作者选取 1989 年、1996 年、2000 年和 2004 这 4 个年份作为代表时段,将生态环境各系统指标的数值列于表 9-1～表 9-4 中。

表 9-1　1989 年吉林西部生态环境各系统指标数值

城镇名称	水资源子系统				生物资源子系统	
	水域比重/%	单位面积地表水资源量/(亿 m³/km²)	单位面积地下水资源量/(亿 m³/km²)	地下水开采指数/%	单位农业产量/(t/hm²)	单位面积产草量/(t/hm²)
白城市	0.55	0.0111	0.1879	0.54	0.62	0.0861
洮南	2.55	0.0106	0.0577	0.51	1.63	0.0871
大安	8.97	0.0067	0.0653	0.38	2.45	0.2633
镇赉	7.51	0.0057	0.0521	0.33	3.33	0.2685
通榆	2.48	0.0059	0.0470	0.26	0.76	0.2656
松原市	4.58	0.0089	0.0498	0.75	3.80	0.0631
长岭	2.54	0.0000	0.0409	0.32	3.50	0.2439
前郭	8.14	0.0082	0.0473	0.60	4.15	0.1159
乾安	5.95	0.0000	0.0524	0.32	1.26	0.1238
扶余	2.75	0.0140	0.0453	0.45	3.80	0.0469

城镇名称	社会经济子系统					
	人口压力		农业发展指数			
	人口密度/(人/km²)	人均增长率/‰	农业产值/万元	农业年人均收入/元	机耕程度	人均耕地/(亩/人)	人均 GDP/元
白城市	338.35	14.41	14150	1253.32	0.52	0.12	2000
洮南	87.75	12.31	48361	1336.68	0.35	0.29	1141
大安	84.14	13.15	43580	1617.07	0.53	0.21	1421
镇赉	59.70	7.68	34181	1618.42	0.67	0.33	1123
通榆	38.74	13.12	37996	1568.79	0.39	0.44	1169
松原市	410.88	13.33	289051	1978.63	0.50	0.30	2863
长岭	104.86	10.00	74817	1598.31	0.23	0.33	1079
前郭	100.07	14.89	70053	1522.23	0.68	0.27	1210
乾安	74.93	15.62	32939	1645.30	0.29	0.29	1561
扶余	172.43	26.59	109242	1432.87	0.45	0.28	1272

城镇名称	土地资源子系统						
	林地面积比重/%	草地面积比重/%	耕地面积比重/%	盐碱地面积比重/%	建设及居民用地比重/%	土地质量指数	盐碱化速率/%
白城市	3.70	18.02	66.17	2.82	6.44	0.42	0.72
洮南	2.95	12.85	59.89	10.77	2.02	0.31	1.27
大安	2.52	23.64	28.57	22.38	1.94	0.23	2.13
镇赉	2.52	25.21	34.18	11.02	1.67	0.25	1.95

城镇名称	土地资源子系统						
	林地面积比重/%	草地面积比重/%	耕地面积比重/%	盐碱地面积比重/%	建设及居民用地比重/%	土地质量指数	盐碱化速率/%
通榆	4.82	22.10	21.30	20.59	1.35	0.23	1.54
松原市	2.20	9.60	57.40	1.90	6.90	0.34	0.18
长岭	4.41	20.67	46.95	9.67	4.19	0.27	1.45
前郭	4.62	17.04	53.32	5.43	3.07	0.27	1.57
乾安	1.09	18.18	54.19	14.30	2.70	0.24	0.64
扶余	0.14	1.50	75.68	6.25	5.66	0.34	0.07

城镇名称	气候因子能量			自然灾害		
	热量	湿润系数	年日照时数/h	旱灾指数/%	洪涝灾害指数/%	风灾指数/%
白城市	2915.5	0.33	2936.4	0.14	0.09	0.14
洮南	2982.3	0.28	2936.4	0.21	0.13	0.14
大安	2931.7	0.26	2976.6	0.22	0.18	0.2
镇赉	2922.8	0.26	2935.7	0.17	0.16	0.23
通榆	3011.7	0.27	2915.3	0.16	0.26	0.29
松原市	2915	0.35	2797	0.18	0.04	0.1
长岭	2919.7	0.36	2871.5	0.18	0.11	0.13
前郭	2913	0.42	2879.8	0.09	0.1	0.13
乾安	2946.5	0.31	2690.7	0.1	0.15	0.15
扶余	2953.1	0.36	2797	0.11	0.07	0.12

表 9-2　1996 年吉林西部生态环境各系统指标数值

城镇名称	水资源子系统				生物资源子系统	
	水域比重/%	单位面积地表水资源量/(亿 m³/km²)	单位面积地下水资源量/(亿 m³/km²)	地下水开采指数/%	单位农业产量/(t/hm²)	单位面积产草量/(t/hm²)
白城市	0.52	0.0111	0.1879	0.77	1.78	0.062
洮南	2.35	0.0106	0.0577	0.60	1.68	0.058
大安	7.60	0.0067	0.0653	0.47	2.01	0.164
镇赉	5.94	0.0057	0.0521	0.33	2.12	0.137
通榆	1.23	0.0059	0.0470	0.29	0.99	0.117
松原市	3.29	0.0089	0.0498	1.04	2.4	0.047
长岭	2.31	0.0000	0.0409	0.49	2.98	0.133
前郭	7.29	0.0082	0.0473	0.70	4.06	0.083
乾安	5.30	0.0000	0.0524	0.35	1.45	0.075
扶余	2.58	0.0140	0.0453	0.45	3.9	0.026

续表

城镇名称	社会经济子系统						
	人口压力		农业发展指数				
	人口密度/(人/km²)	人均增长率/‰	农业产值/万元	农业年人均收入/元	机耕程度	人均耕地/(亩/人)	人均GDP/元
白城市	310.85	7.25	294328	1497.00	0.37	0.45	3036
洮南	86.33	6.33	76605	1784.40	0.34	0.44	2803
大安	85.52	8.25	52805	1255.30	0.29	0.34	2836
镇赉	59.59	5.46	61710	1936.32	0.45	0.48	2884
通榆	40.04	6.96	57975	1724.80	0.42	0.62	2484
松原市	413.58	13.12	549245	2114.96	0.51	0.36	4500
长岭	106.39	13.72	145134	2392.95	0.28	0.36	3016
前郭	93.56	14.86	147389	2828.47	0.78	0.43	5585
乾安	79.88	11.27	56171	2017.44	0.41	0.36	4523
扶余	163.74	12.59	166803	2367.49	0.55	0.35	3387

城镇名称	土地资源子系统						
	林地面积比重/%	草地面积比重/%	耕地面积比重/%	盐碱地面积比重/%	建设及居民用地比重/%	土地质量指数	盐碱化速率/%
白城市	3.39	10.99	65.86	3.64	7.32	0.34	0.12
洮南	4.94	9.50	60.71	12.66	2.60	0.37	0.27
大安	2.25	17.34	30.60	29.73	1.89	0.19	1.05
镇赉	2.63	19.91	38.38	11.23	2.02	0.21	0.03
通榆	5.01	21.98	21.20	20.79	1.49	0.28	0.03
松原市	2.22	8.64	58.17	2.88	8.42	0.28	0.14
长岭	6.58	13.84	47.14	14.62	4.32	0.25	0.71
前郭	5.48	15.09	54.72	8.46	3.07	0.21	0.43
乾安	0.90	11.12	59.78	19.15	2.98	0.23	0.69
扶余	0.16	3.16	76.35	5.28	5.00	0.33	−0.14

城镇名称	气候因子能量			自然灾害		
	热量	湿润系数	年日照时数/h	旱灾指数/%	洪涝灾害指数/%	风灾指数/%
白城市	2915.5	0.26	2936.4	0.3	0.18	0.13
洮南	2982.3	0.24	2936.4	0.28	0.12	0.13
大安	2931.7	0.22	2976.6	0.35	0.3	0.21
镇赉	2922.8	0.22	2935.7	0.22	0.22	0.22
通榆	3011.7	0.3	2915.3	0.23	0.35	0.32
松原市	2915	0.33	2797	0.3	0.11	0.11
长岭	2919.7	0.33	2871.5	0.21	0.15	0.14
前郭	2913	0.22	2879.8	0.12	0.15	0.14
乾安	2946.5	0.29	2690.7	0.15	0.22	0.19
扶余	2953.1	0.33	2797	0.18	0.07	0.13

表 9-3　2000 年吉林西部生态环境各系统指标数值

城镇名称	水资源子系统				生物资源子系统	
	水域比重/%	单位面积地表水资源量/(亿 m³/km²)	单位面积地下水资源量/(亿 m³/km²)	地下水开采指数/%	单位农业产量/(t/hm²)	单位面积产草量/(t/hm²)
白城市	0.42	0.0111	0.1879	1.84	2.32	0.04
洮南	2.22	0.0107	0.0583	0.72	1.75	0.04
大安	7.60	0.0067	0.0653	0.89	1.5	0.1
镇赉	5.94	0.0057	0.0521	0.33	1.07	0.05
通榆	3.18	0.0059	0.0466	0.37	1.26	0.09
松原市	6.20	0.0089	0.0498	1.56	1.4	0.03
长岭	1.83	0.0000	0.0406	0.51	3.58	0.1
前郭	7.50	0.0082	0.0473	0.75	3.9	0.04
乾安	5.10	0.0000	0.0524	0.45	1.82	0.07
扶余	2.41	0.0140	0.0453	0.51	4	0.04

城镇名称	社会经济子系统					
	人口压力		农业发展指数			
	人口密度/(人/km²)	人均增长率/‰	农业产值/万元	农业年人均收入/元	机耕程度	人均耕地/(亩/人)	人均 GDP/元
白城市	262.98	6.31	233495	2233.15	0.44	0.26	3678
洮南	85.00	3.22	42632	1320.30	0.35	0.20	3862
大安	87.00	8.22	41021	1361.83	0.43	0.28	2684
镇赉	58.00	7.51	25824	1750.97	0.29	0.35	3228
通榆	41.00	8.05	46947	2493.87	0.45	0.28	5695
松原市	420.18	7.74	160135	2009.75	0.69	0.31	4224
长岭	111.00	12.95	103323	2550.69	0.46	0.35	8135
前郭	81.00	4.20	45925	2304.04	0.41	0.31	3019
乾安	82.00	5.28	46947	2469.57	0.41	0.41	3154
扶余	151.00	4.95	105329	2080.73	0.27	0.29	3187

城镇名称	土地资源子系统						
	林地面积比重/%	草地面积比重/%	耕地面积比重/%	盐碱地面积比重/%	建设及居民用地比重/%	土地质量指数	盐碱化速率/%
白城市	3.87	6.72	75.18	4.88	8.07	0.31	0.25
洮南	6.21	8.39	61.95	12.51	3.30	0.24	−0.03
大安	2.93	16.69	30.87	30.67	2.41	0.15	0.19
镇赉	3.39	18.68	40.13	16.29	1.11	0.19	1.01
通榆	8.33	17.42	21.89	25.62	1.62	0.17	0.97
松原市	2.30	7.20	60.20	3.50	8.70	0.24	0.12
长岭	6.93	11.19	59.60	15.25	4.31	0.17	0.13

续表

城镇名称	土地资源子系统						
	林地面积比重/%	草地面积比重/%	耕地面积比重/%	盐碱地面积比重/%	建设及居民用地比重/%	土地质量指数	盐碱化速率/%
前郭	7.16	11.43	56.46	8.23	3.08	0.17	-0.05
乾安	0.52	7.85	61.28	20.95	3.36	0.18	0.36
扶余	0.20	1.46	76.72	5.90	5.99	0.30	0.12

城镇名称	气候因子能量			自然灾害		
	热量	湿润系数	年日照时数/h	旱灾指数/%	洪涝灾害指数/%	风灾指数/%
白城市	2915.5	0.13	2936.4	0.41	0.12	0.19
洮南	2982.3	0.14	2936.4	0.54	0.14	0.19
大安	2931.7	0.12	2976.6	0.69	0.38	0.26
镇赉	2922.8	0.18	2935.7	0.49	0.68	0.21
通榆	3011.7	0.14	2915.3	0.58	0.39	0.36
松原市	2915	0.3	2797	0.12	0.15	0.16
长岭	2919.7	0.24	2871.5	0.38	0.13	0.15
前郭	2913	0.23	2879.8	0.31	0.13	0.14
乾安	2946.5	0.21	2690.7	0.65	0.25	0.14
扶余	2953.1	0.31	2797	0.22	0.09	0.16

表 9-4　2004 年吉林西部生态环境各系统指标数值

城镇名称	水资源子系统				生物资源子系统	
	水域比重/%	单位面积地表水资源量/(亿 m³/km²)	单位面积地下水资源量/(亿 m³/km²)	地下水开采指数/%	单位农业产量/(t/hm²)	单位面积产草量/(t/hm²)
白城市	0.44	0.0111	0.1879	2.05	4.76	0.44
洮南	2.22	0.0106	0.0577	0.89	2.28	1.29
大安	6.94	0.0067	0.0653	0.98	2.43	0.16
镇赉	3.22	0.0057	0.0521	0.35	1.89	0.63
通榆	1.10	0.0059	0.0470	0.41	3.02	0.76
松原市	3.12	0.0089	0.0498	1.68	2.01	0.74
长岭	1.76	0.0000	0.0409	0.67	4.03	1.5
前郭	9.15	0.0082	0.0473	0.83	4.6	0.47
乾安	4.82	0.0000	0.0524	0.49	2.41	0.28
扶余	2.37	0.0140	0.0453	0.53	5.7	0.75

城镇名称	社会经济子系统					
	人口压力		农业发展指数			
	人口密度/(人/km²)	人均增长率/‰	农业产值/万元	农业年人均收入/元	机耕程度	人均耕地/(亩/人)	人均GDP/元
白城市	269.48	1.91	311605	2717.62	0.40	0.27	6809
洮南	85.63	1.60	92878	2423.86	0.46	0.27	5636

续表

	社会经济子系统						
城镇名称	人口压力		农业发展指数				
	人口密度/(人/km²)	人均增长率/‰	农业产值/万元	农业年人均收入/元	机耕程度	人均耕地/(亩/人)	人均GDP/元
大安	86.68	4.40	55945	1824.51	0.34	0.20	7638
镇赉	58.37	3.10	50888	1863.07	0.39	0.33	6882
通榆	41.75	4.00	39540	1611.03	0.38	0.43	5077
松原市	431.83	5.79	818644	4204.42	0.35	0.34	10165
长岭	112.36	6.10	213993	2947.13	0.20	0.38	5227
前郭	82.88	2.20	210000	3133.81	0.25	0.48	13138
乾安	83.30	2.90	73335	2430.36	0.33	0.40	6922
扶余	155.34	2.00	257600	3346.09	0.65	0.30	6396

	土地资源子系统						
城镇名称	林地面积比重/%	草地面积比重/%	耕地面积比重/%	盐碱地面积比重/%	建设及居民用地比重/%	土地质量指数	盐碱化速率/%
白城市	4.78	4.21	74.02	5.67	9.93	0.27	0.26
洮南	7.13	7.25	62.78	13.22	3.30	0.24	
大安	2.23	14.36	29.10	37.92	2.77	0.13	2.42
镇赉	3.58	21.57	45.30	17.40	2.43	0.15	0.37
通榆	10.18	19.39	22.22	25.76	1.66	0.14	0.05
松原市	2.31	5.78	61.42	3.72	9.40	0.20	0.07
长岭	7.34	13.12	49.67	14.59	4.34	0.15	−0.22
前郭	6.86	10.25	57.81	9.08	3.40	0.15	0.28
乾安	0.21	6.07	61.90	22.66	3.35	0.15	0.57
扶余	1.18	2.98	77.36	6.84	6.15	0.23	0.31

	气候因子能量			自然灾害		
城镇名称	热量	湿润系数	年日照时数/h	旱灾指数/%	洪涝灾害指数/%	风灾指数/%
白城市	2915.5	0.1	2936.4	0.6	0.09	0.2
洮南	2982.3	0.13	2936.4	0.58	0.13	0.2
大安	2931.7	0.12	2976.6	0.71	0.18	0.28
镇赉	2922.8	0.16	2935.7	0.55	0.16	0.23
通榆	3011.7	0.15	2915.3	0.62	0.26	0.41
松原市	2915	0.32	2797	0.25	0.04	0.19
长岭	2919.7	0.36	2871.5	0.3	0.11	0.15
前郭	2913	0.3	2879.8	0.41	0.1	0.15
乾安	2946.5	0.22	2690.7	0.71	0.15	0.19
扶余	2953.1	0.33	2797	0.35	0.07	0.2

通过比较这 4 年的数据可以发现,生态环境系统中各指标值在 12 年里发生了很大变化,其中呈整体上升趋势的指标有地下水开采指数、农业单产量、单位面积产草量、农业产值、农业年人均收入、人均 GDP、林地面积比重、盐碱地面积比重、建设及居民用地比重和旱灾指数;而整体呈下降趋势的有水域比重、人口密度、人均增长率、草地面积比重、湿润系数。为了准确把握 1989～2004 年期间生态环境质量的变化程度,特对吉林西部各市县进行生态环境质量评价。

9.3　评价模型及权值确定

9.3.1　评价模型

对生态环境质量进行评价的方法有许多,如平分迭加法、综合指数法、聚类分析法、自然度方法、景观生态学方法。由于综合指数法在生态环境质量现状评价中较为常用,适用于对生态环境质量评价中的单因素评价及多因素综合评价,方法相对比较简单,突出了生态环境质量评价的综合性、层次性、客观性和可比性,是目前最为常用的方法之一。因此,在确定吉林西部生态环境系统中各因子、子因子和次子因子权重的基础上,本节采用综合指数法对生态环境质量进行综合评价,各评价因子的环境质量指数(I_j)及环境质量综合指数(IE),计算公式为

$$I_j = \sum W_i I_i \quad (i = 1, 2, \cdots, n) \tag{9-1}$$

式中,I_j 为 j 评价因子的环境质量指数;W_i 为 i 子因子的权重;I_i 为 i 子因子的评价指标归一化值;n 为评价因子个数。

$$IE = \sum W_j I_j \quad (j = 1, 2, \cdots, m) \tag{9-2}$$

式中,IE 为评价单元内环境质量综合指数;W_j 为 j 评价因子的权重;I_j 为 j 评价因子的环境质量指数;m 为评价因子个数。

对于环境质量归一化值有两类,即正相关归一化值和负相关归一化值。评价指标对环境质量起积极作用的称为正相关,比如草地面积比重,如果草地面积所占的比重越大说明生态环境质量越好,正相关的归一化值计算公式为

$$I_i = \frac{X_i - X_{\min}}{X_{\max} - X_{\min}} \tag{9-3}$$

式中,X_i 为某评价因子实际值;$X_{\min}$ 为同一评价指标中的最小值;$X_{\max}$ 为同一评价指标中的最大值。

同样,评价指标对环境质量起消极作用的则称为负相关,比如盐碱地面积比重,其归一化值计算公式为

$$I_i = \frac{X_{\max} - X_i}{X_{\max} - X_{\min}} \tag{9-4}$$

在本次评价的指标体系中,热量、湿润系数、年日照时数、水域比重、单位面积地表水资源量、单位面积地下水资源量、林地面积比重、草地面积比重、土地质量指数、农业单产量、单位面积产草量、农业年人均收入、农业产值、机耕程度和人均GDP属正归一化;旱灾灾害指数、洪灾灾害指数、风灾灾害指数、地下水开采指数、耕地面积比重、盐碱地面积比重、盐碱化速率、建设及居民用地比重、人口密度、人均增长率和人均耕地属负归一化。

9.3.2　评价因子权重的确定

采用层次分析法(AHP)来确定评价因子的权重。层次分析法是系统工程中对非定量事物作定量分析的一种简便方法,它一方面能充分考虑人的主观判断,对研究对象进行定性与定量的分析,另一方面把研究对象看成一个系统,从系统的内部与外部的相互联系出发,将各种复杂因素用递阶层次结构形式表达出来,以此逐层进行分析,使决策者对复杂问题的决策思维系统化、数字化、模型化。由于该方法重点在于对复杂事物中各因子赋予恰当的权重,故又称多层次权重分析法。生态环境质量系统是一个多层次、多因子的复杂大系统,特别适合采用层次分析法进行分析。

9.3.3　生态环境评价指标体系及赋权

按照层次分析方法和步骤对吉林西部生态环境各指标进行两两比较,建立了一系列判断矩阵,求出它们各自的最大特征根和相应的特征向量,再进行一致性检验,其所得结果及权重如表 9-5 所示。

表 9-5　层次分析法各指标的权重

(a) $\lambda_{max}=5.28, CI=0.07, RI=1.12, CR=0.06$

A	B_1	B_2	B_3	B_4	B_5	权　重	指　标
B_1	1.00	0.50	0.25	1.00	0.50	0.10	B_1-气候
B_2	2.00	1.00	0.50	2.00	1.00	0.20	B_2-水
B_3	4.00	2.00	1.00	4.00	2.00	0.40	B_3-土地
B_4	1.00	0.50	0.25	1.00	0.50	0.10	B_4-生物
B_5	2.00	1.00	0.50	2.00	1.00	0.20	B_5-社会

(b) $\lambda_{max}=3.0536, CI=0.0268, RI=0.58, CR=0.046$

C_1	D_1	D_2	D_3	权　重	指　标
D_1	1	0.5	1	0.2599	D_1-热量
D_2	2	1	1	0.4126	D_2-湿润系数
D_3	1	1	1	0.3274	D_3-年日照时数

续表

(c) $\lambda_{max}=3.0536,CI=0.0268,RI=0.58,CR=0.046$

C_2	D_4	D_5	D_6	权 重	指 标
D_4	1	2	2	0.4934	D_4-旱灾灾害指数
D_5	0.5	1	2	0.3108	D_5-洪涝灾害指数
D_6	0.5	0.5	1	0.1958	D_6-风灾灾害指数

(d) $\lambda_{max}=4.25,CI=0.0033,RI=0.9,CR=0$

B_2	C_3	C_4	C_5	C_6	权重	指 标
C_3	1.00	1.00	0.50	0.50	0.17	C_3-水域比重
C_4	1.00	1.00	0.50	2.00	0.24	C_4-单位面地表水资源量
C_5	2.00	2.00	1.00	1.00	0.34	C_5-单位面积地下水资源量
C_6	2.00	0.50	1.00	1.00	0.25	C_6-地下水开采指数

(e) $\lambda_{max}=7.64,CI=0.11,RI=1.32,CR=0.08$

C_3	D_7	D_8	D_9	D_{10}	D_{11}	D_{12}	D_{13}	权重	指 标
D_7	1.00	0.50	0.33	1.00	0.50	0.33	2.00	0.09	D_7-林地面积比重
D_8	2.00	1.00	0.50	0.50	2.00	0.33	2.00	0.13	D_8-草地面积比重
D_9	3.00	2.00	1.00	0.50	2.00	0.50	2.00	0.17	D_9-耕地面积比重
D_{10}	1.00	2.00	2.00	1.00	1.00	1.00	2.00	0.19	D_{10}-盐碱地面积比重
D_{11}	2.00	0.50	0.50	1.00	1.00	1.00	2.00	0.14	D_{11}-盐碱化速率
D_{12}	3.00	3.00	2.00	1.00	1.00	1.00	1.00	0.20	D_{12}-土地质量指数
D_{13}	0.50	0.50	0.33	0.50	1.00	0.50	1.00	0.08	D_{13}-建设及居民用地比重

(f) $\lambda_{max}=5.29,CI=0.07,RI=1.12,CR=0.07$

C_5	D_{16}	D_{17}	D_{18}	D_{19}	D_{20}	权 重	指 标
D_{16}	1.00	0.50	1.00	0.50	1.00	0.15	D_{16}-农业产值
D_{17}	2.00	1.00	2.00	0.50	1.00	0.23	D_{17}-农业年人均收入
D_{18}	1.00	0.50	1.00	1.00	2.00	0.20	D_{18}-机耕程度
D_{19}	2.00	2.00	1.00	1.00	1.00	0.26	D_{19}-人均耕地
D_{20}	1.00	1.00	0.50	1.00	1.00	0.17	D_{20}-人均 GDP

　　由于系统中反映人口压力和生物资源方面的指标较少,所以根据实际情况采取专家打分法进行赋权,人口密度和人均增长率的权值分别是 0.45 和 0.55;农业单产量和单位面积产草量的权值分别是 0.55 和 0.45。

　　从表 9-5 可以看出,在吉林西部生态环境指标体系的 5 个子系统中,土地资源质量的好坏对生态环境质量影响较大,因此,土地资源子系统所占权重最大;其次为社会子系统和水资源子系统。

9.4　生态环境质量评价

　　根据所建立的生态环境质量评价体系,应用综合指数法对吉林西部 4 个年份进行评价。为了进行各市县评价结果间的比较,根据评价综合指数的范围将评价

结果分为 5 级,其优劣程度分别用优、良、中、差、劣来表示。为了便于比较,又将
Ⅱ、Ⅲ、Ⅳ级划分为Ⅱ₁、Ⅱ₂、Ⅲ₁、Ⅲ₂、Ⅳ₁、Ⅳ₂两个次一等级,分别代表相应级别的
较好水平和较差水平(见表 9-6)。

表 9-6　生态环境质量评价结果分级标准

评价级别	生态环境质量综合指数	生态环境优劣程度	
Ⅰ	≥0.65	优	Ⅰ
Ⅱ	0.60～0.65	良	Ⅱ₁
	0.55～0.60		Ⅱ₂
Ⅲ	0.50～0.55	中	Ⅲ₁
	0.45～0.50		Ⅲ₂
Ⅳ	0.40～0.45	差	Ⅳ₁
	0.35～0.40		Ⅳ₂
Ⅴ	<0.35	劣	Ⅴ

　　应用 ArcGIS 软件以吉林西部的 10 个市县的行政单元绘制了 1989 年各市县
生态环境质量评价结果分布图,实现了评价结果的可视化,如图 9-2 所示。

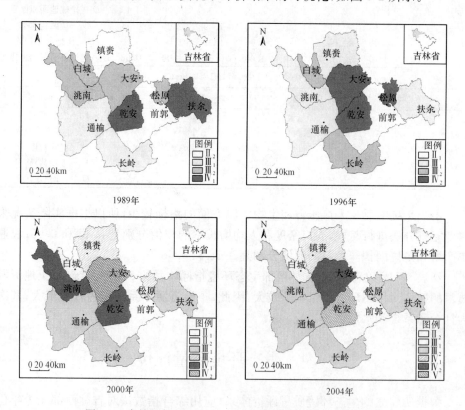

图 9-2　吉林西部 1989~2004 年生态环境质量评价结果图

吉林西部各市县生态环境评价结果表明,1989～2004 年,各市县的生态环境质量没有Ⅰ级和Ⅴ级,生态环境质量的状态在良和差之间,评价综合指数范围在 0.36～0.62 之间。总趋势是东南部好于西北部。

1989 年Ⅱ级占 20%,Ⅲ级占 60%,生态环境质量较好的为镇赉,较差的为扶余市;1996 年Ⅱ级占的 10%,Ⅲ级占 60%,Ⅳ级占了 30%。生态环境质量较好的为前郭县,评价指数为 0.611682,较差的为大安市,指数为 0.362673;2000 年Ⅱ级占的 20%,Ⅲ级占 50%,Ⅳ级占了 30%。生态环境质量较好的仍为前郭县,评价指数为 0.600633,较差的仍为大安市,指数为 0.397381;2004 年各市县的生态环境质量没有Ⅰ级,但是乾安县已跃为Ⅴ级。全区Ⅱ级占的 10%,Ⅲ级占 60%,Ⅳ级占了 20%。生态环境质量较好的仍为前郭县,评价指数为 0.57611,最差的是乾安市,综合指数为 0.347355,环境质量下降幅度较大。

9.5 生态环境质量变化趋势研究

9.5.1 动态度研究

为了更加直观、准确地反映生态环境质量的变化趋势及程度,本章采用生态环境质量数量变化模型——指数动态度来定量地描述某个区域内生态环境质量动态变化速率。

指数动态度是指在某研究区一定时间范围内,生态环境质量评价指数数量变化值,用 K 表示,其表达式为

$$K = \frac{Z_{ib} - Z_{ia}}{Z_{ia}} \times \frac{1}{T} \times 100\% \tag{9-5}$$

式中,K 为研究时段内单一研究区生态环境质量的指数动态度;Z_{ia} 为某一研究区的研究初期的生态环境质量综合评价指数;Z_{ib} 为某一研究区的研究末期的生态环境质量的综合评价指数;T 为变化的时间间隔,单位为年时;K 值就是某一研究区生态环境质量的综合评价指数的年变化率。

根据 1989 年和 2004 年生态环境质量评价综合指数及指数动态度计算公式计算吉林西部这 15 年间的各个县市的生态环境质量评价综合指数动态的变化值(见表 9-7 和图 9-3、图 9-4)。

表 9-7　1989～2004 年吉林西部生态环境质量评价综合指数动态变化表

城镇名称	1989 年综合指数	2004 年综合指数	评价综合指数差值	指数动态度/(%/a)
白城市	0.458865	0.514175	−0.05531	0.803576942
洮南	0.455655	0.461045	−0.00539	0.078860834
大安	0.498986	0.350472	0.148514	−1.98421065

续表

城镇名称	1989年综合指数	2004年综合指数	评价综合指数差值	指数动态度/(%/a)
镇赉	0.593281	0.434389	0.158892	−1.78546085
通榆	0.516369	0.457522	0.058847	−0.75975385
松原市	0.483943	0.492598	−0.008655	0.119228917
长岭	0.516659	0.489092	0.027567	−0.3557085
前郭	0.56209	0.57611	−0.01402	0.166284166
乾安	0.422753	0.347355	0.075398	−1.18900004
扶余	0.421333	0.523798	−0.102465	1.621282928

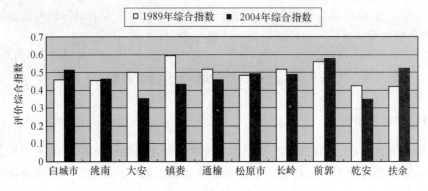

图 9-3　吉林西部 1989 和 2004 生态环境质量比较图

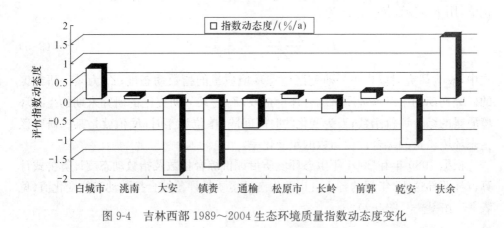

图 9-4　吉林西部 1989~2004 生态环境质量指数动态度变化

9.5.2　变化趋势分析

　　根据环境质量评价结果,将研究区 10 个市县分成环境质量上升和环境质量下降两大类,环境质量上升的有白城市、洮南市、扶余县、前郭县、松原市;其他市县都属于环境质量下降。根据动态度变化，又将环境质量下降的 5 个市县分为三大类，第一类是指数动态度小于或等于−1‰/a，处于一类的市县有大安市、镇赉县、乾安县，这些市县环境质量下降相对较快；第二类的指数动态度位于−1‰/a～−0.5‰/a，处于二类的市县有通榆县；第三类的指数动态度大于−0.5‰/a，处于三类的只有长岭县，长岭县的生态环境质量下降幅度较小（见表 9-8）。

表 9-8　吉林西部各市县环境质量变化分类表

分　类		市　县
上升		松原市、白城市、扶余县、前郭县、洮南市
	一类 $K \leqslant -1‰/a$	大安市、镇赉县、乾安县
下降	二类 $-1‰/a \leqslant K \leqslant -0.5‰/a$	通榆县
	三类 $K \geqslant -0.5‰/a$	长岭县

　　处于上升的 5 个市县中，扶余县的动态变化度最高。扶余县 1989 年的生态环境质量指数为 0.42，2001 年为 0.52，生态环境改善很大。通过对 1989 年和 2004 年 TM 遥感卫星图像的解译结果，结合土壤分布图进行分析，可以看出扶余县境内各种用途的用地面积比重都有所增加，土地质量有所提高，农业产量及产草量也都在增加。此外，通过社会经济统计资料调查分析，当地的人口压力下降，农业发展指数整体都有所上升，如农民的人均纯收入大幅增加，生活水平相应提高，这与当地重视生态环境保护与经济协调发展密不可分。

　　在生态环境质量下降的市县中，动态度位于第一类的 3 个县市中，大安市较为典型。大安市的生态环境质量在 1989～2004 年期间一直处于较差的级别，1996 年始均处于Ⅳ₂ 的级别。大安市生态环境问题主要表现为：①光板盐碱地面积增长较快，1989～2004 年，大安市光板盐碱地分布由零星分布发展到成片分布，大面积的盐碱地斑块数目增多，盐碱地整体的形状趋于简单，从复杂不规则形状向简单规则形状发展，由分散状态向集中连片状态发展。②草地大面积退化，到 2004 年，大安市的高、中覆盖度草地占草地面积的 39.30％。草地不仅面积减少，而且质量也下降，如草场密度、株高、覆盖度 3 项生物指标不断降低，村屯附近草场多为不毛之地，适合的牧草地逐渐减少，碱蓬、蒿草、莎草等劣质草日趋增多。③水资源短缺、地表水大面积萎缩，通过 TM 遥感卫星解译结果看出，地表水域面积的比例由 1989 年的 8.37％下降到 2001 年的 5.86％，且水质呈碱性。随着天然降水补给的减少和蒸发量的增加，现在境内的大多数湖泡水质呈重碱性，有的甚至干涸，变成了盐碱地。

　　动态度位于第二类的通榆县，生态环境质量评价指数值从 1989 年的 0.52 下降到 2004 年的 0.46，评价级别也从Ⅲ₁ 下降到Ⅲ₂。下降原因主要是光板盐碱地增加、沼泽湿地大面积萎缩和草地大面积退化。动态度位于三类的长岭县，生态环境质量下降幅度较小,可以认为其生态环境质量基本保持不变。

盐碱地面积的增加、草地退化、湿地和水域面积的萎缩是引起生态环境质量下降的主导因素,这与近几十年全球气候变暖趋势的大环境的背景下,吉林西部的气候渐趋干旱,降水减少有关。引起这些因素变化的除了自然因素外,人类对生态环境系统的不合理开发和利用,特别是对草地资源粗放经营管理也加剧了生态环境质量的恶化。1989~2004年,由于技术的进步,以及人们越来越重视农业,农业的人均收入、农业用地质量社会经济指数都在逐步提高,吉林西部有50%的市县的生态环境正处于上升的趋势,生态环境质量也在改善。但是在自然和人为因素中不良因素的共同作用下,也有50%的市县生态环境呈不同程度的退化,生态环境质量呈下降趋势,还有待于进一步改善和治理。

参 考 文 献

卞建民,林年丰,汤洁.2000.吉林西部乾安县土地荒漠化研究[J].长春科技大学学报,30(2):175-179.

卞建民,林年丰,汤洁.2001.松嫩平原西南部土地盐碱荒漠化预警研究[J].环境科学研究,(6):47-50.

卞建民,林年丰,汤洁.2003.土地盐碱荒漠化预警理论及实证研究[J].农业环境科学学报,22(2):207-209.

卞建民,林年丰,汤洁.2004.吉林西部向海湿地环境退化及驱动机制研究[J].吉林大学学报(地球科学版),34(3):441-458.

卞建民,汤洁,林年丰,等.2005.松嫩平原西部水资源安全研究[J].水利水电技术,36(11):5-7.

卞建民,汤洁,林年丰,等.2006.半干旱地区水资源承载能力研究-以松嫩平原西南部霍林河流域为例[J].吉林大学学报(地球科学版),36(1):73-77.

柴国荣,冯家涛,周志星,等.2002.水资源跨流域配置的经济学分析[J].西北农林科技大学学报(社会科学版),2(1):42-45.

陈冰,李丽娟,等.2000.柴达木盆地水资源承载方案系统分析[J].环境科学,(5):16-21.

陈凤恩,王汝镛,胡思敏,等.1992.吉林省前郭灌区苏打盐渍土的改良[J].土壤学报,10(2):202-214.

陈国阶.1996.对环境预警的探讨[J].重庆环境科学,18(5):1-4.

崔保山,杨志峰.2002.湿地生态环境需水量研究[J].环境科学学报,22(2):219-224.

崔健,林年丰,汤洁,等.2006.霍林河流域下游地区土地利用变化动态及趋势预测[J].吉林大学学报(地球科学版),36(2):259-264.

崔树彬.2001.关于生态环境需水量若干问题的探讨[J].中国水利,(8):71-74.

董志颖,汤洁,杜崇.2002.地理信息系统在水质预警中的应用[J].水土保持通报,22(1):60-62.

杜崇,林年丰,汤洁,等.2005.吉林省西部农牧交错带草地资源变化趋势研究[J].吉林农业大学学报,27(1):86-91.

杜崇,林年丰,汤洁,等.2005.吉林西部平原土地利用动态变化的 RS-GIS 集成研究[J].吉林大学学报(地球科学版),35(3):366-372.

封灵.2007.吉林西部砷中毒病区地下水砷的赋存及富集规律研究[D].长春:吉林大学.

冯尚友,刘国全,梅亚东.1995.水资源生态经济复合系统及其持续发展[J].武汉水利电力大学学报,28(6):624-629.

傅伯杰.1990.区域生态环境预警的理论及其应用[J].应用生态学报,4(4):436-439.

傅湘,纪昌明.1999.区域水资源承载能力综合评价[J].长江流域资源与环境,8(2):168-173.

高翔,王爱民,张世彪,等.2001.王川灌区水资源配置分析[J].中国沙漠,21(1):67-71.

高彦春,刘昌明.1997.区域水资源开发利用的阈限分析[J].水利学报,(8):73-79.

何希吾.2000.水资源承载力//孙鸿烈.中国资源百科全书[M].北京:中国大百科全书出版社,石油大学出版社.

呼丽娟.1998.水资源配置对区域水资源短缺的影响及其在水资源对策中的意义[J].烟台师范学院学报(自然科学版),14(2):134-137.

胡铁松,袁鹏,等.1995.人工神经网络在水文水资源中的应用[J].水科学进展,6(1):76-81.

惠泱河,蒋晓辉,黄强,等.2000.水资源承载力评价指标体系研究[J].水土保持通报,21(1):30-34.

李丽娟,郑红星.2000.海滦河流域河流系统生态环境需水量计算[J].地理学报,(7):495-500.

李令跃,甘泓.2000.试论水资源合理配置和承载能力概念与可持续发展之间的关系[J].水科学进展,11
　　(3),307-313.

李树范,李浩基.1994.内蒙古河套地区地方性砷中毒区地质环境特征与成因探讨[J].内蒙古地方病防治研
　　究,19(增刊):1-4.

李秀军.2000.松嫩平原西部土地盐碱化与农业可持续发展[J].地理科学,20(1):51-55.

李雪萍.2002.国内外水资源配置研究概述[J].河海水利,5:13-15.

李艳梅,汤洁,李月芬.2004.松嫩平原西部草原生态环境专家系统开发与应用[J].吉林大学学报(地球科学
　　版),34:139-143.

李永敏,郭华明,王焰新,等.2001.地方性水砷中毒成因、防治与研究现状[J].环境保护,(6):44-46.

李月芬,汤洁,李艳梅.2004.用主成分分析和灰色关联度分析评价草原土壤质量[J].世界地质,23(2):169-
　　200.

李昭阳,汤洁,孙平安,等.2006.基于多源数据集成的松嫩平原土地资源空间数据仓的设计[J].计算机应用
　　研究,9:155-159.

李昭阳,汤洁,孙平安,等.2006.松嫩平原西南部土地利用动态变化的分形研究[J].吉林大学学报(地球科
　　学版),36(2):250-258.

李昭阳,汤洁,孙平安,等.2008.松嫩平原生态资产遥感测量与生态分区研究[J].生态经济,(5).122-127.

林年丰,孙平安,汤洁,等.2006.松嫩平原水土保持价值的量化研究[J].水土保持学报,20(1):155-159.

林年丰,汤洁,李昭阳,等.2007.松嫩平原西部生态环境安全研究[J].干旱区研究,24(6):865-872.

林年丰,汤洁,斯蔼,等.2006.松嫩平原荒漠化的 EOD-MODIS 数据研究[J].第四纪研究,26(2):265-273.

林年丰,汤洁.2000.GIS 与环境模拟系统在环境地学研究中的作用和意义[J].土壤与环境,9(4):259-262.

刘昌林.2001.水资源优化配置与持续利用的基本内容和实现机制[J].四川水利,2:12-15.

刘昌明.1994.地理水文学的研究进展与21世纪展望[J].地理学报,49(增刊):601-608.

卢振明,佟建冬,张秀丽,等.2004.吉林省地方性砷中毒调查研究[J].中国地方病防治杂志,19(6):358.

麻素挺,汤洁,林年丰.2004.基于 GIS 与 RS 多源空间信息的吉林西部生态环境综合评价[J].资源科学,26
　　(4):140-145.

马传栋.1995.资源生态经济学[M].济南:山东人民出版社.

牛慧恩.1996.需水预测研究讲述[J].四川师范大学学报,(1):104-109.

裴捍华,梁树雄,宁联元.2005.大同盆地地下水中砷的富集规律及成因探讨[J].水文地质工程地质,4:65-
　　68.

戚龙溪,陈启生.1997.土壤盐渍化的监测和预报[J].土壤学报,34(2):189-198.

阮本青,沈晋.1998.区域水资源适度承载能力计算模型研究[J].土壤侵蚀与水土保持学报,(9):57-61.

芮孝芳.1999.中国的主要水问题及水文学的机遇[J].水利水电科技进展,19(3):18~22.

沈清林,李宗礼,等.2001.民勤绿洲生态用水量初步研究[A].水资源可持续管理问题研究与实践[C].武
　　汉:武汉测绘科技大学出版社:126-129.

施祖麟,许丽芬.1997.水资源:社会可持续发展的重要支撑[J].中国人口·资源与环境,7(2):37-42.

宿华,管云江.1998.水利资源可持续利用与经济协调发展途径的探讨[J].东北水利水电:14-16.

汤洁,卞建民,林年丰.2002.松嫩平原生态环境与荒漠化预警[J].吉林大学学报(工学版),32(增刊):8-9.

汤洁,李昭阳,林年丰,等.2006.松嫩平原西部草地时空变化特征[J].资源科学,28(1):63-69.

汤洁,麻素挺,林年丰,等.2005.吉林西部生态环境需水量供需平衡研究[J].环境学研究,18(1):5-8.

田文苓,崔振才.1999.水资源可持续利用与工农业可持续发展[J].河海水利:8-10.

王娟,林年丰,汤洁.2004.近20年吉林西部水旱灾害变化特征及机理研究[J].地域研究与开发,23(2):80-

83.

王娟,汤洁,杜崇,等.2003.吉林西部农业旱灾变化趋势及其成因分析[J].灾害学,18(2):27-31.

熊耀湘,文俊,李靖,等.1997.水资源规划与可持续发展[J].云南农业大学学报,12(4):241-245.

许新宜,王浩,甘泓,等.1997.华北地区宏观经济水资源规划理论与方法[M].郑州:黄河水利出版社:24-28.

许学工.1996.黄河三角洲生态环境的评估和预警研究[J].生态学报,16(5):461-468.

许有鹏.1993.干旱区水资源承载能力综合评价研究[J].自然资源学报,8(3):229-237.

杨金忠,蔡树英.1995.地下水动态预报的多层递阶组合模型[J].水科学进展,6(2):101-106.

姚德良,李新.1998.塔里木盆地绿洲农田土壤水盐运动动力学模式研究[J].干旱区研究,21(1):10-16.

姚治君,王建华,江东,等.2002.区域水资源承载力的研究进展及其理论探析[J].水科学进展,13(1):111-115.

尹美娥,等.2002.法国水资源优化配置与管理系统[J].水利发展研究,2(3):35-38.

尤文瑞,赵其国.1991.关于土壤盐渍化问题的研究趋势[J].土壤,23(1):16-18.

余卫东,闵庆文,李湘阁.2003.水资源承载力研究的进展与展望[J].干旱区研究,20(1):60-66.

张殿发,林年丰.1999a.吉林西部生态环境脆弱性综合研究[J].干旱区资源与环境,13(4):15-20.

张殿发,林年丰.1999b.吉林西部土地退化成因分析与防治对策[J].长春科技大学学报,29(4):355-359.

张兰亭.1988.暗管排水改良滨海盐土的效果及其适宜条件[J].土壤学报,25(4):356-365.

张梁.1997.水资源环境与可持续发展[J].中国地质矿产经济,11:25-30.

张美云,张玉敏,王春雨,等.2004.呼和浩特盆地富砷地下水的分布及砷的迁移与释放[J].中国地方病防治杂志,19(6).

张青喜,赵亮正.2000.山西省地方性砷中毒调查报告[J].中国地方病学杂志,19(6):439-441.

张翔,丁晶.2000.神经智能信息处理系统的研究现状极其在水文水资源中的应用展望[J].水科学进展,11(1):105-110.

张翔,刘国栋.1998.自组织神经网络在地下水动态分类中的应用[J].工程勘察,(2):29~31.

张鑫,李援农,王纪科.2001.水资源承载力研究现状及其发展趋势[J].干旱地区农业研究,19(2):117-121.

张玉敏,马亮,罗振东,等.1994.呼和浩特盆地西部大面积富砷地下水水质检测分析[J].农学生态环境(学报),10(1):59-61.

中国工程院.2000.中国可持续发展水资源战略研究报告[R].北京:中国水利电力出版社.

左其亭,夏军.2001.陆面水量-水质-生态耦合系统模型研究[J].水利学报,(2).61-65.

Bian J M,Tang J,Lin N F.2008.Relationship between saline-alkali soil formation and neotectonic movement in Songnen Plain,China[J].Environmental Geology,5:1421-1429.

Bovee K D.1982.A guide to stream habitat analyses using the instream flow incremental methodology[J]. Washington:US Fish and Wildlife Service:67-73.

Lin N F,Tang J,Bian J M.2002.Characteristics of environmental geochemistry in the arseniasis area of the Inner Mongolia of China[J].Environmental Geochemistry and Health,24(3):249-259.

Lin N F,Tang J,Bian J M.2004.Geochemical environment and health problems in China[J].Environmental Geochemistry and Health,26:88-81.

Lin N F,Tang J,Han F X.2001.Eco-environmental problems and effective utilization of water resources in the Kashi Plain,western Terim Basin,China[J].Hydrogeology Journal,9(2):202-207.

Lin N F,Tang J,Mohamed Ismael H S.2002.Study on environmental etiology of high incidence areas of liver cancer in China[J].World Gastroentero,6(4):572-576.

Lin N F,Tang J. 2002. Geological environmental and the causes for desertification in arid and semiarid regions in China[J]. Environmental Geology,41(7):806-815.

Mosely M P. 1982. The effect of changing discharge on channal morphology and instream uses and in a braide river,O-hauRive [J]. Water Resources Researches,(18):800-812.

Stoner J C,Whanger P D,Weswig P H. 1977. Arsenic levels in Oregon waters[J]. Environment Health Perspect,19:139-143.

Tang J,Lin N F,Yang J Q. 2000. Application of Artificial Neural Network to Studies on Relationship between Groundwater and Ecological Environment,Hydrogeology and the Environment[J]. Beijing:China Environmental Science Press:429-433.

Tang J,Lin N F. 1995. Some problems of ecological environmental geology in arid and semiarid areas of China [J]. Environmental Geology,26:44-67.

Tang J,Wang C Y,Li Z Y. 2007. Research on agricultural sustainable development capability evaluation in Jilin province[C]. The Proceedings of the China Association for Science and Technology-Proceedings of the 5th Annual Science Conference for Ph. D Students of China Association for Science and Technology,12:65-70.

Tang J,Xia Z,Lin N F,et al. 2003. A study of water quality and liver cancer mortality rate in a karst terrain of Guangxi Zhuang autonomous region,China[C]. Sinkholes and the Engineering and Environmental Impacts of Karst(ISTP):321-328.

UNESCO & FAO. 1985. Carrying capacity assessment with a pilot study of Kenya:a resource accounting methodlogy for sustainable Development [M]. Paris and Rome.

Wang G P,Liu J S,Tang J. 2004. Historical variation of heavy of metals with respect to different chemical forms in recent sediments from Xianghai Wetlands,Northeast China[J]. Wetlands,24(3):608-619.

WHO. 1992. Inorganic Arsenic Compounds other than Arsine Health and Safety Guide[J]. Geneva:WHO:25-28.

Yao R X,Liao S. 1987. Analysis and Utilization of Water Resources System[M]. Beijing:Tsinghua University Press.

Zhang D F,Lin N F,Tang J. 2002. Formation mechanism of eco-geo-environmental hazards in the agro-pastoral interlocking zone of northern China[J]. Environmental Geology,12:1385-1390.

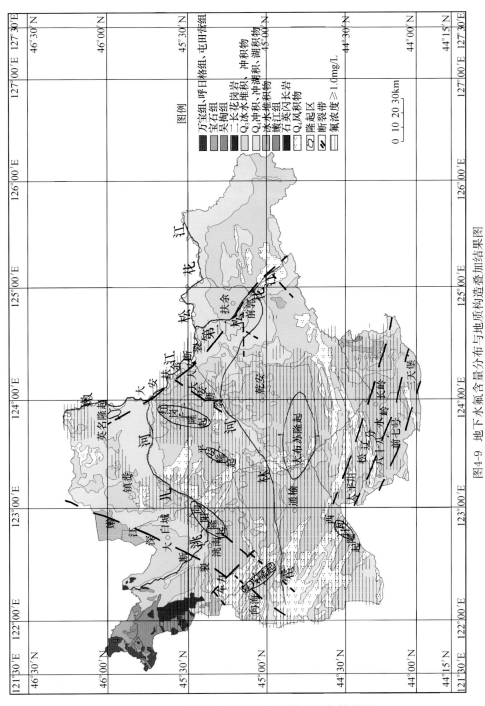

图 4-9　地下水氟含量分布与地质构造叠加结果图

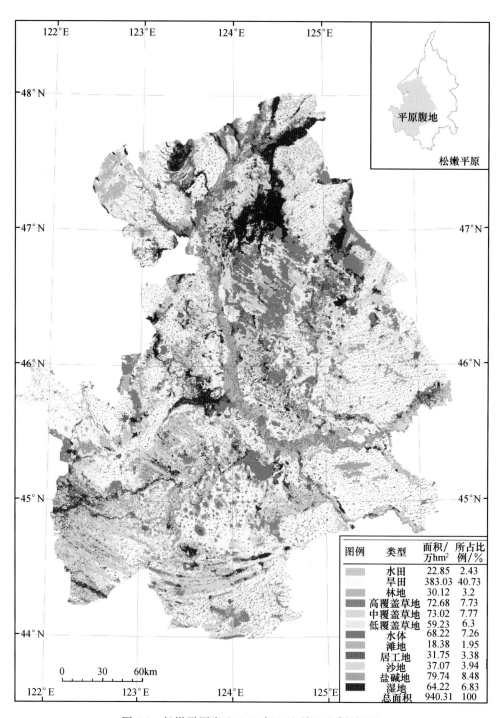

图例	类型	面积/万hm²	所占比例/%
	水田	22.85	2.43
	旱田	383.03	40.73
	林地	30.12	3.2
	高覆盖草地	72.68	7.73
	中覆盖草地	73.02	7.77
	低覆盖草地	59.23	6.3
	水体	68.22	7.26
	滩地	18.38	1.95
	居工地	31.75	3.38
	沙地	37.07	3.94
	盐碱地	79.74	8.48
	湿地	64.22	6.83
	总面积	940.31	100

图 6-1 松嫩平原腹地 1989 年土地利用遥感解译图

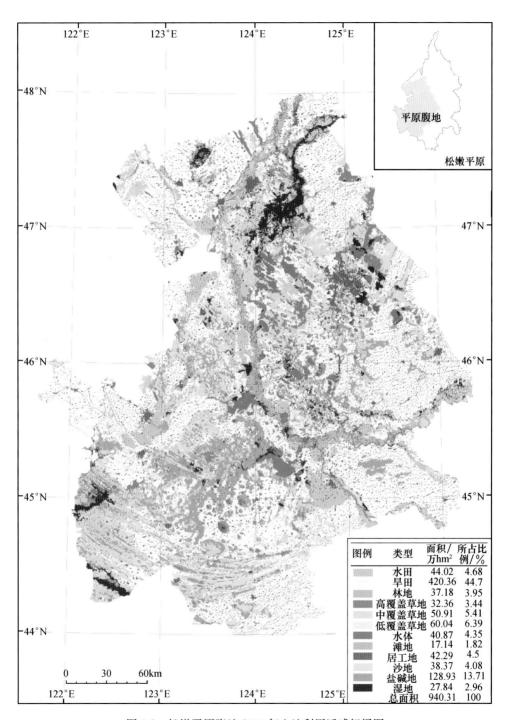

图例	类型	面积/ 万hm²	所占比 例/%
	水田	44.02	4.68
	旱田	420.36	44.7
	林地	37.18	3.95
	高覆盖草地	32.36	3.44
	中覆盖草地	50.91	5.41
	低覆盖草地	60.04	6.39
	水体	40.87	4.35
	滩地	17.14	1.82
	居工地	42.29	4.5
	沙地	38.37	4.08
	盐碱地	128.93	13.71
	湿地	27.84	2.96
	总面积	940.31	100

图 6-2 松嫩平原腹地 2004 年土地利用遥感解译图

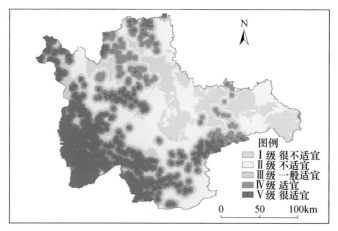

图 6-7　林地适宜性等级图

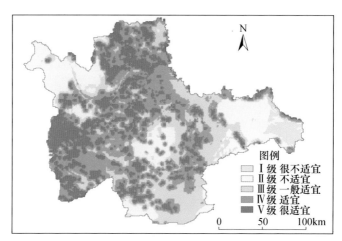

图 6-8　草地适宜性等级图

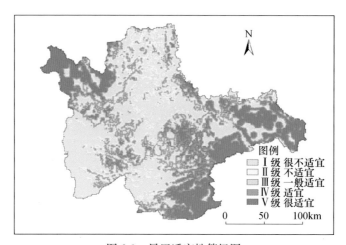

图 6-9　旱田适宜性等级图

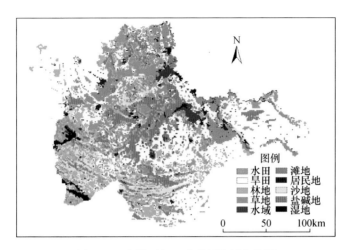

图 6-10 吉林西部土地利用格局优化图

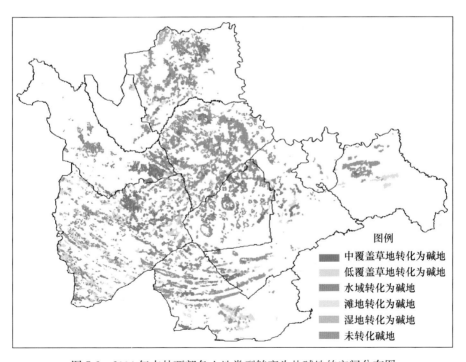

图 7-2 2004 年吉林西部各土地类型转变为盐碱地的空间分布图

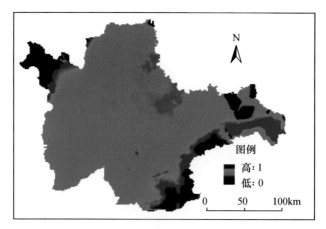

图 7-4　DEM 标准化图

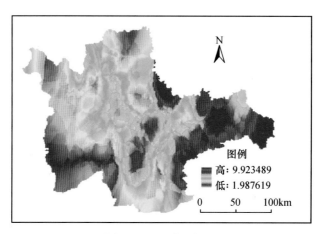

图 7-5　地下水埋深图

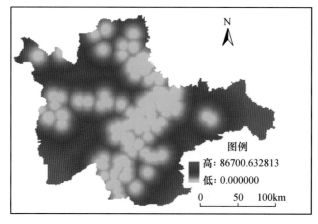

图 7-6　到面状水系距离图

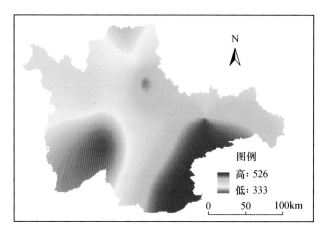

图 7-7　降雨量图

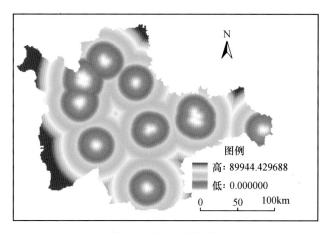

图 7-8　到乡镇距离图

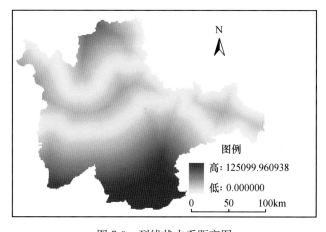

图 7-9　到线状水系距离图

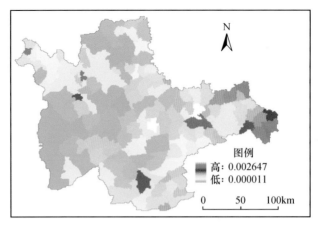

图 7-10 人口密度分布图

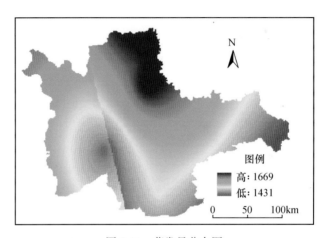

图 7-11 蒸发量分布图

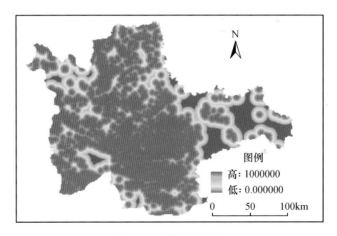

图 7-12 草地距离图

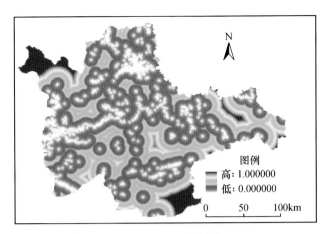

图 7-13　湿地距离图

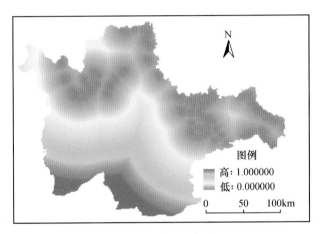

图 7-14　水田距离图

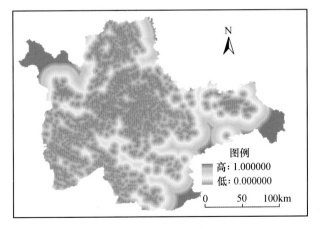

图 7-15　盐碱地距离图

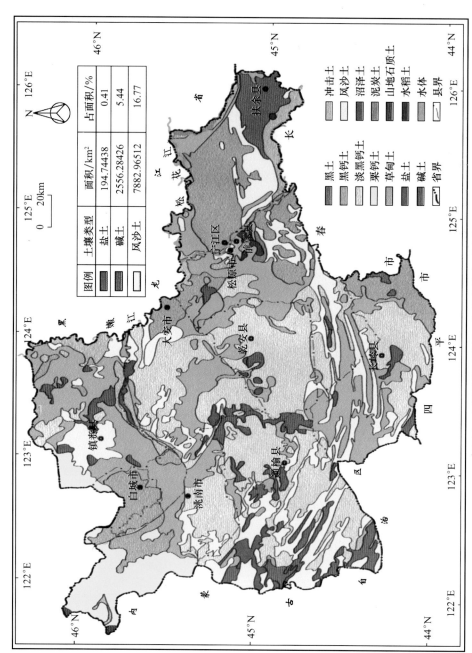

图8-1 吉林西部20世纪80年代土壤类型分布图

图例	土壤类型	面积/km²	占面积/%
	盐土	194.74438	0.41
	碱土	2556.28426	5.44
	风沙土	7882.96512	16.77

黑土
黑钙土
淡黑钙土
栗钙土
草甸土
盐土
碱土
省界

冲击土
风沙土
沼泽土
泥炭土
山地石质土
水稻土
水体
县界

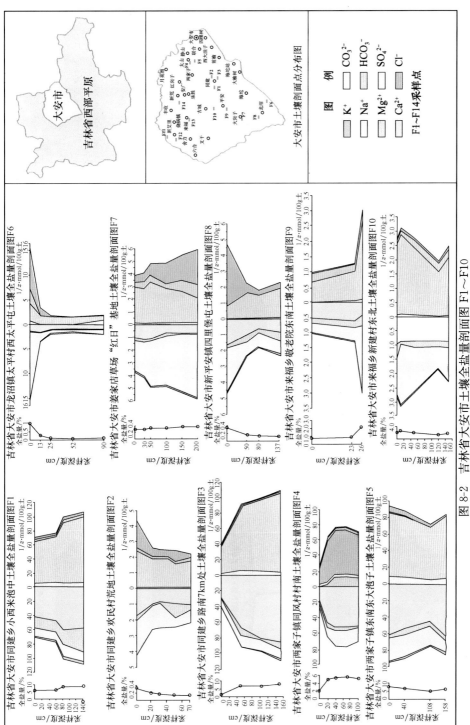

图 8-2　吉林省大安市土壤全盐量剖面图 F1～F10

z 为离子价

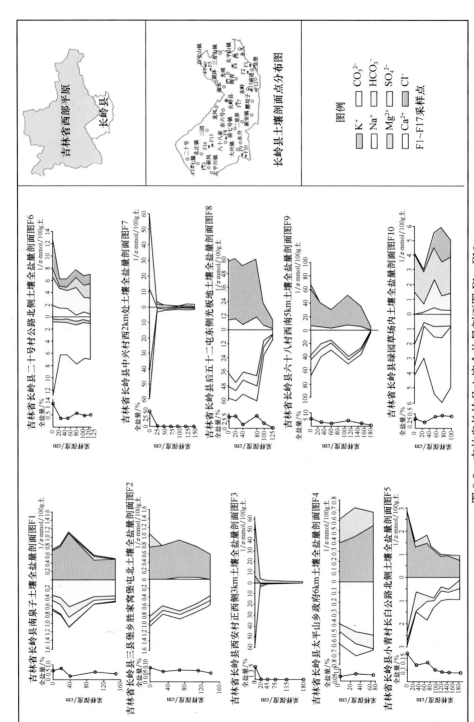

图 8-3　吉林省长岭县土壤全盐量剖面图 F1~F10